山药

向立成 著

山西出版传媒集团

山西人民出版社

图书在版编目（CIP）数据

山药 / 向立成著. --太原：山西人民出版社，
2022.1
ISBN 978-7-203-12014-8

Ⅰ.①山… Ⅱ.①向… Ⅲ.①长篇小说 – 中国 – 当代
Ⅳ.①I247.5

中国版本图书馆CIP数据核字（2021）第255920号

山　药

著　　者：向立成
责任编辑：张慧兵
复　　审：刘小玲
终　　审：李　颖
装帧设计：中尚图

出 版 者：山西出版传媒集团·山西人民出版社
地　　址：太原市建设南路 21 号
邮　　编：030012
发行营销：0351-4922220 4955996 4956039 4922127（传真）
天猫官网：https://sxrmcbs.tmall.com　电话：0351-4922159
E-mail：sxskcb@163.com 发行部
　　　　　sxskcb@126.com 总编室
网　　址：www.sxskcb.com

经 销 者：山西出版传媒集团·山西人民出版社
承 印 厂：河北盛世彩捷印刷有限公司

开　　本：880mm×1230mm　1/32
印　　张：10.5
字　　数：200千字
版　　次：2022 年 1 月 第 1 版
印　　次：2022 年 1 月 第 1 次印刷
书　　号：ISBN 978-7-203-12014-8
定　　价：59.00 元

如有印装质量问题请与本社联系调换

目 录
CONTENTS

第一章　山中救美

1989 年夏，韩志坚在清陵县城参加完人生的第三次高考，坐车赶回了禾丰村。

"爹，妈，我考完了！"一身轻松的韩志坚走进堂屋，放下背包，朝昏暗的里屋喊道。

"你这孩子，会不会说话，你要说考好了。"里屋里一个身形瘦削的中年男子抽着旱烟嘟囔道，这人正是韩志坚的父亲韩运喜。韩志坚这次高考感觉比前两次更有信心，所以有一种如释重负的感觉。

"爹，妈，我去山上转转，中午不一定回来吃饭，你们不用等我。"韩志坚想去村庄后面的素峰山上吼上几嗓子，他压抑了太久太久。

"你要不要带点馒头？"韩运喜也理解自己儿子压抑了太久，需要出去发泄发泄。

"不用，不用，山上有果子吃，饿不着。"韩志坚摆了摆手说道。说完就扭头往外走去。

"小犬，等一下。"里屋传来了一声虚弱的声音，正是韩志坚母亲王月娥的声音。

"妈，啥事？"韩志坚停住了脚步，走进了里屋。

韩志坚的母亲王月娥这几年一直腰痛，为了治病，家里欠了一屁股债，但自始至终也没搞清楚到底是什么病，药倒是吃了不少。

"你今年考得怎么样啊？如果还不行，就不要再折腾了，咱就安安生生娶一房媳妇过日子。"王月娥有气无力地说道。

虽然母亲说的话不中听，但是韩志坚也懒得反驳。其实父母本来对自己期望值很高，但自己连续两次高考失利，不仅禾丰村的人们看自己的眼光变了，父母对自己的态度也逐渐变了。

"妈，先别说这个，我爬山去了。"韩志坚说道。

王月娥回道："你去吧，不要爬高上低啊，早点回来。"王月娥也理解儿子，便不再拦着了。

韩志坚在厨房的水缸里拿水瓢舀了一瓢水"咕嘟咕嘟"一口气喝了下去，用手擦了擦嘴角的水渍，大步流星地往禾丰村后面的素峰山赶去。

韩志坚一口气爬到了素峰山的半山腰，他寻了一处高地，极目远眺。山顶的几片云悠闲地游荡着，忽左忽右，似乎在嬉戏着，不时地挡住阳光，在素峰山上洒下一片片的荫凉，几片云朵似乎没有玩够，久久不愿飘走。

山下禾丰村依稀可见，韩志坚清楚地知道，那一片被袅袅炊烟覆盖的地方，就是禾丰村。

七月的素峰山，已经有了炎热感，山风裹挟着山林的芬芳，轻轻拂过韩志坚的面颊，痒痒的，很舒服，也很惬意。在山风的撩拨下，韩志坚参加三次高考的憋闷感在心中升腾，似乎到了不吐不快的地步。他展开双臂，深吸一口气，发出了一声长啸——

山林中惊起了无数的飞鸟和小动物，甚至有一只小松鼠吓得直接从树上掉了下来。看着小松鼠可爱的模样，韩志坚哈哈大笑起来。小松鼠丝毫不怕生，朝着韩志坚龇了龇牙，"嗖"地一下没了踪影。

韩志坚看着远方，心中有些惆怅、有些郁闷。自己参加三次高考，创下了十里八乡的纪录，也成了人们茶余饭后的谈资。如果这次高考再不成功，自己还要继续坚持下去吗？想到这里，韩志坚不禁动摇了自己的想法。

看着山下袅袅的炊烟，韩志坚大声唱起了歌曲《铁血丹心》。

韩志坚的粤语虽然很蹩脚，但是声音很大，该有的气势一点都不少。唱完以后，韩志坚给自己鼓了鼓掌。

正当韩志坚还要继续吼歌的时候，蓦地，他听到不远处的山林中有人在喊"救命"。韩志坚循着声音立马跑了过去。没跑多远，就看到一个十七八岁模样的女孩子花容失色地边呼救边狂奔。

那个女孩子看到韩志坚跑了过来，立马向着韩志坚冲了过去，边跑边喊道："快救我，后面有只野兽。"

韩志坚往女孩子的身后一看，只见一只不算太大的野山猪跑了过来。韩志坚心中一慌，连忙把女孩子拉到身后，说道："你赶紧往高处跑，往树上爬！快，我来引开它。"那个女孩子犹豫了一下，说："你要小心啊，我去叫人。"说完撒腿就跑。

韩志坚则朝另一个方向跑，但是他没有按直线跑，而是带着野山猪兜圈子。野山猪有几次都差点撞上来。跑着跑着，韩志坚看到前面有两棵树挨得比较近，中间形成了一个树杈，他急中生智，朝着那两棵树跑去。果然，野山猪呼哧呼哧地追了过来，韩志坚一个箭步穿过了树杈。随着"刺啦"一声，韩志坚的屁股一凉，接着就感到一阵火辣辣的疼痛。

说时迟那时快，电光石火间，野山猪就追了上来。野山猪速度很快，没有拐弯，一下子被卡在树杈里了。野山猪大幅扭动着，小短腿也在疯狂地扒着地上松软的落叶，并发出了难听的嘶叫声。韩志坚看着随时可能脱困的野山猪，不敢逗留，毫不迟疑地循着刚才那个女孩子跑的方向追去。

山药

第二章　成功脱险

韩志坚跑了一会儿，没有听到身后野山猪的声音，这才放下心来。紧张的心情一放松，韩志坚才发觉自己整个衣服都湿透了，山风吹来，一阵阵的疲惫感袭来，整个人都有点虚脱了。

韩志坚也顾不上脚下的石阶脏不脏，一屁股坐在了石阶上，屁股一凉，他这才意识到自己露腚了。想起应该是刚才被树杈子划破了裤子，韩志坚自嘲地笑了笑，心说："还好刚才那个女孩子跑掉了，要不然被她看到就尴尬了。"

"哎，你好，太谢谢你了，要不是你……"韩志坚被身后一个声音吓了一跳，回头一看，居然是刚才那个女孩子。

韩志坚不着痕迹地往后摸了摸，还好被上衣的下摆挡住了，这才放下心来，于是笑了一下说道："甭客气，应该的，这会儿应该没事了，野山猪没有追过来。咱们人少，要是人多还可以试着把它收拾掉。"

"不好意思，我还有个朋友在山上没下来。"那个女孩子讪讪地说道。

韩志坚一怔，说道："还有一个，那不是很危险？"

"应该不会很危险，她爬到树上了，我比较笨，没来得及……"女孩子小声说道。

韩志坚有点后怕地往刚才跑过来的路上看了看，说道："我们再等一小会儿，等那头野山猪走远了，我们再上去看看。"

"嗯。"女孩子乖巧地点了点头，还是不放心地回头望了望山上。韩志坚知道这个女孩子不放心自己的朋友，但是他实在是没力气了。

"对了，我叫江小雪，你叫啥名字？"女孩子笑了笑说道。

"我叫韩志坚，就是山下的禾丰村人。你和你朋友跑到山里干啥呀？"韩志坚问道。

江小雪不好意思地说道："我和我朋友毕业了，我朋友来我家玩几天，我们今天就来素峰山转转，结果就……"说着还吐了吐舌头。

"我也刚毕业。你们是什么学校的？"韩志坚问道。

"我是流阳师范毕业的，我家在镇上，就在镇子东头开了个小店。我们一开门就能看到素峰山，所以我同学今天早上说要来山上转转采点野菜回去。"

"哇，你是师范毕业的，那你准备在哪里工作？"韩志坚羡慕地问道。

"我会在镇中心小学教书，教语文。"江小雪说道。

"我是流阳二中毕业的，也不知道今年高考成绩咋样，我一直发挥不好。"韩志坚不好意思说自己第三次高考了，赶紧岔开话题接着说道,"我打小在山上长大,这几年很少遇到野山猪了,今天没想到遇到一头,怪不得前段时间很多人说种的地瓜被拱了。"

"志坚,我们上去找找我朋友吧,她还没下来。"江小雪不好意思地说道。

"好,你走前面吧。"韩志坚想着自己破了的裤子,灵机一动说道。

"啊,我走前面?!"江小雪有点不相信自己的耳朵,本来对韩志坚的印象非常好,可这一下便让她失望了。

韩志坚脸一红,说道:"我裤子刚才划破了,我得把上衣脱下来,你不介意吧?"

"啊,对不起,我误会你了。"这次轮到江小雪脸红了,说完她回过头去。

韩志坚看江小雪转过身去,赶紧站起来把上衣脱了绑在腰间,这下终于挡住了走光的地方。

"好了,走吧。"韩志坚说道。

江小雪俏脸一红,把身体让到路边,喏喏地说道:"还是你走前面吧,我害怕。"

韩志坚哈哈一笑,说道:"遵命,我开路。"说完绕过江小雪走到了前面。

原生态的山路本来就不宽,韩志坚赤裸着上身,虽然没有发达的肌肉线条,但是青壮小伙的阳刚之气晃过江小雪的面前，撩动着她的鼻息，让她心神一荡。

"跟紧点哦。"韩志坚看江小雪有点迟疑，招呼道。

"噢，来了。"江小雪赶紧快走两步跟了上去。

等快要走到卡住野山猪的地方时，韩志坚变得蹑手蹑脚，江小雪亦步亦趋地跟着，有几次跟得太紧，江小雪差点撞到韩志坚并不算宽厚的背上。

韩志坚猫着腰瞄了瞄刚才卡住野山猪的树杈子，已经不见野山猪的身影，兴奋地一转身，差点与江小雪撞个满怀，两个年轻人都不由得红了脸。

"走，找你朋友去。"韩志坚赶紧掩饰道。

江小雪说道："就在你遇到我的那个地方，再往上不远就能找到了。"

两个人走了没多久，就找到了江小雪走散的朋友。只见她正骑在一个歪脖子树上，一动也不敢动。

江小雪看着朋友张海萍的样子，乐了起来："海萍，野山猪跑了，下来吧。"

张海萍在树上赶紧摆手，把食指放在嘴唇上做嘘声状。江小雪和韩志坚丈二和尚摸不着头脑，疑惑地看着张海萍。

张海萍小心翼翼地指了指头顶，又赶紧缩了回去，一动也不敢动。韩志坚和江小雪抬头一看，只见一个篮球大小的马蜂窝吊在张海萍头上一米多的地方，还有许多马蜂在飞进飞出。俩人这才明白张海萍为什么一动也不敢动。

江小雪赶紧用手捂住了自己的嘴巴，生怕一不小心发出声音惊动了马蜂窝。江小雪焦急地看向韩志坚。

韩志坚也是束手无策，这才刚刚脱离野山猪的危机，怎么又来一个马蜂窝？这玩意要是惊动了，可是要出人命的。

三个人在那里小声商量了很久，想出了火攻、水攻等办法，但是都缺少必要的工具。最后，还是韩志坚做了决定，说道："三十六计，走为上策！"

张海萍在树上一听，急得要哭出来了。江小雪也以为韩志坚是想让她抛下朋友走掉，不解地看着韩志坚。

韩志坚嘿嘿一乐，说道："我是说我们三个一起走为上策，不管这个马蜂窝了。"

江小雪问道："海萍怎么下来？"

"她踩着我肩膀下来吧，你在下面接应她，动作尽量轻缓一些。"韩志坚说道。

"这样？行吗？"江小雪不相信地说道。

"只能这样了，来吧！"韩志坚坚定地说道，说完站到了张海萍的下面。

江小雪示意张海萍踩着韩志坚的肩膀下来，张海萍摇了摇头，表示不敢动。在江小雪的再三鼓励下，张海萍战战兢兢地踩上了韩志坚的肩膀。

张海萍可能是保持着一个姿势太久了，动作非常僵硬不协调，刚踩上韩志坚的肩膀就滑了下来。

韩志坚暗叫"不好"，赶紧喊道："趴地上，别动。"

果然，马蜂窝被惊动了，只听"嗡"的一声，无数的大马蜂从马蜂窝里涌了出来，四散飞着，仿佛在寻找入侵的敌人。

三个人趴在地上一动也不敢动，江小雪的脸正好对着韩志坚，两个人的距离只有十厘米，甚至可以感觉到对方的鼻息，江小雪的心跳也加快了好多，脸一下红了起来。韩志坚微不可察地点了点头，朝江小雪眨了眨眼睛，示意她少安毋躁。

不知道过了多久，也许是一会儿，但是对于三个人来讲，简直就像一个世纪那么漫长。大马蜂们没有找到入侵的敌人，渐渐地消停了下来，但是还是有少部分在周围"巡逻"。

韩志坚慢慢地撑起了上身，小声说道："匍匐前进，你们先爬。"

江小雪和张海萍尽可能地压低身体，慢慢地往前挪动着。没爬多远，几只大马蜂追了过来，吓得两个人又趴在了地上。过了一会儿，大马蜂围着他们三个人转了几圈之后飞走了，三个人这才敢慢慢往前爬。

断断续续爬了将近十分钟，韩志坚觉得安全了，站起来高兴地说道："没事了，警报解除。"

第三章　喜获山珍

"啊，小心，你后面有一个大马蜂，它飞过来了，快跑。"张海萍大喊一声，说完拉着江小雪就跑。

韩志坚一看两个人跑了，顾不得趴地上，连忙也跟着跑。没跑多远，韩志坚就感到后背一痛，不由得发出了"啊"的一声。

"你被蜇了？转过身，我看看。"江小雪顾不得男女授受不亲了，拉过韩志坚的胳膊，果然看到后背有了一个红点。

"感觉咋样？"江小雪继续问道。

韩志坚感觉后背火辣辣的，可是想在女生面前表现一下，就咧着嘴故作轻松地说道："没事，就是马蜂蜇了一下。"

"真没事？"江小雪看着大马蜂蜇的那个地方红晕已经开始蔓延，甚至有发肿的迹象。

"太可怕了，小雪，我们下山吧。对了，我们发现的野山药还要不要？"张海萍说道。

"算了，不要了，我们还是先下山吧。"江小雪有点后怕地说道。

"野山药？你们还能找到这好东西，平时很难挖到的！"韩志坚听到说是野山药，提起了兴趣。素峰山的野山药是不可多得的好东西。当地人称野山药为"穿山龙"，有很高的药用价值和经济价值，很多人用来治疗支气管炎、甲亢、腰腿痛和关节炎。市场上很少能见到，基本上都是山民自己吃掉了，因为野山药的块茎不规则，卖相不是太好，所以一般也没人去卖。而韩志坚之所以对其有兴趣，当然是因为想治好母亲的病了。

"对了，我叫张海萍，你叫啥名字？"张海萍是县城里长大的，落落大方地伸出了自己的手。

韩志坚有点迟疑，还是伸出手轻轻握了一下，说道："我叫韩志坚，刚跟小雪认识的。"

"谢谢你救了我们。你叫我海萍就行了，我和小雪是同学。"张海萍是个自来熟，和韩志坚立刻就聊上了。

"我听小雪说了，野山猪倒还好，这个大马蜂可是要命啊。你胆子可真够大的！"韩志坚夸赞道。

张海萍有点不好意思，说道："我哪里胆子大了，我跟小雪看到野山猪就跑了，也不知道是谁在山上面唱歌，不，应该是号叫，把野山猪吓出来了。"

韩志坚尴尬地低下了头，脚尖在底下抠着，恨不得抠出个缝钻进去，没错，刚才号叫的正是他。

江小雪插不上嘴，干着急，好不容易找到两人没说话的空当，连忙说道："走吧，我们去看看野山药去。可能是前几天正好被雨水冲刷过，现在露出来不少。"

张海萍确实胆子大，连忙附和道："走走走，怕啥。咱们这么多人。"

韩志坚兴趣盎然，三人一同前往。

三个人走了不远，果然找到了一片野山药。前些天大雨的冲刷，把一些土冲掉了，露出了块茎。韩志坚过去掰断了一小段，里面呈黄色。

韩志坚很高兴，可是这野山药是江小雪和张海萍发现的，自己也不好直接开口要。

"志坚，你找个棍子，我们把这一片再撬一撬，应该能撬出不少。"江小雪说道。

"好嘞，你们帮忙在周边再找找，看看还有没有，我先把这些弄出来。"韩志坚答应道。

韩志坚慢慢地把山药上的土撬出来，一会儿的工夫，居然撬出了一二十根，虽然每一根只有大拇指那么粗，但是堆在一起也很可观。

江小雪和张海萍果然在附近又找到了两片野山药。韩志坚过去试了试，用棍子挖不了，野山药不愧为"穿山龙"，钻得很深。没办法撬进去，韩志坚只能放弃。

"这个野山药我就不要了，小雪、志坚你们分一下吧。"张海萍首先声明道。

"你们发现的，这我……"韩志坚虽然心里很想要一些，但还是有些不好意思。

"志坚，你就别客气了，我稍微拿几根回去，剩下的都给你吧，真的不要客气，你还是我们的救命恩人呢！"江小雪调皮地说道。

"那，那好吧，我还真需要这个野山药。"韩志坚搓了搓手说道。

"走吧，下山吧，肚子好饿，这一耽误，都过了吃饭点了。"张海萍说道。

"好，走，我送你们下山。"韩志坚把野山药拢成差不多的两堆，用草藤绑起来，拎了拎，还挺结实。

三个人有说有笑地往山下走去，路上碰到了几个认识的村民，几个村民都揶揄地跟韩志坚打着招呼："小犬啊，这两个是谁啊？"

韩志坚听到村民叫自己的小名，脸唰地一下红了，支支吾吾也不知道咋回答。江小雪和张海萍听到韩志坚的小名，差点憋不住笑了出来。

张海萍看到了韩志坚的窘态，笑了笑说道："我们是志坚的同学，放假了过来玩。"村民恍然，看着光着上身的韩志坚笑而不语。韩志坚的脸红了白、白了红，恨不得找个地缝钻下去。

好不容易走到了山脚下，韩志坚把一捆野山药递给江小雪，说道："这一捆给你，你拿回去吧。"

"我不要这么多。"江小雪接过野山药，解开后抽出来几根，递给韩志坚。

韩志坚推辞不过，就接了过来。江小雪挎着张海萍的胳膊，朝着韩志坚笑着摆了摆手慢慢走远了。

韩志坚出神地看着两个青春飞扬的背影，心道："这中专毕业的跟我们高中毕业的果然不一样，气质明显成熟多了。"

"小犬，在这儿杵着看啥呢？"韩志坚身后忽然有人说道。

韩志坚扭头一看，原来是邻居李婶。"哦，是李婶啊。没看啥，这就回去了。"

"噢，你在看那两个姑娘？"李婶不怀好意地看着韩志坚。

韩志坚的脸又一次红了，连忙说道："我先回家吃饭了，饭还没吃。"说完逃也似的跑回家了。

远处，张海萍小声跟江小雪说道："小雪，那个小犬还在看我们呢。"江小雪正要回头，张海萍赶紧拦住了，"别回头。"

"你怎么知道的？"江小雪问道。

"我刚才弯腰系鞋带的时候看到的。"张海萍说道。

"走吧，有空再来感谢他，今天人家帮我们这么大忙。"江小雪说道。两个人有说有笑地往江小雪家里走去。

"爹，妈，我回来了，看我带了什么回来。"韩志坚走近大门喊道。

"带回来啥了啊？呦，这是野山药，这可是好东西，对腰腿痛有好处，晚上弄点给你妈吃。"韩运喜迎了出来，一看韩志坚手里拎的东西，高兴地说道。

"爹，你说我妈的腰到底能不能治？这都好几年了，时好时坏的。"韩志坚问道。

"唉，走一步看一步吧！你今年考得咋样？"韩运喜话锋一转。

韩志坚挠了挠头说道："感觉不是太好，如果今年考不上，我就死心了，安安生生在家种地了，不去折腾了。"

"咱们村已经好多年没出过大学生了，你要是考上大学，那我出去腰杆可就挺直了。"韩运喜希冀地说道。

韩志坚不好意思地说道："过些天就知道了，现在还不好说，我那个高中每年也考不上多少个，很多人都是弄个高中文凭，要么去当兵，要么去打工。"

"当兵也是一个不错的选择，打工得有门路，外面的钱也不好赚。"韩运喜担心地说道。

"你们爷儿俩也真是的，等小犬成绩出来再说这个吧，当兵也不是想当就能当的，每年的名额也不多。"王月娥扶着腰踱了出来。

"妈，你咋出来了，腰不舒服还是躺着吧。"韩志坚赶紧走过去扶住了王月娥。

"躺太久了，出来晒晒太阳，我感觉这两天腰还行，可以稍微活动活动。"王月娥眯着眼睛看着外面，适应着阳光的强度。

第四章　秉烛夜谈

晚上，可能是白天的经历太过刺激了，江小雪和张海萍翻来覆去睡不着。

"小雪，你觉得那个韩志坚怎么样？"张海萍推了推江小雪的胳膊说道。

"什么怎么样？挺好啊。"江小雪说道。

张海萍接着说道："我是说你觉得这个人长得怎么样？"

"你看上人家了？"江小雪坏坏地用手指捅了捅张海萍。

"你个死小雪，你才看上他了，我就是问问。"张海萍佯怒道，反过来抓了江小雪一把。

江小雪没想到张海萍来这么一下，"啊"的一声叫了出来。

"怎么了，小雪？"门外传来了江小雪妈妈杨丽英的声音。伴随着拖鞋"趿拉趿拉"的声音，杨丽英来到了小雪的门前，敲了敲门。

"妈，没事，我跟海萍闹着玩呢。马上就睡了。"江小雪朝着门外说道。

"噢。早点睡，别闹了。"杨丽英打着哈欠返身走了。

听到杨丽英走远，江小雪小声说道："哎，海萍，你真看上人家了？我帮你撮合撮合？"说这个话的时候，不知道为什么，江小雪感到一种莫名的心酸。

"他现在是做啥的？"张海萍没有直接回答江小雪的问题。

江小雪想了一下说道："高中刚毕业，高考成绩还没出来，我也没有细问，当时忙着去找你，就没有接着往下聊。"

"这样啊，如果能考上大学的话，我还真想跟他处一处试试看。如果没考上大学，估计再见一面都难。"张海萍说道。

"你咋这样？现在都什么年代了，还讲究门当户对啊？"江小雪揶揄道。

张海萍权当没听懂江小雪的话，自顾自地说道："你不知道，我父母想给我找一个有钱人家的儿子，到时候也好有个照应。我要是不顺着他们，我的日子就难过了。"

江小雪说道："我也不知道我父母咋想的，还没有跟我说过处对象的事。以前倒是有人给我写过几封情书，不过我都没理。"

"都有谁？都有谁？快说说。"张海萍连忙催促道，心中的八卦之火熊熊燃烧起来。江小雪脸一红，心中有点后悔。

"我还是不说了，八字还没一撇的事。"江小雪为难地说道。

"说说嘛，我的好小雪。要不然今晚我要睡不着了，我睡不着，你也别想睡。嘿嘿……"张海萍威胁道。

"那我说一个吧，写了好几封。就是咱班的程思进。"江小雪小声说道。

"程思进？那个闷葫芦给你写情书？真的假的？"张海萍有点不相信地说道。

"是啊，我也没想到。不过我没理他。"江小雪说道。

张海萍嘿嘿一笑，说道："小雪，你错过了进城的好机会啊。"

"为啥？"江小雪丈二和尚摸不着头脑。

"那个程思进家里挺有关系的。你说，你要是跟他处对象，他肯定能帮你到清陵县城找个学校教书！"张海萍恨铁不成钢地说道。

"你知道的，我即使知道他家里的情况，我也不会答应的，因为我不是那样的人，不喜欢就是不喜欢，我觉得那个人不够阳光。"江小雪肯定地说道。

"你呀你，现在还不迟。你要是抹不开面子，我去帮你撮合撮合？趁现在他的热乎劲还没过。"张海萍坏笑道。

江小雪连忙拒绝道："你得了吧，别瞎掺和，我才不要。"

张海萍看江小雪这么坚决，就说道："好好好，俺家小雪这么可爱，有人喜欢就对了。还有谁？还有谁？"

"不说了，说了你又取笑我。说说韩志坚吧，你想知道今天他为什么光着上身吗？"江小雪卖着关子。

张海萍猜测道："为了秀肌肉？他也没啥肌肉啊！"

"再猜。"江小雪看张海萍猜不出来，很是高兴。

张海萍紧紧地靠了过来，不怀好意地说道："你跟他……

有情况？趁我在树上那会儿，干啥去了？老实交代！"

江小雪啐了一口道："你想到哪里去了？真坏！他光着身子是因为裤子破了，走光了！"

"啥？裤子破了？走光了？你看到啥了？"张海萍莫名地兴奋了起来，连珠炮似的发问。

江小雪不着痕迹地把被张海萍紧紧压住的胳膊挪了回来，说道："你呀你，脑袋瓜里都装的什么呀？怎么这么不着调。"

"没看到？"张海萍不死心地又问了一句。

江小雪转过身去，说道："没看到。人家又不是暴露狂。睡觉吧，你要是想人家，我明天带你感谢人家去，正好把你送上门，安慰一下你的相思之苦。"

"谁相思了？我才没想他！"张海萍噘着嘴说道，其实在张海萍的心里，还真有那么一点喜欢韩志坚。韩志坚虽然身体单薄了点，但是人长得还真不赖。谈不上玉树临风、风流倜傥，但一张国字脸也是相当周正，做事情也是有条不紊、不紧不慢，危难时刻敢冲敢上、敢打敢拼，有一种让人亲近、让人信服的气质。

侧过身的江小雪也是心潮澎湃，要说心动，其实她对韩志坚挺心动的，在短短的相处时间里，特别是跟在韩志坚身后的时候，有一种很特别的安全感，心里有了很多次的小鹿乱撞，这种感觉是她以前从来没有体验过的，但是她不敢跟张海萍说，怕她取笑自己。

两个人各怀心事地睡着了。

第二天早上两个人吃完早饭，把家里的自行车偷偷骑了出来，然后在镇上买了点水果，张海萍骑着自行车，载着江小雪往禾丰村骑去。

到了村口那棵大银杏树下，张海萍停下自行车，礼貌地向在树下休息的几个老人家问道："奶奶，请问一下韩志坚家住哪里？"

"谁？谁家？"有个老奶奶很热心，但是耳朵有点背。

"韩志坚，韩志坚家。"张海萍声音大了一点。

"哦，韩志坚啊，韩志坚是谁啊？"老奶奶不光耳朵不好使，记性看来也不怎么好。

旁边的一位老大爷说道："小姑娘说的是小犬吧，大名叫韩志坚，就是老韩家的老二，他家在村北面，第二道胡同，倒数第二排第三家就是了。"

张海萍听得有点晕，完全搞不懂怎么走。江小雪在旁边也没听太懂，看几个老人家用审视的目光看着两人，有点不好意思，于是说道："谢谢爷爷奶奶了，我们先过去找找。"推了推张海萍的后背，示意她先走。

张海萍骑上自行车，嘟囔道："我还没问明白呢，急着走干啥？"

"你没看几个老人家的眼神，好像咱们是特务一样。"江小雪笑着说道。

"这两个小姑娘长得可真俊啊，一看就是城里人啊，那个穿白衣服的是不是街东头江记食杂店的小姑娘？"一个老婆婆赞叹道。

"你这么一说，还真像啊，我上次去她家买东西，好像见到过她，应该是，没错了。"另一个老头肯定地说道。

"老韩家这'一根筋'，能交到这么俊的对象，那可是烧高香了啊。"那个耳背的老奶奶声音很大，没骑多远的张海萍和江小雪也听到了。

"一根筋？"张海萍笑着说道。江小雪坐在后座偷着笑。

山药

第五章　登门致谢

"大哥，请问小犬家住哪里？"张海萍这次不问韩志坚，看到一个三十岁左右模样的男的直接问小犬了，因为韩志坚的知名度可能并没有小犬高。

那个男子看到两个俊俏的小姑娘问自己，一愣神马上就反应过来了，连忙说道："你是说小犬家啊，你顺着这个巷子往里走，不要走到头，倒数第一个路口往右转第三家就是，他家的大门是红色的。"说着，他向着身后指了指。

"谢谢大哥。"张海萍嫣然一笑甜腻腻地说道。

"不，不客气。"男子被张海萍绽开的笑容和甜糯的声音冲击得话都说不利索了。

张海萍载着江小雪顺着巷子骑着，路上也遇到了几个村民。村民们都向两个人行了"注目礼"，毕竟村里很少见到这么俊俏标致的姑娘。江小雪被看得都不好意思了，张海萍倒是很淡定，每个人她都微笑以对，还朝着人家点头致意。

"快走吧，我记得我家还有个远房亲戚在这个禾丰村，不过不怎么来往，万一遇上就不好玩了。"江小雪小声催促道。

"俺家小雪脸皮有点薄啊，哈哈，走走走，马上到了。红色大门，小雪，你看是不是这家？"张海萍嘴里念叨着。江小雪定睛一看，这家的大门已经不能算是红色了，有的只是斑驳的锈色，依稀可见红色的油漆。

"这是第三家，应该是这家了，咱进去看看？"江小雪也不太确定。

"这是韩志坚家吗？"还没等江小雪反应过来，张海萍已经朝着院子里面喊了起来。里面人还没反应，引来一阵犬吠声。

"谁啊？大黄，别叫了。"韩志坚应声而出，当看到张海萍和江小雪推着自行车俏生生地站在院门口的时候，脸上浮现了一抹欣喜，接着就是一种羞赧。她俩环顾了一下四周，谈不上家徒四壁，但是也差不了多少。"你们怎么来了？"韩志坚不经大脑地冒出了一句。

"怎么，不欢迎我们啊？"说着话，张海萍已经推着自行车走了进来，在葡萄架边上拴着的一只黄狗叫得更欢了。

"没，没，我只是没想到你们真的会来找我。"韩志坚局促地说道，扭过头呵斥黄狗，"别乱叫了，蹲着。"那只黄狗不甘心地又叫了两声，然后乖乖地蹲在葡萄架下面了，但是眼神还是不善地盯着张海萍和江小雪。

"谁来了啊？"王月娥从屋里走了出来，"呦，这是你同学吧？快请进，快请进。"

"阿姨好。"张海萍和江小雪齐声问好。

"你们好，你们好。"王月娥笑着回道，"志坚你去烧点水，同学来了，你别傻愣着。"

"阿姨，我们是来感谢志坚的，昨天在山上遇到野山猪和大马蜂，是志坚救了我们。这是一点心意，请收下吧。"说完，张海萍把那袋水果放到了桌子上。

江小雪进屋后一直在默默观察，她发现韩志坚的家里虽然很简陋，但是收拾得很干净，桌子上一尘不染，东西也都井然有序地放着。

"救了你们？昨天他从山上下来也没说这事啊。这孩子。"王月娥很是诧异，"不过昨天他裤子倒是破掉了。"

张海萍和江小雪听到王月娥说韩志坚的裤子破了，不由得相视一笑，两个人心领神会地看了韩志坚一眼。韩志坚闹了个大红脸。

"阿姨，志坚的裤子是救我们的时候划破的。后来怕走光才把上衣脱下来围在腰上的。"张海萍笑着说道。韩志坚更窘了。

王月娥看到儿子的窘迫样子，有点不忍心，岔开话题说道："志坚，这两个是你同学吗？"

韩志坚连忙说道："妈，她们两个是中专毕业，马上就要工作了，昨天我们也是偶遇。这是张海萍，这是江小雪。江小雪家是镇东头开食杂店的，张海萍呢……"他忽然发现自己不太清楚张海萍家是做啥的了。

张海萍接着说道："阿姨，我家在清陵县城，我就是一个普通工人家的孩子。我爷爷也是种地的，就在大溪屯乡，我们那里还有祖宅。"

"我那时候让志坚考中专，他死活想上大学。考中专多好啊，一毕业就有工作了，铁饭碗端起来就衣食无忧了。"王月娥不满地说道。

"妈……这有啥好说的。"韩志坚不想说这些。

江小雪说道："志坚想得更远啊，大学生的出路更广。不过大学的录取率不高，考起来难度挺大的。"

"小雪说得对，我们家志坚成绩也不算差，但是每年都差一点。"王月娥唏嘘道。

"每年差一点？志坚你考了几次了？"张海萍听出了王月娥话里的意思。

韩志坚感觉自己有点无地自容了，不好意思地说道："唉，今年第三次了，我自己把握还不是太大。今年再考不上，我就不考了。"

"是啊，大学录取率不到四分之一，确实是一座独木桥。现在哪个村出个大学生，十里八乡都轰动啊。"江小雪也深知考大学的难度，看到韩志坚的窘态，有点不忍心。

"我有点偏科，数理化还行，外语、政治、生物会弱一些，把总分拉低了。我觉着比去年好一点，如果是去年的分数线，我差不多能考上。"韩志坚不确定地说道。

"祝你好运。"江小雪粲然一笑。

"我带你们去后山玩会儿吧，我妈身体不太好，让她休息休息。"韩志坚说道。

"好啊，那自行车先放你家，回来再骑。"张海萍欣然应允。

三个人刚走出堂屋门，那只黄狗上蹿下跳起来，尾巴讨好地摇着。

"这是想跟我们一起去啊。志坚，你要不带着大黄吧？"江小雪说道。

"你们不怕？"韩志坚问道。

"怕啥，不是有你在吗？"张海萍大大咧咧地说道。

韩志坚听后便过去把狗绳解开。大黄立马绕着韩志坚转了两圈，那尾巴摇得那叫一个欢啊，把张海萍和江小雪都逗笑了。

这次爬山，三个人选择了另外一条路，树木更加茂盛一些，太阳也晒不到。大黄成了最活跃的，不停地在树林里跑进跑出，看来是很久没有出来放风了，有点兴奋。

过了一会儿，大黄在前面发出了一阵急促的叫声。三个人赶紧跑过去，发现大黄在对着一个洞口龇牙咧嘴地叫着。

韩志坚过去一看，觉得应该是个野兔的洞穴，这种洞穴是很难抓到野兔的，因为有好几个洞口，你守住一个洞口，它会从另外的洞口跑掉。

韩志坚拍拍大黄的脑袋说道："别叫了，抓不到的，早跑了。"

韩志坚的话音未落,大黄嗖地一下蹿了出去。只见不远处黄影一闪,大黄就追了上去。韩志坚大喜,还真有野兔,也赶紧追了过去。

　　野兔的速度还是很快的,三两下就跑出了韩志坚的视野。张海萍和江小雪气喘吁吁地追了上来。张海萍兴奋地说道:"抓到没?抓到没?我可是第一次看到野兔啊。"

　　"还没有,大黄去追了,我追不上。"韩志坚沮丧地说道。

　　"大黄肯定能抓到。小雪,想不想吃烤野兔?你说我们一会儿怎么吃?"张海萍喜滋滋地说道,好像已经抓到野兔了一样。

　　江小雪白了张海萍一眼,说道:"等抓到再说吧,你个贪吃婆,以后谁敢娶你。"

　　"我还怕嫁不出去?志坚,你来说说,我这条件,愁不愁嫁?"张海萍说着朝着韩志坚威胁似的举了举粉拳。

　　韩志坚偷偷看了眼江小雪,看她没有注意,赶紧点了点头。

　　张海萍看到韩志坚的表现,满意地笑了。

第六章　大黄立功

"大黄，快看大黄！"张海萍惊喜地叫了起来。

韩志坚和江小雪顺着张海萍指的方向看了过去，只见大黄正叼着一只野兔，迈着小碎步慢慢走了回来。韩志坚大喜，大黄居然抓到这只野兔了。

大黄邀功似的走到韩志坚的面前，尾巴欢快地摇动着，仿佛在说："快夸我，快夸我，在两个美女面前，本大黄多给小犬挣面子！"

韩志坚仿佛听懂了大黄的意思，摸了摸大黄的头，说道："大黄，真棒！"说完就从大黄嘴里拿过了野兔。随着野兔被拿走，大黄口中的涎水也跟着流了下来。大黄不甘地叫了两声，似乎在说："我的，我的！"大黄的样子逗笑了张海萍和江小雪，两个人笑得花枝乱颤。

"志坚，怎么处理这只兔子？"张海萍快人快语地问道。

"大黄下嘴挺重，这只兔子已经不行了，要不咱们把它烤了？"韩志坚说道。

那个年代很多家庭经常不见荤腥，有的甚至一年四季都没吃过肉，所以这只兔子正好可以打打牙祭，上次要不是韩志坚一个人搞不定野山猪，还可以尝试一下捉野山猪。韩志坚清晰地记得上次吃肉还是春节时，村里杀了一头猪，每家每户去买一些肉回来，家里美美地吃了几顿肉。

"别傻愣着了，志坚你负责去溪边处理这只兔子，这种残忍的活儿还是你来干，我和小雪去捡点柴火去。"张海萍俨然一个指挥官一样说道。

江小雪忽然说道："我们没有火啊，还没有调料，咋弄？"

韩志坚想了一下说道："这个简单，离这里不远处有个村民，他就在山上住着，我一会儿过去借把刀，再弄点调料和火柴，你们去弄柴火吧，今天我们就吃这个了。"

韩志坚的运气不错，那个住在山上的村民正好在家，刀和火柴都借到了，调料就没啥东西，只有一点油和盐。韩志坚毫不犹豫地把兔子的一个后腿一刀剁了下来，送给了那位村民，村民高兴得合不拢嘴。

韩志坚到溪边把兔子处理得干干净净，大黄一直跟着韩志坚，眼巴巴地看着他手里的兔子。韩志坚看了看手里的兔子，又看了看大黄可怜兮兮的眼神，把内脏一股脑地丢给了大黄，大黄的尾巴摇得那叫一个欢啊。

不大会儿，张海萍和江小雪就有说有笑地抱着干树枝过来了。三个人在溪边就地取材，弄两个树杈子支在地上搭了个简易的烧烤架子。韩志坚用一根长长的树枝把兔子穿好，表面抹上油和盐，架在了两个树杈子中间，准备生火。

"咦，这只兔子怎么少了个腿？志坚，大黄偷吃了？"江小雪看出了兔子的异样。

韩志坚说道："噢，你是说后腿啊，我刚才找老伯借刀和火柴的时候，剁了一个后腿给老伯，也算是感谢一下人家。"

"嗯嗯，我就是问下。快生火吧，风还有点大呀。"江小雪说道。

"没事，风越大，火越旺。"韩志坚信心满满地说道。

当韩志坚连续划了五根火柴还没有把火生起来的时候，张海萍看不下去了，说道："志坚，你行不行啊？"

"行，怎么会不行呢！"韩志坚有点冒汗，说道，"来，咱们三个围在一起，把风挡一挡，火生起来之后就不怕风了。"

张海萍和江小雪围了过来，三个人脑袋紧紧地凑在了一起，身体也紧紧地靠在了一起，两股少女的体香钻入了韩志坚的鼻孔，让他忍不住深呼吸了两口。

这次，韩志坚终于把火生起来了，张海萍和江小雪像孩子一样鼓起了掌。

张海萍得意地说道："这生个火做个饭，离了咱们女的还是不行，怪不得说妇女能顶半边天，小雪你说是吧？"

江小雪不好意思地说道："你瞎说啥呢？哪来的妇女？再乱说话，看我不撕你的嘴。"

"哎哟，志坚，你看，小雪脸红了，果然是黄花大闺女，这脸皮真薄！"张海萍说完，一看江小雪追过来，撒腿就跑。

江小雪拎着个树枝在后面追着，两个人在树林里你追我赶，好不热闹。最后，张海萍被江小雪追上，江小雪象征性地抽了张海萍屁股一下。这下张海萍不依了，反过来开始追江小雪，引来了江小雪的一阵阵尖叫，惊起林中飞鸟无数。

韩志坚看着两人在林间嬉戏，烤起兔子来更加卖力，兔肉滋滋冒油的声音和着树林中两个女孩的嬉戏声，恍如一首美妙的交响乐。

"想啥呢？烤煳了！"正当韩志坚神游的时候，张海萍走到身边拍了他一下肩膀说道。

"没，没想你们……"韩志坚慌乱地赶紧转起了兔肉。

"啥？想我们？想我多一点，还是想小雪多一点？"张海萍掐着小蛮腰揶揄着问道。

韩志坚闹了个大红脸，低着头不敢看张海萍，不知道说啥好了。

江小雪凑了过来，说道："好香啊，烤好了没？"

"马上好,马上好。"韩志坚在心里默默地感激着江小雪的解围。

张海萍不依不饶地说道："志坚，你还没回答我刚才的问题呢？算了，我也不难为你了，我问你个问题。"

"你问吧，别问太难的啊。"韩志坚求饶地看着张海萍。

"看你那没出息的样子，不会难的。我问你，我和小雪掉到这个溪里，你先救谁？"张海萍指着面前的溪水说道。

"啊？"韩志坚愣了一下，说道，"这么浅的水，还用救吗？"

江小雪"扑哧"一下笑出了声。

"你个榆木疙瘩二愣子一根筋，我和小雪掉到山下的金砾江里，你先救谁？"张海萍接着问道。

"小雪你会游泳不？"韩志坚试探着问道。

江小雪眨了眨眼睛说道："我能扑腾几下，算会还是不会啊？我也没在金砾江里游过泳。"

韩志坚赶紧说道："那就算是会吧，我先救海萍吧。"

张海萍故作生气地说道："什么叫先救海萍吧，好像不情愿似的。我水性比小雪好多了。"

"那我先救小雪，你先自保。"韩志坚赶紧改口道。

"算了不问你了，活该你找不到媳妇。快点烤，我都要流口水了。"张海萍说道。韩志坚忽然有点心思被看穿的感觉，又有一种如释重负的感觉。

"可以吃了，这三个腿，我们一人一个，来，海萍给你，小雪，这是你的。你这么瘦，吃个大的补一补。"韩志坚把剩下的三个兔腿撕下来，一人分了一个。

"补哪里啊？"张海萍不怀好意地瞟了一眼江小雪。

江小雪把手里的大兔腿一下子塞进了张海萍的嘴里，说道："这么大的兔子腿还塞不住你的嘴，咱俩换换。"

韩志坚看着两个人打闹着，很是羡慕她们的友情，不由得想起了自己比较要好的几个同学，也不知道他们南下打工过得好不好，好久没见了。

第七章　村口偶遇

解决完兔子，张海萍提议到溪中去捡石子，江小雪欣然同意，二话不说就脱下鞋子挽起裤腿往溪中走去。张海萍一看，也赶快脱下鞋子挽起裤腿跟了下去。

"这水凉凉的，好舒服。"江小雪开心地说道。

张海萍撩起一道水花泼向岸上的韩志坚："还愣着干啥啊，下来呀。"

韩志坚笑了笑，说道："来了。"

大黄也不甘示弱，扑通一下跳进了小溪里，溅起了不少水花，吓得张海萍和江小雪用水泼大黄，大黄在水里狗刨着往远处游去了。

张海萍和江小雪对小溪中的鹅卵石很感兴趣，当找到一个比较好看的鹅卵石的时候，就会像孩子一样发出一阵欢呼。韩志坚本来还想搬动那些大一点的石头，抓点螃蟹什么的，结果被两个人拉着一起"探宝"，还真找到了不少很漂亮的小石头。

美好的时光总是短暂的。一个下午的时间很快就过去了，静谧的山林里光线逐渐变得柔和，慢慢地把山林镀上了一层金黄。

"咱们该回去了，一会儿太阳落山就不好走了。"韩志坚看两人玩什么都新奇的样子，忍不住提醒道。

很少到外面疯玩的张海萍和江小雪自然是不想走。张海萍说道："小雪，啥时候咱们到素峰山顶露营一晚，我好想看日出啊。"

江小雪看向韩志坚，说道："这得问志坚，我还没在外面过过夜，估计我爸妈也不肯。"

"怕啥，你就说跟我在一起，叔叔阿姨不会不同意的。"张海萍大大咧咧地说道。

韩志坚说道："走吧，等过段时间，我带你们去看日出，也不一定要露营，你们只要能够三四点爬起来，爬到山顶还是可以看到日出的。"

"露营多好玩啊。"张海萍对韩志坚的提议一点都不感兴趣，还是觉得露营更好玩一些。

"快走吧，一会儿太迟了，野山猪啊、山麂啊、眼镜蛇啊、老虎啊，都会出来觅食。"韩志坚像煞有介事地说道。

"啊，快走快走，我最怕蛇了。"江小雪赶紧催促道。

张海萍撇了撇嘴说道："别听他胡扯，咱们这里哪来的老虎，从来没听说过。"嘴上挺硬气，她自己倒是率先往山下走去。

"哎，你等等我。"江小雪赶紧小跑两步跟了上去。韩志坚笑着摇了摇头，也跟着往山下走去。

大黄看三个人没等自己往山下走去，叫了两声，呼哧呼哧从三个人身边蹿了过去，跑到了三个人的前面，俨然一只领头犬。

　　走了不大会儿，三人一犬就走到了山下的禾丰村，然后继续往韩志坚家走去。

　　"哎，是小雪吗？"忽然身后传来了呼叫江小雪的声音。

　　江小雪转过身，一看，是一个四十来岁的中年妇女，好像并不认识，说道："您是？"

　　"你不认识我了？我是你妈娘家村上的，论辈分你得叫我舅妈呀。"中年妇女丝毫没有因为江小雪不认识自己而觉得尴尬。

　　韩志坚一看就认出了这个同村的李婶，这可是出了名的碎嘴子，于是说道："李婶，您也认识小雪啊。"

　　"小犬啊，我是小雪家的娘家人，你咋认识小雪的？你同学？"李婶问道。

　　"噢，那个，也不算是同学，朋友，朋友。"韩志坚不好意思地说道。

　　李婶狐疑地看了看韩志坚，又看了看江小雪，满脸地写着不相信，说道："你们这是从山上刚下来？"

　　张海萍在旁边看自己插不上嘴，就说道："小雪我先去志坚家骑自行车，你在这等我会儿。"

　　江小雪应允道："你去吧，我和志坚在这里等你。"

"小雪啊，我上次去你家，你妈说你中专快毕业了，现在毕业了吧？准备在哪里工作？"李婶笑着说道。

"应该是去中心小学教书吧，还不确定。"江小雪礼貌地回答道。

"小……志坚啊，你今年又毕业了，考得咋样？"李婶本来想叫小犬的，感觉在江小雪面前这样叫小名不合适，赶紧改口道。

韩志坚打心眼里不愿意跟李婶说话，因为他知道，今天跟她说了啥，明天全村人就能皆知，更甚的是，如果自己说考得不错，明天全村都知道自己考上大学了，如果自己说考得不咋样，明天全村就要说自己又没考上。想了一下，韩志坚说道："还不清楚，要过两三个星期才出成绩。"

李婶"噢"了一声，便拉着江小雪走到了一旁，悄声问道："小雪啊，你在跟他处对象？"

"啊，谁？"江小雪被问得有点猝不及防。

李婶轻轻拍了一下江小雪的臂膀说道："还有谁，志坚啊，我看你们刚从山上下来，有说有笑的。"

江小雪脸一红，说道："哪有啊，就是朋友，三个人一起到山上转转，没，还没有处对象。"

李婶敏感地捕捉到了那个"还"字，说道："啥叫还没有，准备处了？我跟你说啊，你可千万要慎重啊，他家配不上你家啊，你这家庭，你这相貌，你这身段，你这工作，怎么着也要找个镇上有正式工作的，说不定还可以到县城里找一个，你可不能头脑发昏啊，我可是你娘家人，我可是要提醒你啊。"

江小雪有点不悦，说道："我觉得志坚挺好的啊，怎么就配不上我了？这都什么年代了，还讲究门当户对啊？"

李婶恨铁不成钢地说道："你这孩子，怎么能这样？李婶不是外人，不能看着你往火坑里跳啊。你都不知道，他家还有一个长期生病的。"

江小雪看李婶越说越离谱，本来还想解释一下自己跟韩志坚只是朋友，听李婶这么一说，也懒得解释了。正好张海萍骑着自行车过来了，江小雪赶紧招呼道："舅妈，我朋友来了，我先回去了。志坚，改天再约啊，有空到镇上记得找我啊。"

"走了啊，我过两天就回县里了，你要来镇上玩，要趁早啊。"张海萍笑着对韩志坚说道。

韩志坚笑着回道："快回去吧，到下坡那里要骑慢一点。我去镇上回头去找你们，去吧，去吧。"

"走了，大黄，再见啊。"张海萍还不忘跟大黄打个招呼。大黄尾巴摇着"汪汪"了两声表示知道了。

"小雪，回家代我向你妈问个好啊，有空来舅妈这里转转。"李婶看江小雪和张海萍要走了，连忙秀一下存在感。

"知道了，再见了……"江小雪摆了摆手，然后小声对张海萍说，"走，快走。"

骑了一段距离，张海萍问道："咋了，感觉你这有点落荒而逃啊？"

江小雪说道："别提了，那个舅妈跟审犯人一样，一直问我跟韩志坚是不是处对象，我还没说啥呢，她就一直说千万别往火坑里跳，这都是什么人啊！"

"哈哈哈……"张海萍笑得花枝乱颤，车子也摇晃了起来，吓得江小雪赶紧拽住了张海萍的衣服，这一下不要紧，张海萍身体扭来扭去，使得车子摇晃得更厉害了。

江小雪赶紧跳下自行车，不满地说道："你会不会骑车啊，吓死我了。"

张海萍不好意思地说道："你抓住我腰上的肉了，我怕痒。"

"好吧，慢点骑。我感觉你这骑车技术不行啊。"江小雪说道。

"那你来骑？"张海萍玩味地笑着说道。

江小雪翻了个白眼给张海萍，说道："拉倒吧，你知道我不会骑自行车的。"

"我教你？"张海萍说道。

"算了，你过两天就回去了，你这两天先当当免费的车夫吧，我慢慢学。"江小雪说道。

"成，坐稳了，走喽……"张海萍载着江小雪又重新骑了起来。

时不时，张海萍故意扭几下，惹得江小雪惊叫连连，洒下了一路的欢声笑语。

第八章　李婶告密

"小犬，今天跟来找你的那两个女孩子去哪里玩了？"王月娥看到韩志坚回来了，玩味地问道。

"妈，我已经长大了，你别小犬小犬的叫我了。"韩志坚不满地说道。

王月娥笑了，说道："哎呀，我儿子长大了。你今年要么上大学，我跟你爹继续支持你。要么就老老实实回来帮你爹，咱们这个家需要你这个劳动力。事不过三，你这已经第三次高考了。"

一说到这个话题，韩志坚就有点意兴阑珊，于是说道："我知道了，再过几天就知道成绩了。"

王月娥犹豫了一下，还是说道："别怪我这当妈的啰唆，那两个女孩子都挺好的，不过咱们这家庭条件，咱们还是别高攀了。不要跟人家走太近了，咱们这小地方，好事不出门，坏事传千里，到时候影响你讨媳妇就麻烦了。"

"妈，这都哪儿跟哪儿啊，我也是刚认识人家，啥事都没有。"韩志坚埋怨道。

"我也就是提醒你一下，人言可畏，你别看我大门不出二门不迈的，十里八乡的事情我都知道，为啥知道，就是因为有很多人喜欢传各种各样的事，还喜欢编排人。"王月娥对韩志坚的态度不太满意，继续开导道。

韩志坚有点泄气，说道："知道了。"

王月娥看韩志坚服软了，这才高兴起来，说道："过几天让李婶他们几个认识人多的街坊邻居，帮你介绍一房媳妇，安安稳稳过日子。"

"又来，这事以后再说吧，我现在还没想这事。你就先别操心了。"韩志坚没好气地说道。

王月娥好像没听到韩志坚说话一样，自顾自地说道："前几天李婶还说隔壁村有个姑娘不错，现在在郭滩小学当民办老师，过几年干得好就能转正了。对了，你也可以去当民办老师啊。"

"当老师啊？"韩志坚脑中忽然浮现出了江小雪恬淡的笑容，这才是老师该有的样子，于是说道，"我不太适合当老师，我是茶壶里煮饺子倒不出来，我给同学讲题都讲不明白，怎么能当老师？"

王月娥恨铁不成钢地说道："我和你爹供你这么多年，到头来还要当农民，你这不是又要被街坊四邻说三道四了？"

韩志坚有点生气了，说道："怎么老管别人怎么说，我们过自己的日子，又不是活给别人看的。"

"怎么不是活给别人看的？人活一张脸，树活一张皮，咱们活在世上，不就是为了脸面吗？"王月娥继续驳斥道。

韩志坚不想跟王月娥争了，这要争下去，还不知道要争到啥时候，于是选择了沉默。

王月娥看韩志坚不吱声了，心里很是熨帖，看来自己把韩志坚说服了。

江小雪又陪着张海萍玩了两天，而韩志坚这两天并没有来找她们。张海萍回清陵县城的时候，对江小雪交代道："韩志坚这个没良心的，这两天也不来找我们玩，下次有机会好好收拾他，记住了啊。"

江小雪应道："知道了，知道了，快走吧，过几天得闲了，我去县城找你玩。"她心中也在想着，这个韩志坚也不来，弄得这两天两个人转着玩的时候，总觉得少了点啥。

班车准备开了，张海萍忽然把头从窗户伸出来，朝着江小雪喊道："小雪，那个韩志坚不错，你要是不下手，我可要下手了啊。"

江小雪被张海萍弄了个大红脸，瞪了她一眼说道："乱喊啥啊，我回去了，下次看我不撕烂你这张嘴。"

"哈哈哈……"车厢里，张海萍开心地笑了起来，似乎有一种恶作剧得逞的满足感。

看着张海萍的班车远去，江小雪这才慢慢地往家里走去。路上，江小雪走得很慢很慢，张海萍刚才虽然喊的是玩笑话，但是通过跟韩志坚的接触，她深深感到韩志坚是那种憨厚又不失幽默、正直又不失帅气的人，跟他在一起，有一种莫名的安全感和舒适感。走着走着，江小雪忽然想到了程思进，虽然张海萍说程思进是个不错的选择，但是自己不喜欢程思进看起来城府很深的样子，总感觉有一种距离感。

不知不觉走到了自己家的店铺门口，江小雪刚要进去，就听见里面杨丽英的声音："啥？小雪谈朋友了？你们村的？我咋不知道？"江小雪停住了脚步。

"千真万确啊，我前两天亲眼看到的，小雪，还有一个女孩子，和我们村的那个高考三次的一根筋从山上有说有笑地下来。"江小雪听出了是李婶的声音。

杨丽英说道："前几天，小雪确实有个同学过来找她玩。"

"那就对了，就是她们。我还去套了小雪的话，听她口气，现在应该没有确定关系，但是她对人家是很有好感的。那家的情况你不知道，他妈身体一直不好，干不了啥活，还有个姐姐已经嫁出去了，他自己高考三次了，也不知道这次能不能成。你看咱家小雪，要模样有模样，要工作有工作，怎么着也要找一个能配得上咱小雪的呀。"李婶把这个碎嘴子的潜质发挥到了极致，语速快，话又多，别人根本插不上什么嘴。

杨丽英插不上话，只能不住地点头。

李婶看杨丽英点头，知道自己说到了她心坎上，接着说道："咱家小雪这么优秀，可以考虑让她进城，到县城里找个对象，那咱家小雪也就是城里人了。咱们秀源镇还是太小了，眼光还是要放远一些。"

杨丽英眼前一亮，说道："对呀，我咋没想到，小雪马上有正式工作了，可以调到县里工作，不用窝在这个小镇上了，你这一说倒是提醒我了。"

"我今天就是跟你提个醒，别的没啥，准备来镇上买点油买点米什么的。"李婶看目的已经达到，准备告辞。

"买啥啊，咱家开店就是卖这个的，拿就行了。来，这个油不错，新到的货，你先拿一瓶，看看好不好吃。米咱这里也有，你也别跑了，我给你装点，都是自家的。"杨丽英热情地说道。

"不用了，不用了。"李婶连连摆手，嘴里说着不用，但是脚下却是纹丝不动。

杨丽英动作很麻利，三下五除二就装了一二十斤米，递给了李婶，说道："先吃着，好吃了再来。对了，还有这油，拿着。"

"多少钱？"李婶问道。

"你看你说的，要啥钱啊，你这不是见外了吗？别拿钱了，都是自己家的东西。"杨丽英挥挥手说道。

"那怎么好意思。"李婶嘴上说着，手却伸过去接了过来。

"李婶，你要帮我盯着点啊，可不能让小雪……"杨丽英压低了声音说道。

"放心吧，我帮你盯着点，我有事没事去他家串串门，有啥消息我再来。我先走了啊。"李婶本来往外走了，又回头说道，

"哎呀，这油跟米，多少钱呀？怎么能白拿呢？"

"不用不用，真不用。不留你吃饭了啊。帮我盯着点，比啥都强。"杨丽英推着李婶往外走。

江小雪听着两人往外走的声音，赶紧往街上走了几步，然后回过身往家里走去。

"呀，小雪回来了。长得真好！"李婶背着米，拎着油，眼睛笑成了一条线。

"小雪，这是你舅妈。"杨丽英看江小雪没反应就介绍道。

江小雪硬着头皮说了句："舅妈好。"说完就往家里走去。

"这孩子！她舅妈，你先回去，我还要跟小雪谈谈。就不送你了啊。"杨丽英很不满意江小雪对李婶的态度，想着等会儿数落她一顿。

第九章　返校估分

时间总是过得很快，转眼就到了估分填报志愿的时候。估分填报志愿是很重要的一个环节，很多人会因为错估自己的分数，错失好大学，甚至名落孙山。

一大早，王月娥就起来煮了两个鸡蛋，让韩志坚早上一定要吃，寓意是考个 100 分。韩志坚也不推脱，三下五除二地就把两个鸡蛋吃了，结果太干了，噎住了。弄得王月娥又是给他灌水，又是捶背，折腾了半天，才算是缓过劲。免不了又是一阵数落。韩运喜抽着旱烟，虽然不说话，但是心中还是有那么一些希冀，说不定儿子真的能考上大学，那自己以后再也不怕村里人背后的指指点点了。

韩志坚告别父母，到秀源镇去坐车。路过镇东头江记食杂店的时候，忍不住在门口驻足了一会儿，没有看到江小雪的身影。

韩志坚到客车站的时候，坐车的人挺多的，也有不少是去学校估分填报志愿的。有几个看着挺脸熟的，几个人相互致意，一路无话。

到了流阳二中门口，已经有很多人了，很多学生都是由家长陪同，像韩志坚这样"单枪匹马"的也算是少数。

"哎呀，这不是韩志坚嘛，今天又来填报志愿了？"韩志坚在往教室走去的时候，身后忽然冒起了一句阴阳怪气的话。

韩志坚没回头就知道是谁了，回头一看，果然是同班的钱云开和另外几个同学。这个钱云开家里挺有钱的，平日里倒是有几个同学唯他马首是瞻。平时在班里的时候，钱云开就喜欢欺负一下农村来的学生，有事没事损上几句。

韩志坚懒得理他，压根儿无视钱云开的存在，径直往前走了。

"开哥，这臭小子很不给你面子啊，要不要我们去收拾一下他？反正也毕业了，咱也不怕学校追究了。"旁边一个弄着中分头模样的学生小声说道。

钱云开摆了摆手，说道："这小子是个一根筋，我们别去逼他，逼急了这小子可是会拼命。你们要学会看人，有些人不能逼太狠。像这个韩志坚，家里条件那么差，能够坚持三次高考，绝对是一根筋。"

"那就这么算了？""中分头"有点不甘心，心想好不容易找到一个可以欺负揉捏的对象，不想轻易放弃。

"走吧，开哥走过的桥比我们走过的路还多，开哥的话你也敢质疑？"旁边另一个穿着花短裤的学生不着痕迹地拍着钱云开的马屁。

钱云开心里很是受用，说道："走，看看隔壁三班的班花吴丽萌今天来了没有。唉，我们班的班花安春雨居然带着父母来了，没机会靠近啊。"

几个跟班一听钱云开要去三班去找吴丽萌，顿时鼓噪起来，叫嚷着"走走走……"

"志坚，你来了？"韩志坚刚走到教室门口，就遇到了安春雨，安春雨热情地跟他打着招呼。

"来了，你填好了吗？"韩志坚笑着说道。

安春雨笑了笑说道："我还没填呢，我爸跟我妈去商量了，一会儿回来估计就能定下来了，我想去学医。我爸想让我读师范，我妈倒是支持我。你呢？"

"我还没估分，你估了多少分？"韩志坚问道。

"我估了 490 分左右，我语文和数学估分可能不是太准，但是成绩上应该跟我平时出入不大。"安春雨说道，"老师说今年的分数线可能会划在 480 分左右，比往年会低一些。"

"你才估了 490 分啊，那我估计又惨了。我先去估分。"韩志坚听到安春雨才估了 490 分，心里忐忑起来，因为平时安春雨的成绩比他要好一些。

韩志坚拿了一份答案，专心地在那里估起分来。随着一科一科地估，韩志坚的心不停地往下沉。按往年的分数线，自己今年可能又要差一点了。不过刚才安春雨说的，让他感觉自己还有一线希望。

韩志坚想了想，又仔细地估了一次分，结果跟第一次估的差不多，还是 475 分左右。

"咋样？"安春雨又走进了教室，看到韩志坚坐在那里没有再估分了，就过来问道。

韩志坚苦笑了一下，说道："不咋样，我才估了 475 分，按往年的分数线，今年又没希望了，看来我注定要当农民了。"

安春雨安慰道："今年分数线可能没那么高，你先别灰心，说不定分数线就是 475 分呢。选一些冷门一点的专业，反正大学是包分配的，起码跳出农门了。"

韩志坚笑了笑说道："我哪还敢去奢望好专业。你们赶紧报，报完挑剩下的就是我的最佳选择了。"

安春雨看韩志坚还能开玩笑，就知道韩志坚应该能够承受打击，毕竟是屡战屡败、屡败屡战。

"春雨，过来帮我参谋参谋，看看我还有希望吗？"这时，旁边一个女生叫安春雨过去。

安春雨歉意地一笑，说道："我过去一下，你可以找下咱们班主任，他更有经验一些。"

"嗯嗯，你去吧，我去找下班主任。"韩志坚说道。

这时，隔壁传来了一阵喧闹声："滚，你们几个来我们班干什么？"接着传来了桌椅的倒地声和女生的尖叫声。

"这是你家的？我为啥就不能来？""中分头"冲在前面，当起了马前卒。

"你们干什么来了？我们在忙正事，你们来捣什么乱？没看吴丽萌都被你们吓哭了？"一个高个子的男生站在前面和"中分头"对峙着。

这个时候，钱云开说话了："我们只是来关心一下同学，了解一下她报什么学校，这也不行吗？"

明眼人一看钱云开这几人动机就不纯，怎么可能是简单地关心一下同学。"你们这叫关心同学吗？狼一群狗一伙地到我们班上。"一个声音很尖的女生说道。

眼见围过来的人越来越多，甚至还有几个家长。钱云开几个人看事不可为，相互一使眼色，不着痕迹地点了点头。钱云开说道："狗咬吕洞宾，不识好人心。不欢迎我们，那我们走。"说完，带着几个人落荒而逃。

"开哥，今天咱们出师不利，踢到铁板上了。""花裤衩"说道。

"啪！""花裤衩"声音刚落，就被"中分头"照头上打了一下。只听"中分头"骂道："会不会说话？啥叫出师不利？怎么是踢到铁板了？"

"你们两个别吵了，烦死了。"钱云开本来就心情不好，见两个小弟吵了起来，感觉有点心烦。

"中分头"和"花裤衩"相互瞪了一眼，便不再言语。

第十章　填报志愿

钱云开几个人悻悻地走在校园里，嘴巴里嘟囔着泄气的话。

韩志坚走出教室去校园里找班主任，因为班主任被一堆家长和学生围住了，大家都在咨询报志愿的相关细节。校园里东一群西一群的，热闹极了。

"开哥，你怎么填志愿那么快啊？我看你几分钟就填完了。"一个梳着"四六分"头发的人问道。

钱云开白了他一眼，说道："你这眼力见儿呢？开哥啥水平你不知道吗？"

"中分头"在旁边说道："你傻不傻，咱们开哥报啥大学都一样，不用费心思。"

"六四分"有点蒙，听不懂"中分头"的意思。

"花裤衩"说道："开哥是把时间用在正事上了，填啥志愿都一样，反正也考不上。"

"啪……"话音刚落，"花裤衩"头上就被钱云开拍了一下，"哪壶不开提哪壶，会不会说话？"

"开哥，你看，是那小子。""六四分"看到了远处走来的韩志坚，赶紧提醒道。

钱云开几个人一看，果然是韩志坚，只见他好似正在思考着什么，几个人不动声色地围了上去。

走着走着，韩志坚忽然发现前面几个人挡住路了，抬头一看，原来是钱云开几个人。他不想理他们，准备绕开他们几个人走过去。没想到的是，他往左走几步，几个人就跟着往左走了几步，把他的路死死挡住了。

韩志坚停住脚步，一字一句地说道："别惹我，你们会后悔的。"

"呦呵，开哥，这小子是不是在威胁我们？""中分头"跳了出来说道。

"花裤衩"说道："小子，哥几个今天不开心，你放老实点，要不然，嘿嘿……"

韩志坚面不改色，用不容置疑的口吻说道："让开！"

钱云开皮笑肉不笑地说道："韩志坚，我早就想收拾你了，一天到晚装什么清高，就你这样的，癞蛤蟆还想吃天鹅肉？安春雨是你能想的吗？"

韩志坚有点莫名其妙，说道："没空跟你们扯，安春雨跟我一点关系都没有。让一下！"

"花裤衩"习惯性地撸了撸胳膊，忽然发现自己穿的背心，并没有袖子，但是他并没有觉得尴尬，说道："对哥几个客气点，不要敬酒不吃吃罚酒。"

"志坚,怎么了？"这时,身后忽然传来了一声清亮的女声。韩志坚回头一看，是安春雨走过来了。

　　"哎呀，这不是我们的班花，不不不，这是我们的校花啊。来，哥几个，问个好。"钱云开脸上堆满了笑容。

　　"校花好！"几个人齐声向安春雨问好。

　　安春雨厌恶地蹙了蹙眉，说道："钱云开，你少欺负老实人啊，你敢动韩志坚，我跟你没完。志坚，我们走。"说完，安春雨拉着韩志坚的胳膊往前走去。

　　也许是被安春雨的气势镇住了，"花裤衩"不自觉地就让开了道路。

　　等到安春雨和韩志坚走远了,钱云开踢了"花裤衩"一脚，骂道："看你那点出息，你把路让开干啥？要过去也要让他们绕过去走。"

　　"花裤衩"小声嘟囔道："那还不是不拦人家吗？"话音刚落，又挨了钱云开一脚。

　　"志坚，他们几个二流子拦着你干啥？"安春雨关心地问道。

　　"能有啥，还不是跟你多说了几句话，就被钱云开盯上了。现在毕业了,想找我麻烦。红颜祸水啊。"韩志坚开玩笑地说道。

　　安春雨脸一红，啐了一口说道："这哪跟哪儿啊，他们是拣软柿子捏，谁让你平时一副任人揉捏的样子。"

　　"那是我懒得理他们，我哪有时间跟他们斗来斗去的，还不如多做两道题。"韩志坚叹了口气说道，"我基础太差了，前面在小学、初中时落下太多了，指望高三突击复习，好像于事无补。"

安春雨犹豫了一下，咬了咬嘴唇说道："你知道吗，男孩子什么时候最帅？"

韩志坚有点疑惑地看了安春雨一眼，感觉这个话题转折得有点太突兀了，说道："球场上飞奔的身影？好像你们女生都挺喜欢打球打得好的男生。"

"那是她们，我喜欢做事情很认真的男生，就像你一样。"安春雨说完脸更红了，不等韩志坚反应过来，飞快地说道，"我去找我爸妈去了，我看见他们了，回头再聊。"说完就一路小跑离开了。

韩志坚脑袋里像打雷了一样，他完全被安春雨说的话震惊到了。等到他反应过来时，安春雨已经跑远了。

韩志坚摇了摇还有点蒙的脑袋，自嘲地自言自语道："难怪钱云开他们要拦住我，看来我是当局者迷啊，我一点都没发现安春雨居然会喜欢我。"

韩志坚好不容易找到了被里三层外三层包围住的班主任李岩，左冲右突了好一阵子，终于挤到了班主任的面前，赶紧搭话："李老师，我估完分了，您给我指导一下吧。"

"估多少？准备学啥专业？"李岩老师问道。

韩志坚有点不好意思地说道："估分不到 480 分，想报个医学类的。"他看自己母亲王月娥常年被病痛折磨，于是就萌生了学医的念头。

"480 呀，那在临界点，我建议你别报医学类的，还是报师范或者农业类的，比较稳妥一点。"李岩想了一下说道。

"这样啊，可是我不想读师范。我再想想吧。"韩志坚犹豫了一下说道。

"李老师，我女儿估了 460 分，您看看能报啥？"旁边一个家长看韩志坚不说话了，连忙挤上前询问。

韩志坚慢慢地挤出了人群，想了一下，还想挤进去跟班主任再探讨一下，看着被围住的班主任，摇了摇头，最终放弃了。

回到教室，韩志坚拿着报考志愿表，犹豫了一阵，还是在第一志愿上填报了流阳医学院临床医学专业。第二志愿填报了流阳医学院的医学检验专业。第三志愿填报了流阳师范学院的汉语言文学专业。

填完志愿，韩志坚检查了一遍后，长出了一口气，心道："不成功，则成仁。就看成绩出来能不能行了。"

"填好了？"安春雨的声音在耳边响起。

韩志坚抬头看了安春雨一眼，安春雨脸立马红了。韩志坚笑了笑说道："我报了医学院。"

"啊！医学院录取分数比较高一些啊。你咋不报师范啊？我报了流阳师范学院，还想着让你也报。"安春雨急忙说道。

"我第三志愿报了流阳师范学院。"韩志坚说道。

"都第三志愿了，根本就没啥意义。"安春雨嘟着小嘴说道。

"可是，我觉得我不适合当老师，我自己都学得不怎么好，怎么教别人，不是误人子弟嘛。"韩志坚说道。

"你改一下志愿吧，你这分数报流阳师范学院的冷门专业，还是有希望的。"安春雨直视着韩志坚说道。韩志坚都被她盯得不好意思了，不敢与她对视。

安春雨感觉韩志坚有点心动了，反正今天也表白了，豁出去了，凑过去在韩志坚的耳边小声说道："你不想继续跟我当同学吗？"

一股少女的气息扑面而来，甜糯的声音在耳边轻响，让韩志坚情不自禁地起了鸡皮疙瘩，甚至有一种战栗的感觉，心跳忽然加速，不由自主地说道："我改一下。"

第十一章　校花表白

"志坚，这个志愿表一人只有一份，没有多余的了，你要不再等等？如果有同学没有来填志愿的话，会有剩余，到时候看能不能给你留一张。"班主任李岩为难地说道。

韩志坚满含歉意地扭头看了安春雨一眼，转过头来对李岩老师说道："老师，那您帮我留意一下，如果可以的话，我晚点再过来。是不是今天必须填报完毕？"

"嗯，今天必须报完，明天就报上去了。你下午五点多的时候再过来吧，如果有剩余我给你留着。"李岩老师说道。

"好的，谢谢老师了。您先忙。"韩志坚礼貌地说道。

见韩志坚出来，安春雨走近韩志坚，小声说道："走吧，出去走走。"韩志坚轻声"嗯"了一声，跟着安春雨走出了教室。两个人没有发现，坐在教室后方的钱云开始终在盯着两个人的身影咬牙切齿。

流阳二中的环境非常不错，一条小河从校园中缓缓穿过，把校园分割成两个部分，一边是教学办公区，一边是学生宿舍区。这条小河被二中的学生们在作文里描绘美化了无数次，后来学校征集河名，最后流苏河以微弱优势胜出。流苏河并不宽，最宽的地方也就八九米，最窄的三四米，有的学生加个助跑就能跳过去，后来有个学生没有把握好距离掉进河里，学校为了安全，就在两侧修了栏杆和道路。

流苏河的两侧种了不少树，形成了两个小树林带。此时，韩志坚和安春雨两个人就默默地走在流苏河畔的小树林里。

"安春……春雨……"韩志坚支支吾吾地不知道叫什么好了，叫安春雨显得生分，叫春雨又显得亲密，特别是在安春雨刚才挑明心迹后，韩志坚话都说不清楚了。

"叫我春雨吧，我爸妈就是这样叫我的。"安春雨看出了韩志坚的窘态，笑着说道。

"你，你怎么会喜欢我呢？我打球也不怎么好，学习也不怎么好，脑袋瓜也不是太灵光，有时还很木讷无趣，用班里其他人的说法就是三脚踢不出个屁来。"韩志坚探询道。

"我就是喜欢你那种踏实认真的样子。"安春雨火辣辣地看着韩志坚的眼睛。

韩志坚被安春雨看得脸红了，不甘示弱地也直视着安春雨。

韩志坚在看着安春雨的时候，脑海中没来由地跳出了江小雪的身影，嘴巴里不由自主地就说道："春雨，我们可能不合适。"

安春雨愣住了，这是她第一次向一个男生表白，而且是自己主动的，居然被人拒绝了。瞬间，安春雨的眼眶里蓄满了泪水，委屈的样子惹人怜爱。

韩志坚顿时手足无措起来，连忙摇着手说道："我不是那个意思，我是说我们不能在一起。"

"你！"安春雨的泪水终于滴落了下来，哭着说道，"你有心上人了？"

"没有，没有。"韩志坚连忙解释道，"我的意思是我配不上你。我，我不敢奢望。"

梨花带雨的安春雨笑了，说道："那你喜不喜欢我？"她说完又脸红了，自己从来没有这么大胆过。

"我，我是感觉你离我太遥远。"韩志坚小心地说道，生怕安春雨再次飙泪。

"遥远？"安春雨心一横，凑近了韩志坚，两个人的鼻尖只有十厘米左右，相互的鼻息已经能够感觉到了。

韩志坚下意识地往后退了一步，说道："我不是这个意思，我的意思是说你跟个天仙一样，我配不上你，所以感觉你离我很远。"

安春雨看到韩志坚往后退的样子，虽然略感失望，但是听完韩志坚的话，又开心了起来，说道："还天仙，我不也是一个鼻子两个眼，跟别人不是一样吗？"

"今天，太突然了，你冷静一下，你肯定能考上大学的，我不一定。我要是考不上，就只能回家种地了。所以，所以……"韩志坚不想往下说了。

安春雨知道了韩志坚的意思，幽幽地说道："我是看中你这个人，又不是别的，你这个样子，好像连朋友都没得做一样，拒我于千里之外。"

"我们一直是朋友啊，你可是大美女，我可不敢奢望啊。你看，平时跟你多说几句话，钱云开就把我当成眼中钉了。刚才我们两个一起出来，估计钱云开也看到了，不知道憋着什么坏招准备收拾我呢！"韩志坚说道。

"你怕了？"安春雨玩味地说道。

"几个跳梁小丑而已，我根本不放在眼里。"韩志坚不屑地说道。

虽然被韩志坚拒绝了，但是安春雨越看韩志坚越是喜欢。有些时候就是这样，越是得不到，越是想要得到。安春雨此刻的心里就是这样，韩志坚越是拒绝自己，她越是觉得韩志坚可靠，值得去交往。

"走吧，不说这些了，我请你吃饭。"安春雨也不纠结于韩志坚答不答应自己了。

"走吧，我请你，你带路。"韩志坚故作大方地说道，手不着痕迹地伸到了裤子口袋里，里面只有几张零票，心中慨叹，"我还是太穷了，家里辛苦一年也只是勉强填饱肚子，怎么能指望别人青睐自己呢！"心里想着，他不由自主地看了安春雨一眼。

安春雨注意到韩志坚看自己，以为是偷瞄自己，心里满是甜蜜，心想：嘴上拒绝着我，心里不还是想着我，看来自己魅力还是可以的嘛！

因为山地较多，清陵县在流阳市不算是发达的县。县城也不算太繁华。韩志坚和安春雨找了好一阵子才找到了一个叫翁记饭店的地方，看起来还比较上规模一些，摆了六七张四方桌，卫生状况还不错。

韩志坚请安春雨点菜，安春雨也不客套，点了红烧肉、山药炒西芹和醋熘大白菜，又点了一个番茄鸡蛋汤。韩志坚又默默地把手伸进了口袋，不着痕迹地揉捏着口袋里的几张零钱。

上菜很快，不大会儿菜就上齐了。韩志坚也确实饿了，连着吃了两碗米饭。看着安春雨的那碗米饭还剩下三分之二，韩志坚不好意思地笑笑，说道："不好意思，太饿了，我饭量比较大。"

安春雨笑了笑说道："嗯，你多吃点，我饭量小，我这一碗都不一定能吃完，你要不要帮我吃点？这一半我还没吃过。"说完，安春雨就把饭碗递了过来。韩志坚犹豫了一下，把安春雨的米饭拨了一半过来。

安春雨掩嘴一笑，说道："木头，你拨过去的是我吃过的。"

韩志坚尴尬地笑了笑，反问道："你嫌弃我？"

"吃吧，吃吧，我是怕你嫌弃我。"安春雨开心地说道。

第十二章　舒心一游

"啥，已经付过了？"韩志坚愣在了收款的桌子前，"啥时候付的？谁付的？"

"别问了，我付了，走吧，说好我请你的。"安春雨从后面跳了出来，一把拉住韩志坚的胳膊，往外面走去。

韩志坚无奈地笑了笑，随着安春雨往外走去，他没注意到的是，安春雨的胳膊很自然地挎在了他的臂弯里。

身后的饭店老板羡慕地看着韩志坚和安春雨的背影摇了摇头，自言自语道："现在这些年轻人，真好。哎哟，你扭我耳朵干啥？"老板娘看老板口水都快流出来了，一下子就扭住了老板的耳朵，说道："有什么好看的？"说完，老板娘自己也羡慕地看了两眼。

走了不远，韩志坚感觉到了胳膊处的那丝柔软，他忽然意识到什么了，试着抽回自己的胳膊，却发现胳膊被安春雨箍紧了，脸不由自主地红了，小声说道："快放开我，被人看到不好"。

安春雨发觉了韩志坚的窘态，笑了笑说道："怎么了？本姑娘都不怕，你怕啥？"说完挑衅似的把胳膊抱得更紧了。

"好好好，我怕了你了。你平时不是这样的啊！"韩志坚赶紧求饶，"咱们还是别这样了，我有点扛不住啊。"韩志坚有点招架不住安春雨的这种热情。

"好吧，饶了你了。走吧，咱们去看录像吧？听说舒心园市场那里开了一家录像厅。我从来没看过录像，你陪我去看吧？"安春雨终于放开了韩志坚的手臂，这也让韩志坚松了口气。

"好啊。"韩志坚轻轻甩了甩手臂，终于拿回了手臂的所有权，听到安春雨要去看录像，便欣然答应了。

两个人往舒心园市场方向走去。舒心园市场是清陵县城最繁华的地带，各种商家店铺林立，当然最多的还是衣服店。

录像店很好找，因为录像店的门口放着一个大音箱，正在响着振聋发聩的声音，看样子像是在播放香港警匪片。到了门口，售票的中年男子看了看韩志坚和安春雨，说道："回去吧，今天的录像不适合你们看。"说完还玩味地看了看安春雨。

安春雨有点生气，说道："有啥录像不适合我们看的？"

"我说不适合你们看就不适合你们看，去吧，去别的地方玩吧。"售票的中年男子不耐烦地说道。

"你这人真是的，给你钱还不要，为啥不让我们看？"安春雨很是失望。

"要是不相信，你进去瞄一眼，再决定看不看。"卖票的中年男子指了指韩志坚说道。

韩志坚看了一眼安春雨，说道："我进去看下。"韩志坚掀开了满是污迹的棉被帘子，一股浓郁的汗臭味、烟草味、脚臭味和各种奇怪的味道扑面而来，让韩志坚呼吸为之一滞。他走了进去，里面没有开灯，不远处一台十四寸左右的彩色电视在播放着一部香港的警匪片。有几个光着上身的小青年在叫嚣着"换片！换片！"下面有不少人在附和着。

　　韩志坚问身边的一个人："这片不是挺好看吗？换什么片啊？"

　　旁边的人鄙夷地看了他一眼，说道："一看你就是个学生，要换大人能看的片子，你快出去吧，不适合你看。"

　　韩志坚一听就明白了，一看录像厅的老板准备换片子了，就赶紧走了出来，拉着安春雨就走，小声说道："走走走，不好看。"

　　安春雨看着韩志坚一声不吭埋头往前走，忍不住问道："咋了，干吗神情这么严肃？"

　　韩志坚停住脚步，认真地看着安春雨的眼睛说道："那里面你以后再也别进，放的都是些乱七八糟的片子。"

　　"哦，那我们去哪里玩？"安春雨有点失望地说道。

　　"我们去逛一逛舒心园市场吧。"韩志坚说道。

　　"好啊，好啊，我最喜欢逛街了，我妈老是让我在家复习功课，从来不让我逛街。走，走，走。"安春雨兴奋地说道，说着就要拉韩志坚的胳膊。

韩志坚这次聪明了，不动声色地快走两步保持了一点距离。安春雨在他背后吐了吐舌头，心里嘀咕道："哼，胆小鬼。"

　　两个人走到了一家不知名的店铺门口，里面挂了好多很漂亮的毛线制品。店铺的老板娘很热情地打招呼："进来看看吧，都是自己手工做的，很便宜的。"

　　韩志坚和安春雨互望一眼，一起走了进去。安春雨看着琳琅满目的毛线制品，满眼都是星星。她拿起来一个粉色毛线编织的小猪，仔细看起来，扭过头问韩志坚："怎么样，可爱不？"

　　"嗯，很可爱，手艺不错。"韩志坚说道。

　　"买一个送给你对象吧！这个是最后一只了，给你优惠点。我这十二生肖很好卖的。"老板娘不失时机地推销道。

　　听到老板娘的话，韩志坚和安春雨互看了一眼，两个人的脸都有点发烫。安春雨眼巴巴地看着韩志坚，说道："我属猪的。"

　　韩志坚点点头说道："嗯，买一只。多少钱？"

　　"本来卖四块钱，最后一只了，你就拿三块钱得了。"老板娘说道。

　　"喏，给你。"韩志坚从裤兜里摸出五块钱递了过去。

　　"你对象真好看。要不要包一下？"老板娘一边找钱一边热情地说道。

　　"不用了，我抱着就行了，抱着也很舒服。"安春雨说道。

"拿个袋子吧，大热天的，抱着挺热的。"韩志坚说道。

"还是你对象会关心人，给你袋子。"老板娘不着痕迹地恭维道。安春雨笑着看了韩志坚一眼，心里跟喝了蜜一样舒服。

两个人又逛了一会儿，试了几套衣服。还真别说，安春雨这身材简直就是衣服架子，怎么穿怎么好看。韩志坚摸了摸裤兜里的钱，只得找出各种理由挑衣服的毛病，这件穿上太成熟了，那件太素了……反正没有一件可以。其实安春雨也没想买衣服，也就没有坚持买。

两个人逛了一会儿，时间已经不早了，本来安春雨想陪着韩志坚到学校去改志愿，但是韩志坚让安春雨先回家，安春雨也没坚持，因为再不回家的话，父母就要担心了。于是安春雨把家里地址写下来给韩志坚，并嘱咐他有空一定要去找她，最后一步三回头地看着韩志坚走了。

韩志坚回到学校，找到班主任李岩老师。李岩老师一看韩志坚来了，就说道："志愿表整个学校就剩了一张，刚才被钱云开拿走了，他也要重填志愿。你来得晚了一会儿。"

韩志坚说道："谢谢老师了，改不了那我就不改了。没事。那老师我先回去了。"

"嗯，回去等消息吧，分数出来就知道了。"李岩老师说道。

清陵县城的一个小饭馆里，钱云开和几个人一起高兴地吃着饭。只听"花裤衩"说道："开哥，你这招太高了，那个韩志坚想改志愿都改不了了。"

"哼，癞蛤蟆还想吃天鹅肉，我让你改不了志愿。"钱云开恨恨地说道。

"来，开哥，我们敬你。以后我们几个就跟着你混了。""四六分"举起酒杯，带头向钱云开敬酒。

"哈哈，好好，以后咱们兄弟齐心，在清陵县好好混，早晚咱们能混出个名堂来。"钱云开高兴地说道。

此时，坐上开往秀源镇末班车回家的韩志坚不知道的是，自己的命运被钱云开拿走的一张志愿表彻底改变了。

第十三章　决心一搏

韩志坚坐在车上，想着怎么跟安春雨交代，想了半天也没想出个头绪来。

到了秀源镇，天色已经暗了下来，韩志坚决定从镇上走回家。

不知不觉间，韩志坚走到了江小雪家店面的门口。江记食杂店是临街的两层楼，一楼的前面是店面，后面是厨房和一个小院子，二楼是卧室。秀源镇的店铺大抵都是这个样子，区别在于有的人家是三层楼，甚至个别是四层楼。

江记食杂店二楼有三个房间，其中一个房间的灯亮着。韩志坚不知道是不是江小雪的房间，在楼下犹豫了一会儿，还是没有喊江小雪，于是往禾丰村走去。

韩志坚回到家，王月娥就迎了上来，说道："怎么样？报的什么学校？"

"报的医学院。"韩志坚回答道。

"医学院好啊，以后当医生，把我这病好好治一治。啥时候开学？"王月娥高兴地说道。

"看你这着急的，只是报志愿，成绩还没出来，分数线也没出来，还要等一段时间。"韩运喜说道。

"我爹说得对，还要过两周才出成绩。能不能考上就看这次了。考不上，我就安心跟着爹一起种地。考上了，我一定好好学，到时候把您这病看好。"韩志坚坚定地说道。

王月娥眼圈微红，说道："嗯。不管咋样，妈都支持你。我感觉最近我这腰比以前好了很多，你爹最近这按摩水平见长啊。"

"那真是太好了，我有几次做梦都梦到您这病好了，还跟我们一起下地干活了。"韩志坚高兴地说道。

"准备洗手吃饭，今天吃面，你最爱吃的打卤面。"韩运喜也高兴地说道，可能是被王月娥夸了一下，心情大好。

吃饭的时候，韩运喜说道："小犬，你说咱们村这种情况，怎么才能富起来？我看报纸上不少地方都有万元户了。咱们村一个都没有。"

"是啊，靠山吃山靠水吃水，咱们这里有山有水，咋就发展不起来？我看清陵县的城郊乡发展得就挺好，好多小洋楼都盖起来了。"韩志坚唏嘘道。

"老韩啊，还吃着呢？"院子里走进来一个人，一个火星忽明忽暗地走了过来。大黄叫了起来，上蹿下跳的。

"老支书啊，大黄，蹲下。"韩运喜站了起来，一看是老支书，赶紧呵斥大黄安静。

"你们先吃，我就是来串个门，先吃，先吃，吃完再说。"

老支书说完把抽完的旱烟锅在门槛上磕了磕。

"老支书,快坐。小犬你去倒碗水去。"王月娥也起身说道。

"他婶子你坐,甭客气。我来就是看看你们。"老支书看王月娥站了起来,赶紧劝道。

韩志坚去倒了一碗水,放了点野山茶叶,放在了老支书的面前,说道:"老支书,您喝茶。"

"小犬也长大了,成壮小伙儿了。不错不错。"老支书看着韩志坚赞许地说道,"可以考虑说一房媳妇了。"

韩运喜说道:"我这孩子一根筋,想着上大学,今年再不成,那就老老实实跟我种地了。说媳妇还早啊,谁会愿意嫁到俺家啊。"

"咱们村已经很多年没出过大学生了,现在大学生可不得了啊,那毕业了肯定有好工作。"老支书说道。

"八字还没一撇呢。老支书这么晚来,啥事啊?"韩运喜说道。

"村里的情况你也知道。大多数村民都是穷得叮当响,很多人连媳妇都讨不上。特别是我们又临近秀源镇,更显得咱们村落后。我在想,咱们村想发展,抱团才行,单打独斗,很难富起来。"老支书一边说着话,一边往旱烟锅里面塞着烟丝。

韩运喜看老支书把烟丝塞好了,划了根火柴帮他点上,等着老支书继续说。

老支书深深吸了一口烟,脸上写满了满足,把烟缓缓吐了出来，说道："你家的情况也比较困难，我在想啊，把咱们村几户责任田连在一片的，裹成堆儿一起干，成规模地种一些药材类的经济作物，也给大家探探路，看看能不能把咱们禾丰村的穷病治一治。"

韩运喜想了一下说道："种经济作物风险太大了，万一不成，连吃饭都是问题了。老支书，你看我家这情况，经不起这种风险。"

老支书胸有成竹地说道："这一点我考虑过了，确实很大风险，但是这个风险值得去冒。要按正常种粮食作物，你们家很难发家致富，这一点我想你比我还清楚。"

韩志坚眼前一亮，赶紧说道："爹，我觉得可以干。"

"种啥？"韩运喜问道。

老支书磕了磕旱烟锅子说道："种草药。前些天我到镇上看病，镇上的医生说现在中药涨价了，进货都不好进。我在想，我们可以试试。"

韩志坚发现老支书有个口头禅，就是喜欢说"我在想"。

韩运喜没有说话，也摸出了旱烟袋，开始往烟锅里摁烟叶，并招呼老支书道："来，试试我这烟叶，劲很大。"老支书也把烟锅子伸过来摁了一锅。

老支书和韩运喜点上烟开始吞云吐雾，两个人都没有说话。老支书也不着急，他知道韩运喜做这个决定比较困难，因为万一不成功就更难了。

韩运喜把烟抽完，似乎下了决心，把烟锅子往椅子腿上一磕，说道："成，我跟你干了，拼一把就拼一把，要不然小犬娶媳妇都难。"

老支书哂然一笑，说道："好，就冲你这句话，我家有吃的，就有你家吃的。你放心地去种，我准备把几家捆绑起来一起干。"

韩运喜疑惑地看着老支书，没整明白啥意思。

老支书磕了磕烟锅子，说道："我准备动员八家一起做，大家风险一起扛，主要种经济作物，粮食作物也种一些，够吃就行。如果年成不好，歉收了，咱们村里管你们吃的。"

"那如果丰收了呢？"韩运喜问道。

"全是你们的！村里不抽成。你们权当帮村里探路了。"老支书手一挥，说道。

韩运喜拍了一下腿，坚决地说道："干了，反正也这样了，我怕啥。"

"那行，我还要去其他几家说下，等收完秋就开干，到时候如果有奔头，咱们再扩大规模。我先走了，别送了，别送了。"老支书把烟锅子往肩膀上一甩，摆了摆手，走出了院子。热情的大黄赶紧站起来叫了一阵子，换来了韩运喜的一阵呵斥。

"爹，这是个好主意啊。说不定咱们也能成为万元户了。"韩志坚高兴地说道。

"风险也很大，没有人敢这样干过。药材怎么种？种出来

山药

卖给谁？指望秀源镇上的几个诊所，根本卖不了多少。可玉米、高粱、芝麻之类的，赚不到多少钱。"韩运喜担忧地说道。

听韩运喜这么一说，韩志坚突然眼前一亮，赶紧说道："爹，我有个主意，我们可以种山药。"

"山药？那玩意不好种啊，一年山药六年墒，土地的肥力受不了。一种山药，其他啥也种不了了，非常耗墒。"韩运喜说道。

"爹，我在想，山药既可以当药材，又可以当菜来卖，也容易保存，不怕没销路。如果能形成规模，就更好卖了。"韩志坚没有发现，在老支书的影响下，把"我在想"的口头禅学会了。

韩运喜点了点头，说道："有道理。我到时候跟老支书商量一下，种山药比种药材好。不过我们素峰山上的野山药品种不是太好，可能需要引进别的品种。"

"野山药味道可以，但是个头太小了，卖相也不好。我今天在清陵县城吃饭时吃到了山药炒西芹，那个山药就比较大块一些，应该是别的地方的品种。"韩志坚赞同道。

"去刷碗去，山药的事后面再说。"王月娥看爷儿俩聊山药聊得挺欢，好像已经干成了一样，抽个空当催促韩志坚去刷碗。

"好嘞，我去刷碗。"韩志坚赶紧站起来收拾碗筷。

第十四章　希望渺茫

"爹，妈，今天可以查成绩了，我回学校一趟，你们中午不用做我饭了，我下午回来。"韩志坚吃完早饭说道。

"嗯，去吧，我一会儿还要找老支书商量一下种山药的事，现在大家基本上都同意种山药了。"韩运喜说道。

"小犬，不管考得咋样，都要早点回来，今天晚上咱们包饺子吃。"王月娥嘱咐道。

"包饺子啊，好，我最爱吃了，那我要早点回来。"韩志坚心情很好，他有一种预感，自己的成绩不会差，应该是可以超过分数线的。

韩志坚到了秀源镇上，经过江记食杂店的时候，忍不住多看了几眼，没有看到江小雪的身影，也就没有再耽误时间，直接前往镇西头的车站。

到了流阳二中的门口，韩志坚发现门口已经被围了个水泄不通。

韩志坚好不容易挤了进去，发现是学校贴出来的喜讯。只见一张大红纸上面写着：

喜　讯

　　热烈祝贺下列考生高考金榜题名！以下同学已
收到大学录取通知书：

　　姓名　　　　　　　录取院校

　　喜讯的下方留着很大一片空白，还没有写名字，看来是
准备填写被录取同学的名字和院校。

　　很多人围在喜讯前，有些人兴高采烈地说着什么，仿佛
自己已经考上了大学一样。韩志坚没有驻足太久，就往学校
里走去。

　　韩志坚刚走进教室，就被安春雨发现了："志坚，你过分
数线了，你能考上大学了。"

　　"真的？！"韩志坚有点难以置信。

　　"是的，千真万确。你去讲台上看去，李岩老师那里有成
绩。"安春雨笑着说道。

　　韩志坚三步并做两步冲到了讲台那里，急切地对班主任
李岩老师说道："老师，我考了多少分？"

　　"恭喜，你考了480分，今年的大学录取分数线是479分，
刚刚过了分数线，如果报的专业合适，被录取的可能性还是
非常大的。"班主任李岩老师笑着说道。

　　韩志坚忍不住攥了攥拳头，说道："谢谢老师，啥时候会
有通知？"

"按往年惯例，基本上再过个几天就会陆续收到录取通知书了。"顿了一下，班主任李岩老师接着说道，"你当时报的是医学院，按往年的录取情况，你这分数还是很悬的。你要是当时听我的报师范，基本上就稳了。"

韩志坚听完心里一沉，心道：按往年的情况，只要过了录取分数线，师范类的都能够录取，确实很稳。但是报考了医学类的院校，有变数。他点了点头，说道："听天由命吧，我今年如果没考上，我就放弃了。"

李岩老师拍了拍韩志坚的肩膀说道："机会还是有的，别灰心。"

"韩志坚，你跟我出来一下。"韩志坚正要答话，却被安春雨拉出了教室。

到了教室外，安春雨直视着韩志坚问道："你骗我？"

韩志坚局促地说道："我不是有意骗你的，我那天下午到学校改志愿的时候，没有志愿表了，只有一张被钱云开拿走了。我也没办法改了。"

"钱云开？这个浑蛋！"安春雨不由得爆了粗口。

韩志坚知道自己理亏，就说道："说不定我能考上医学院呢。我本来也不适合当老师，我就想当个救死扶伤的医生。"

安春雨瞪了韩志坚一眼，说道："你要是考不上咋办？对不起，看我这乌鸦嘴。呸呸呸……"

"事已至此了，说不定能考上呢。"韩志坚反过来安慰安春雨。

"这个钱云开，自己才考了300多分，还浪费了两张志愿表。"安春雨回头看了下教室，本来想找钱云开算账，没想到压根就没有发现他的身影，"算他识相，要不然今天我非骂死他不可。"

"行了，行了，我还不知道你，钱云开真站你面前，你还不一定会骂得出口。"韩志坚笑着说道。

"谁要骂我？"说曹操曹操到，钱云开出现了。

"我就要骂你，怎么了？"安春雨掐着小蛮腰，怒视着钱云开。

钱云开玩味地看着安春雨，说道："别生气了，中午请你吃饭。"

"谁稀罕吃你的饭。走，志坚，我们自己去吃饭。"安春雨挑衅似的说道，说完，拉着韩志坚扭头就走。

韩志坚对着钱云开笑了笑，跟着安春雨走了。

钱云开的肺都快要气炸了，韩志坚的笑对他来讲，就是一种赤裸裸的蔑视。看着韩志坚和安春雨走远的背影，钱云开"呸"了一口，咬牙切齿道："你们等着，别撞我手里，有你们好果子吃。"

"老师，看下我考多少分啊？"钱云开凑到了李岩老师跟前问道。

"318分，分数挺吉利。"李岩老师微笑着说道。

"能考上大学吗？"钱云开对分数毫无概念一样地问道。

"今年分数线 479 分，你还是有点差距的。"李岩老师没好气地说道。

"噢，我知道了，谢谢老师了。中午要不要一起吃个饭？我请客。"钱云开丝毫没有因为分数低而不开心，反而想要邀请老师吃饭。

李岩老师有点哭笑不得，只得说道："今天没有时间，以后有机会再说吧。要是不复读的话，找个正经营生干干，不要一天到晚在社会上晃荡。"

钱云开就怕李岩老师这种说教，故作乖巧地点了点头，说道："老师，我知道了，那我先走了，几个朋友还在等着我。再见了。"说完，摆了摆手逃也似的走了。

李岩老师摇了摇头，小声嘀咕道："这个钱云开，脑子倒是挺灵光，就是爱耍小聪明，不用到正道上。"

韩志坚和安春雨离开了流阳二中，走在清陵县城的街道上，沿街并不是所有的房子都开了店铺，很多也只是住户而已，很多住户坐在门口摇着蒲扇乘凉，眼睛扫视着过往的人们，一副悠然自得的样子。

七月底的天气还是挺热的，韩志坚走了不大会儿就有点冒汗了。

"春雨，我下午要早点回去，中午我们去哪里吃？"韩志坚问道。

"我们去吃小吃吧，舒心园市场不远处有个小吃街，我好想吃那里的凉粉。吃完凉粉可以去舒心园玩碰碰车。"安春雨拉住韩志坚的胳膊，满脸希冀地说道。

"行啊，走吧。走在这里太晒了，把你晒黑了就不好了。"韩志坚说道。

"呦，心疼我了，晒黑了就不好看了吗？"安春雨笑着说道。

"不是不好看，还是白一点好。"韩志坚诠释着他的直男特性。

"瞧你那傻样儿。"安春雨莞尔一笑。

两个人走了一会儿，安春雨忽然指着前面说："就是这家摊位，我今年还没吃过。"

"老板，调两碗凉粉。"安春雨走近摊位就急切地说道。

"好嘞，稍坐一下啊。"老板麻利地从一个倒扣的脸盆状的凉粉上切了一块下来，快速地切成细条状，双手在一排调料间翻飞，很快就调好了两碗凉粉。

"好吃。"安春雨迫不及待地吃了一口，满脸写着满足。

韩志坚看安春雨的样子，也夹了一筷子放进嘴里，果然很是好吃，嫩滑爽口，弹力十足，特别是上面的花生碎特别脆香。

"怎么样？好吃吧？"安春雨期待地看着韩志坚说道。

"嗯，非常好吃，这个调法很好吃。在我们村那边也经常有一些货郎挑着担子卖绿豆凉粉，但是调凉粉基本上都是用蒜汁来调，没有这个味道好。"韩志坚赞许地说道。

安春雨听了很是高兴，就感觉韩志坚是在夸自己一样，说道："要不要再来一碗？这碗你肯定不够。我请客，你放开了吃。"不等韩志坚搭话，安春雨就朝着老板说道，"老板，再调一碗，味道稍微再重一点。"

"好嘞，马上好！"老板说完，又开始了杂耍一样的厨艺。

"春雨，为啥要重一点口味？我觉得这样挺好了啊。"韩志坚疑惑道。

安春雨嘻嘻一笑，说道："你已经吃了一碗，如果还是这个味道，你就会感觉淡了，这还是我妈教我的，第二碗味道要重一点才好吃，你试试就知道了。"

第二碗绿豆凉粉很快就端上来了，韩志坚尝了一口，味道确实比第一碗重一点，果然更好吃了，他向安春雨伸出了大拇指。安春雨甜甜地笑了起来。

第十五章　尘埃落定

吃凉粉的时候，韩志坚问了安春雨的成绩，安春雨居然超过了录取分数线十八分，按往年惯例，被录取是铁板钉钉的事了。

吃完凉粉，韩志坚和安春雨就去了滨河公园，两个人并排坐在滨河公园的长椅上，虽然天气比较炎热，但是微风裹挟着河水的水汽，轻轻拂过，反而有一种凉爽的感觉。

两个人在长椅上谈了很多。韩志坚刻意地跟安春雨保持着距离，因为他始终感觉自己和安春雨有距离。

一下午的时间很快就过去了，韩志坚和安春雨都要各自回家了。

"抱一下我吧！"安春雨小声对韩志坚说道，内心中暗暗腹诽，"这个木头，一点都不主动。"她其实不知道，韩志坚内心只是把她当朋友看待。

韩志坚为了不让安春雨尴尬，轻轻把安春雨揽进怀中，而后立马放开。

"我叫你木头吧？"安春雨抬起头，看着韩志坚。

在安春雨看来，真正决定两人未来的是以后的路，如果不能一起前进，很难走到一起。于是她嫣然一笑，继续说道，"不管你这次能不能考上大学，我大学期间不谈男朋友，我等着你出人头地的那一天。"

韩志坚听后虽说有些感动，但他知道两人终究不合适："春雨，原谅我不能答应你。我们还是做朋友比较合适。"

安春雨没有理会韩志坚的话，而是故作轻松地说道："走吧，回家。希望下次再见面，是你来领通知书。我家的地址还留着吧？拿到通知书，你就有底气了吧？到时候直接来我家找我。"她始终认为韩志坚不答应自己的原因是因为两人的现实差距，只要自己肯付出，两人的未来有交集，韩志坚终究会同意的，故又补充道，"刚才我说的作数，万一你没考上，我等你四年。走吧。"安春雨玉手一挥，带头在前面向公园外走去，此刻的她认准了韩志坚。

对于安春雨的固执，韩志坚无可奈何，只能暂时选择沉默。

韩志坚把安春雨送到离她家不远的西牙巷巷口，没有做太多逗留，相互挥手作别。

和安春雨分开后，韩志坚直接去车站坐车回秀源镇。到秀源镇的时候，已经是华灯初上，韩志坚依然选择了步行回家。走到江记食杂店的时候，韩志坚有点心虚地看了看亮着灯的二楼，心里盼着江小雪能够走到窗边，又怕她出现。驻足了片刻，看到食杂店里有人出来，韩志坚便快步走开了。

韩志坚回到家的时候，韩运喜和王月娥正在做饭。看到韩志坚回来，王月娥招呼道："小犬，吃了没有？"

"还没，肚子有点饿，多下一点啊。"韩志坚走到厨房门口说道。

"放心吧，饺子管够。今天是你最爱吃的韭菜鸡蛋馅的。"王月娥笑着说道。

"分数线出来了吧，咋样？"韩运喜憋不住还是问了出来。

"刚好过录取分数线一分。我报的医学院，能不能录取要看运气了。"韩志坚说道。

"过录取分数线了？那不是可以上大学了？！"王月娥一听，马上兴奋地说道。

"过分数线并不等于考上了，很多学校录取分数线都高过国家划定的录取分数线，所以还得看高考志愿。有的人分数比我还高，也不一定可以考上。"由于韩志坚是第一次过分数线，所以父母并不太了解志愿的重要性，韩志坚耐心地解释着。

"这样不合理啊，要是成绩出来，排一排，大家能上什么大学，一目了然，到时候按顺序录取就好了。"韩运喜说道。

韩志坚笑了笑，说道："那样的话，很难选自己喜欢的专业了，一些成绩靠前的就把热门专业选完了，其他人只能听安排了。"

"饺子好了，先吃吧，饿坏了吧？"王月娥高兴得就像韩志坚已经收到了录取通知书。

韩志坚确实是饿了，一口气吃了两大碗饺子，吃完以后肚子圆鼓鼓的，有点胀得慌，只得捧着肚子在村里晃荡了起来。

韩志坚出门后，王月娥对韩运喜说道："他爹，今天下午李婶来说的那门亲，咱们别应承她了，咱儿子下一步要去上大学的。"

韩运喜磕了磕烟袋锅子，说道："嗯，咱儿子要找也得找个镇上的。乡下的咱们先不考虑。"

禾丰村的晚上还是比较热闹的，村口的银杏树下有不少人在这里乘凉聊天。

韩志坚溜溜达达就到了村口的银杏树下。眼尖的李婶也正摇着蒲扇在这里乘凉，看到韩志坚走过来了，赶紧站起来迎了过去。到了韩志坚旁边，小声说道："小犬，你妈跟你讲了吗？"

韩志坚丈二和尚摸不着头脑，问道："说什么啊？"

"没说？就是椿树湾村的姑娘啊。我下午刚跟你妈说了，帮你说了门亲事。"李婶神神秘秘地说道。

"没说啊，李婶别替我操心了，我还没这心思。吃撑了，我再溜达溜达。您先忙着吧。"韩志坚不太喜欢李婶，心里想，她介绍的，估计也不会好到哪里去，便拒绝走掉了。

"你这孩子，现在娶个媳妇多不容易，你想想你家这条件，要赶紧找了啊。"李婶有点恨铁不成钢地说道。看着韩志坚一晃一晃地走远，李婶小声骂道，"真不识抬举，要不是小雪他妈让我帮你张罗，就你家那条件，我还懒得费这功夫，你还不领情。"

"李婶，这老韩家不领情，你介绍给我家啊，我家那个小子也差不多可以娶媳妇了。"旁边一个妇人说道。

"王嫂你别说了，这家不适合你。你家小战太小了。这家姑娘比你家小战大了三岁。"李婶说道。

"女大三，抱金砖。合适合适。"王嫂急切地说道。

李婶心里腹诽："你家还不如老韩家呢。你那孩子脑袋不灵光，我都怀疑有问题。"心里这样想着，李婶嘴里说道："那行，改天我去椿树湾走一趟，把你家情况说下。"

"那先谢谢李婶了。要是成了，你可是我家贵人啊。"王嫂高兴地说道。

韩志坚闲逛的时候，想了很多：对于志愿的填报虽有遗憾，但他不后悔，因为在上大学与念自己想学的专业之间，他会选择专业。想开了之后，韩志坚倒也没有那么纠结了，至于安春雨，韩志坚内心始终觉得他们之间不可能，他也相信安春雨早晚会想明白，想着想着他又想到了江小雪……

在接下来的日子里，韩志坚的一些同学陆陆续续收到了录取通知书。流阳二中门口的红榜上写满了三大张纸。韩志坚去了学校一次，期望在红榜上能找到自己的名字，但仔细找了很多遍，通通以失败告终，不过，他早早就发现了安春雨的名字，不出所料，她被流阳师范学院录取了。

韩志坚不死心地找到李岩老师，可是并没有得到想要的答案。李岩老师看到他不胜唏嘘，再次为韩志坚没有听他的话报考师范而遗憾。韩志坚听了一遍说教之后，只得落荒而逃。

站在清陵县城的街头，韩志坚摇了摇头，叹了口气，径直朝汽车站走去。

回到家，韩志坚并没有表现出太多的沮丧与郁闷，但是韩运喜和王月娥却看出了他的失落。

"小犬啊，没被录取没关系，咱们去广州打工也行，高中文化，那边很容易找到工作。"韩运喜说道。

韩志坚抬起头，坚定地说道："爹，我不去打工，我在家跟你一起种山药吧。我就不信，种地就不能致富？我一定要治一治这禾丰村的穷病。"

"妈支持你，不管你干啥，都支持你！"王月娥说道。

"谢谢妈。我以后就安心在家干活了。爹，从明天开始，我正式成为一个农民了。"韩志坚故作轻松地说道。

韩运喜叹了口气，说道："到底还是没有跳出农门啊。没关系，只要咱们勤劳，啥都会有的。"

"嗯，日子会越来越好的。"王月娥说道。

远在清陵县城的安春雨，拿着流阳师范学院的录取通知书，她并没有想象中那么开心。她每天都去学校看红榜，想找到心心念念的名字，但每次都是乘兴而去，败兴而归。韩志坚始终没有来找她，这让她更加难受，她有一种非常不好的预感，她和韩志坚会成为两条平行线。

第十六章　市场初探

经过漫长的等待，韩志坚最终还是没有等到录取通知书。临近大学开学的那几天，韩运喜和王月娥每天都很紧张地关注着韩志坚，生怕他有什么想法。不过韩志坚并没有表现出太多的异常，该吃吃、该喝喝，白天跟着韩运喜下地干活，晚上早早地就回屋睡了，这也让韩运喜和王月娥放下心来。他们不知道的是，深夜时分，韩志坚会辗转反侧难以入眠，为他今后的发展思来想去，他也想着去城里打工，但最后还是决定在家乡创业，跟父亲一道种植山药，治一治禾丰村的穷病。也正是想通了这一切，他才表现得那样正常。

这天一大早，李婶脖子上挂着一条不知道多久没洗的毛巾就走了进来，大黄很尽责地上蹿下跳叫了起来，不出意外地换来了韩运喜的呵斥。

"这是什么风把李婶吹来了啊？"韩运喜说道。

"大好事啊，这不，我一大早就赶过来了。"李婶神秘一笑，拽着脖子上的毛巾擦了擦额头的汗，说道，"我这急吼吼地跑过来，汗都出来了。"

"先坐先坐，我给您烧壶水。"王月娥说道。

"月娥妹子现在腰好了？"李婶看到王月娥能够活动自如了，诧异地问道。

"也没好利索，这不，小犬回来了以后，家里多了个劳力，很多事情就不用我做了，我这腰就好了不少。"王月娥笑着说道。

"那就好啊，你这腰要是不好，过两年咋抱孙子，你说是不是？"李婶笑着说道。

王月娥一愣，说道："李婶说笑了，儿媳妇还不知道在哪里呢，哪来的孙子。"

"我就是给你们送儿媳妇来了。"李婶压低了声音说道，"上次跟你们讲的椿树湾的那家姑娘，人家挺满意咱们这边的情况，彩礼要的也很少，你看，咱家志坚也到了年纪了，好多他这么大的都已经抱娃了。"

王月娥看了韩运喜一眼。韩运喜心领神会，说道："太感谢李婶了，一直帮我们家张罗这事。这事我们还没有征求小犬的意见，上次说完这事，我给忘了，你看我这记性。"说完还装着懊恼的样子拍了拍脑袋。

李婶也大度地笑了笑，说道："没事，我那天晚上在村口碰到志坚也跟他讲了一下，他也没有太抵触，我看你们可以催一催他。你看现在的小年轻很多就是生了孩子再去打工的，不留个后在老家，出去打工了心野了，就没空生孩子了。"

"李婶说得对，小犬还没起来，一会儿我们再跟他说说，多好的机会。对了，那家姑娘是做啥的？"王月娥说道。

"那家姑娘长得很俊，前几年初中毕业到广州打了四年多工，今年刚回来，长相没得挑，说不上千里挑一，百里挑一是绝对没问题的。本来还不想回来，被她父母硬叫回来的。"李婶说道。

"李婶，我的事您就先别张罗了，我现在还没想这茬。过段时间再说吧。谢谢了。"韩志坚从里屋走了出来说道。

李婶心想：你这是还念着人家江小雪啊。她脸上堆满了笑容说道："没事，我先回去，机不可失，时不再来啊。很多家都在盯着这家姑娘呢。老韩，月娥妹子，我先回去了。"

"再坐会儿吧，水马上就烧好了。"王月娥招呼道。

"不了，不了，我家那个懒货还等着我回去做饭，我要是不做饭，全家都饿着。"李婶说着就往外走去。

等李婶走远了，王月娥看着韩志坚说道："小犬，你咋想的？"

"没咋想，就是再等等吧，这两年先不考虑这事。先把山药种起来，我就不信种山药没有打工挣钱。"韩志坚说道。

"过两年也行，小犬还年轻。等过两年日子好过一些，不愁没有媳妇。爹支持你。"韩运喜笑着说道。

王月娥白了韩运喜一眼，说道："连你这样的都能找到媳妇，还怕小犬找不到？"

韩运喜讪讪地笑着道："那是，那是。"

"爹，咱村里也没见人种过山药啊。你会种吗？"韩志坚问道。

韩运喜说道："是不是跟种地瓜一样，埋进去，发芽了就行了？"

韩志坚右手扶额，头一阵发晕，说道："哪有那么简单，我这几天不忙的话，准备去找两家种山药的地方参观学习一下。"

"也好，附近村庄好像真没有听说有种山药的，你可以去集市看看，如果有卖的，应该就能找到种山药的了。"韩运喜说道。

"对啊，我咋没想到去集市上看看。"韩志坚一拍手，高兴地说道。

三下五除二吃完一碗面疙瘩汤，韩志坚就骑着家里唯一的交通工具——自行车出门了。

路过江记食杂店的时候，还是没有看到江小雪。韩志坚也没有停留，就直接去集市了，走了一圈，在一个角落里找到了一个卖山药的老农，韩志坚有点欣喜若狂。

"大爷，您这山药是自己种的吗？"韩志坚笑着问道。

"这不是，这是野山药，这玩意谁去种啊，太耗墒了，地受不了，成本太高了。来点吧，别看这山药长得不好看，可是好东西啊。"卖菜大爷说完不忘推销一下自己的山药。

"那，来一斤吧。您知不知道咱们镇有没有人种山药？"

韩志坚不死心地问道。

"我在这里卖菜也卖了二十多年了，没听说谁家在种，不过听说清陵县城郊乡那里应该有。你想种？我劝你还是别种了，这玩意不好种。"卖菜大爷好心劝道。

韩志坚一听，心里反而很高兴："没有人种，说明山药很稀少，物以稀为贵，如果能够成规模种出来，自然就能够有好的收成。"

"一斤多一点，算一斤吧。"卖菜大爷的秤翘得高高的，接着说道，"算三毛钱吧。这个山药是野生的，很难挖的，我挖了很久才挖了这么一小堆。"

"好，给您钱。"韩志坚知道野山药有多难挖，也就没有讨价还价。

韩志坚买了山药就回家了，一进家门，就兴奋地对韩运喜说道："爹，这个山药没人种，我们能种好了，绝对有市场。"

"没人种？很正常啊，山药不太好种。老支书跟我说了，你就是我们的山药技术员了，你负责去摸索种植技术，我们几家负责听你安排。"韩运喜说道。

"啊，我种地哪有什么经验啊。"韩志坚有点蒙。

"你读的书多，你去想办法。一会儿你再去县城看看，看看有没有这方面的书，或者看哪里有种山药的，去取取经。"韩运喜给韩志坚支招。

韩志坚点了点头说道："好，我一会儿就去县里看看。"

一说到县里，他想到了安春雨，心想：这个时候，安春雨应该去上大学了吧！自己也没和她告个别，挺对不起她的。

"小犬，慢慢来，不要累着了，你看你，满头大汗的。"王月娥心疼地看着韩志坚。

"没事，我不累。"韩志坚推着自行车就要往外走。

"哎，你这孩子，你这是准备骑车去县里吗？一来一回五六十里路呢！"王月娥一看韩志坚要走，赶紧拦住。

韩志坚笑了笑，说道："没事，妈，骑自行车方便办事，要是坐车到县里了，来回跑，没个自行车也不好办事。"

"去吧，没事，你慢点骑。装壶水带着，路上喝。"韩运喜装了一大壶水给韩志坚。

"爹，妈，我先走了。"韩志坚骑上自行车就出发了。

王月娥看着韩志坚远去的背影，跟韩运喜说道："他爹，你觉不觉得咱儿子长大了？"

韩运喜想了一下，点了点头，说道："好像是啊。"

第十七章　拜师学艺

禾丰村到秀源镇大概三公里，秀源镇到清陵县城大概二十一公里。平时也有不少人为了省那四块钱的车费，选择骑自行车进城。

从秀源镇到清陵县城可以走省道，也可以走县道，省道的路会更好走一些，但是要多绕一点路，走县道会多一些上坡下坡，但是在里程上会少一些。韩志坚没有多想，毅然骑上了县道，不为别的，就为了路程短一些。

韩志坚一口气骑了一个多小时，就骑到了清陵县城。凭借着在流阳二中时的记忆，韩志坚很快就找到了菜市场。

县城的菜市场规模还是比较大的，韩志坚很快就找到了卖山药的摊位，而且还不止一个，很多个摊位都摆着山药。

韩志坚找了个专门卖山药的摊位，问道："这山药咋卖？"

"零卖三毛五，批发三毛。"卖菜的中年男子说道。

"价格还不错，你这山药哪里进的货？"韩志坚拿起一根山药问道。

"你是买山药的？"中年男子狐疑地看着韩志坚。

韩志坚笑道："是这样的，我想种山药，想找个种山药的拜个师。"

中年男子一听不是买山药的，顿时变了脸，挥了挥手不耐烦地说道："小年轻种啥山药，去打工挣钱比种山药强，不买山药，快走吧，别影响我卖山药。"

韩志坚看人家不想说，也不勉强，笑了笑走了。他推着自行车走了不多远，又看到一个推着平板车专门卖山药的摊位，卖山药的是个老大爷，看起来比较和善。

韩志坚凑了过去，说道："大爷，您这山药是哪里进的货？我想学着种山药，想去种山药的地方看看。"

老大爷打量了一下韩志坚，发现他不是开玩笑以后，说道："城郊乡的胡林村有几家种山药的，不过我这山药不是那里进的货，我也是从二道贩子那里进的货。你要是想学种山药还是去胡林村看看。"

韩志坚高兴地连声道谢："太感谢了，我这就去胡林村看看。谢谢，谢谢。"

老大爷看着兴奋不已的韩志坚，在心里嘀咕着：这年轻人怎么会忽然想着种山药呢？山药又不太好卖，关键是不好种。

终于打听到了种山药的地方，韩志坚的心情非常好，觉得只要自己好好跟人家请教，肯定能学到种山药的技术。

经过一路打听，韩志坚终于找到了胡林村。到了村口，遇到了一个老大妈，韩志坚用脚支撑着地，跨在自行车上问道：

"大婶，咱们村谁家种山药您知道吗？"

"你要进山药？那你得过两天，今天早上的货刚运走。"

"您家就是种山药的？那太好了，我就是要找种山药的。"韩志坚高兴地说道。

老大妈有点看不懂韩志坚有啥高兴的，说道："过两天再来吧，要早一点，不然货都被抢光了。现在山药还没有长到季节，现在的价格会高一些。你要买多少？"老大妈看韩志坚骑个自行车，感觉不是什么大客户，表现的不怎么热情。

韩志坚笑着说道："我也想种山药，我是来请教咋种的！"

老大妈一愣，说道："那你别来了，我也不会种，我家当家的不在家。没人能教你。"

"那，那什么时候会在家？"韩志坚一下子被拒绝，有点反应不过来。

"最近都不会在，你来也没用。"老大妈继续拒绝道。

"啊。我从秀源镇赶过来的，大老远的……"韩志坚喏喏道。

老大妈有点犹豫，但还是坚持道："这跟多远没关系，你回去吧，教不了你。"说完自顾自地走了，把韩志坚晾在了村口。

这时一个路过的中年村民好心说道："小伙子，钱大妈家的山药种得最好，她家不会教你的，自己村里的人想跟她家学种山药，她家都不愿意教。不过她家当家的好说话一些，好喝酒，你可以试试。"

韩志坚眼睛一亮，说道："太谢谢了，钱大妈家住哪里？"

"咦，那边大门最气派的就是她家，这几年种山药发的家，传说都已经是万元户了，也不知道是不是真的。"中年村民艳羡地说道。

"那个，她家当家的喜欢喝什么酒？"韩志坚赶紧打听道。

"她家老钱好喝酒，不挑酒，是酒就喝，没啥讲究。"中年村民说道。

"好嘞。刚才钱大妈说她家当家的不在家，那什么时候会回来？"韩志坚问道。

"在家，早上我还看到去山药地了，今天早上出货，肯定在家。"中年村民肯定地说道。

"太感谢您了，我这就去买酒。"韩志坚说完掉转自行车把就要往清陵县城骑。

"你不用去县里，这村西头就有个小卖部，就在路边，你可以去买。"中年村民热心地说道。

"好，太好了，谢谢，谢谢。"韩志坚立马往村西头赶去。到了村西头，买了两瓶十块钱的白酒，一个手推着自行车把，一个手拎着两瓶白酒，径直往钱大妈家赶去。

过了一会儿，刚才给韩志坚指路的村民也到了小卖部，说道："我回来了，刚才有人来买酒吗？"

"有啊，一下子买走了两瓶最好的酒。我还以为卖不掉呢，居然卖掉了，连讲价都不讲，早知道多要点了，你下次去县里再进两瓶。"小卖部老板娘正在整理货品，头也不抬地说道。

"哈哈，那买酒的还是我介绍过来的。"中年村民得意地说道。

"你介绍过来的？那你每天给咱家小卖部介绍几个这样的客户，咱家也能像老钱家一样当个万元户？"老板娘满脸写着不信。

为了证明自己说的实话，中年村民把事情的经过向老板娘说了一下，说完还得意地笑着。

老板娘白了他一眼，说道："你要个小聪明，人家老钱家占个大便宜，那可是咱家最贵的镇店酒啊，便宜老钱那个酒鬼了，上次的酒钱还没结。这人啊，越有钱就越扣，你说老钱家那么有钱，整天喝这种五分钱的散酒，好酒都不舍得喝。"

"再有钱，好酒也喝不起啊。不说了，我去进点货去，你清点一下，看看还需要进啥货，我去县里舒心园市场一趟。"中年村民说道。

韩志坚骑着自行车，一溜烟地就到了钱大妈家门口。钱大妈家的大门很气派，专门修了一个门楼，上面贴着瓷砖对联，大铁门非常雄壮，两个铜狮的门环更显霸气。

韩志坚刚走到门口，敲了下门，就听到院子里一阵猛烈的狗叫声。只听钱大妈训斥道："叫啥呢？蹲下！谁呀？"

钱大妈拉开了大门，一看是韩志坚，脸色一变，说道："不是让你回去了吗？怎么又来了？"

"谁来了啊？"院子里一个男的声音传了出来。

“一个不知道哪里的人。你回去吧。”钱大妈不耐烦地说道。

　　“大婶，这酒专门买了给你们的，您拿着吧。”韩志坚把两瓶酒递了过去。

　　“啥酒啊？”钱大妈的身后忽然出现了一个人，钱大爷一听到有酒，立马出现了，把大铁门拉开，绕过钱大妈，一下子就接过了两瓶酒，看了一眼说道，“呦呵，这不是村西头的镇店酒嘛，很有眼光嘛！”钱大爷赞许地看着韩志坚。

　　钱大妈说道：“就知道喝酒，小伙子，你拿酒也没用。这种山药的技术是不外传的。老钱，你把酒还给人家。”

　　“酒我就不拿回去了。我是从很远的地方赶过来的，不是附近的。技术教给我，我也不会影响你们卖山药的。”韩志坚赶紧说道。

　　老钱看了看手里的两瓶酒，又看了看钱大妈，说道：“让人家站在门口多不好，小伙子，进来说话。”说完就让开身子，让韩志坚进了院子。

　　钱大妈没好气地白了钱大爷一眼，也没说啥。

第十八章　成功拜师

韩志坚看钱大爷让开了路，赶紧厚着脸皮闪身进了院子，院子里的狗叫声更热烈了，毫无意外地换来了钱大爷的一阵呵斥："大黑，蹲下，叫唤啥！"

"小伙子，进来坐，来就来了，还拿东西。"钱大爷说完还看了看手里的两瓶酒，脸上的笑容更盛了，"娃他妈，倒点水。"

"看把你能的，自己去倒。"钱大妈没好气地说道，虽然嘴上这样说，但还是言不由衷地去倒水了。

"大爷，大婶，我就不绕弯子了，我今天是来拜师学艺的。"韩志坚开门见山地说道。

"拜师学艺，我又不是手艺人，你找错地方了吧？"钱大爷不自觉地看了看桌子上的两瓶酒，好像生怕这两瓶酒再被要回去一样。

韩志坚笑了笑，说道："我是来学种山药的。"

"种山药？这有啥好学的，这就像养孩子一样，你好好对待它，它就给你好收成。没啥好学的。"钱大爷说道。

"大爷，大婶，我是从秀源镇大老远赶过来的，我们禾丰村准备让几家困难户种山药脱贫，我家就是其中一户。但是大家都没有技术，所以让我来取经了。您就帮帮我们吧！"韩志坚诚挚地说道。

钱大爷为难地看了看老伴儿，说道："这个也不是不行，但是我是茶壶里煮饺子，倒不出来啊。我也不知道怎么教你，我也是自己慢慢摸索的，不知道咋讲。"

"我会经常来请教的。"韩志坚说完看了看大婶，又看了看钱大爷，继续说道，"大爷就是我的师父，大婶就是我的师母。"

钱大妈叹了口气说道："小伙子人挺灵光，不是不教你，是真不知道咋教，你又离那么远。"

"距离不是问题，我可以过来请教。你们就帮帮我们吧，我们村真的太穷了。我们那边不像你们城郊乡，离县城很近，想发家致富比较容易，我们那边是山区，离城里太远了，所以我们才想办法脱贫致富。大家一合计，觉得种山药是一个办法。"韩志坚说道。

"小伙子，你叫啥名字啊？"钱大爷问道。

"我叫韩志坚。"韩志坚答道。

"韩志坚，好名字，意志坚定，这个徒弟我收了。"钱大爷说完看了看桌上的两瓶酒，言下之意不言而喻。

"就你那水平，收啥徒弟啊？"钱大妈不满地说道。

"师父、师母在上，请受我一拜。"韩志坚立马站起来深深地鞠了一躬。

钱大爷赶紧把韩志坚扶了起来，高兴地说道："好，从今天开始，我就是有徒弟的人了。没想到我钱明和种个地还有收徒的这一天。哈哈哈……"

钱大妈看木已成舟，也就不说啥了，她本来也是一个刀子嘴豆腐心的人，况且她看韩志坚人也不错。

"小韩啊，这个山药呢，种植期还没到，你这段时间可以到我山药田里帮帮忙，顺便我也可以教教你。到时候你回去可以直接开始种。"钱大爷说道。

"太棒了。师父，走吧，咱们去田里看看？"韩志坚兴奋地说道。

"看把你急的，茶都没喝一口。"钱大妈笑道。

"好好，我喝，我喝。确实口渴了。"韩志坚也笑着说道。

三个人又闲聊了一会儿，在韩志坚的催促下，钱大爷带着韩志坚来到了山药田里。

跟韩志坚所在的禾丰村不同，钱大爷这边的田地基本上都是平的，没有什么山，顶多有一些十几米的小丘陵。

"小韩，你看，这一大片，一直到那边那个小房子处，都是我种的。"钱大爷自豪地指着一大片山药田说道。

韩志坚看着这一大片山药地，很是震撼，一行行山药大概有一人高，连成一片，就像等待检阅的部队一样，不由得赞叹道："这太壮观了，要是我家那边能种这么多就好了。对了，师父，这山药好卖吗？"

"好卖得很，根本不用去卖，就有人来收山药。很多二道贩子来收。我这山药不零卖，都是批发出去的。我和老伴儿都没时间去摆摊。"钱大爷说道。

"那批发价不是很便宜？那还怎么赚钱？"韩志坚问道。

"主要是走量。量大从优啊。你也得让人家二道贩子赚钱啊，要不然人家干吗来进货？"钱大爷说道。

"批发价多少钱一斤啊？"韩志坚问道。

"你像这两天，批发价一斤是两毛五多一点，二道贩子还可能会卖给三道贩子，他可能卖三毛左右，到摆摊的地方可能就要卖三毛五了。山药算是比较贵的菜了。一捆小白菜才不到一毛钱。"钱大爷说道。

韩志坚一听，非常高兴，仿佛看到了禾丰村漫山遍野的山药了，也仿佛看到父亲韩运喜开心地拿着山药在开怀大笑了。

"小韩，你来得正是时候，现在基本上到了收获期，并且也是繁殖期。按往年，把这一茬收完，就开始用芦头繁殖了。"钱大爷的话把韩志坚从憧憬中叫了回来。

"太好了，师父，我要跟着您好好学。山药种子您要提供给我们啊。放心，我们不会亏待您的，我代表我们村谢谢您了。"说完，韩志坚诚心诚意地给钱大爷鞠了一躬。

"你这孩子，腰上装弹簧了？老是鞠躬干啥？放心吧，只要我懂的，我都教给你。能学多少，那就看你的本事了。”

韩志坚非常开心，觉得这一趟没白来，当然最大的收获就是遇到了一个好师父。

钱大爷其实也很高兴，自己两个儿子都不愿意跟着自己种山药，觉得种山药很累，都跑去广州打工了。这下倒好，一年就春节回来一趟，回来就是出去打牌、喝酒，没过几天又跑了，就像没这两个儿子一样。现在看到韩志坚愿意跟着自己学种山药，心里别提多舒坦了，总算自己的技术得到了认可。

“师父，您说这山药对土地有没有啥要求？我们那边基本上都是沙地，也有一些是土质的，适不适合种山药？”韩志坚问道。

“适合，太适合了。你不知道，沙地的排水性比较好，非常适合种山药。但是山药比较费土地，照以往基本上三年才能种一茬，而且一茬不如一茬，所以现在很多人都不愿种了。”钱大爷说道。

“那师父您怎么能坚持这么多年？”韩志坚问道。

两个人说着话，慢慢走到了山药田地头的小房子那里。钱大爷说道：“我基本上这几个月都是住在这里，到了山药收获的季节了，离不了人。一个是怕人来使坏，再一个也是怕野山猪来拱。刚才没有带着大黑来，晚上你师母给我送饭的时候，会把大黑带过来陪我。”

“大黑？噢，您是说那条狗。那确实要带过来，放个哨还是不错的。"韩志坚点点头。

"小韩，这样吧，你今天先回去，跟家里交代一下，然后你再过来，你跟我一段时间，我把苗也帮你们培育一下，到时候你们就可以直接种了。"钱大爷说道。

"那真是太好了，师父，再受我一拜！"韩志坚一激动，又鞠了一躬。

"又来了，咱可不兴这个了。下次再鞠躬，我就不教你了。"钱大爷佯怒道。

"行，我是太高兴了。我这就回去跟我爹讲一下，我明天再过来，我来帮您收山药。"韩志坚高兴地说道。

"去吧，去吧，再不回去就太迟了。秀源镇离这里可是有点远啊。"钱大爷关心道。

"好嘞，师父，我走了。"说完，韩志坚兴奋地往回走，还差点掉到沟里。

钱大爷在后面喊道："慢点！"

"噢，知道啦……"韩志坚远远地应道。

第十九章　代卖山药

离开钱大爷家后，韩志坚非常兴奋，自行车骑得快要飞起来了，一路上哼着不知道调跑到哪里的歌，到后面索性就随便哼了。

天擦黑的时候，韩志坚终于到家了，兴奋劲儿一过，他才感觉整个人像散了架一样，特别是屁股非常痛，都不敢坐下了。

王月娥看着儿子龇牙咧嘴的样子，非常心疼，让他脱下裤子看看，可是韩志坚死活不同意。

韩运喜在旁边说道："孩子大了，你就别看了。年轻人恢复得很快，明天一早起来又活蹦乱跳了，没事的。以前干一天农活不也是浑身散架，一觉起来又生龙活虎地下地了。"

王月娥点了点头，说道："也是。饿坏了吧？快做饭，快做饭。"

"哎，你们也不问我今天干啥了。"韩志坚一进家门就故意不说，没想到父母根本就不问他，到最后还是他自己憋不住了。

"你不是去看山药了吗？"韩运喜不以为意地说道。

"我找到种山药的了，还拜人家为师了，那个钱大爷会教我种山药，还会帮我们育苗，我们明年就可以开始种了。"韩志坚兴奋地说道。

"真的！？"韩运喜兴奋地站了起来，说道，"厉害啊，太棒了，我去找老支书去。"

"饭还没做，你找什么老支书啊？"王月娥叫韩运喜回来。

"这消息太好了，我现在就去找老支书去。"韩运喜说着仍然要往外走。

"到饭点了，你去人家家里干啥？蹭饭吃啊？赶紧回来！"王月娥赶紧叫住韩运喜。

韩运喜停住了脚步，摸了摸脑袋，不好意思地笑了，说道："也是啊，我晚点去。先做饭，晚上还是吃面条吧。"

"我快饿晕了，快！快！快！"韩志坚也连连催促道。

吃完晚饭，韩运喜就迫不及待地拉着韩志坚去找老支书了。到了老支书家，老支书一家也刚好吃完饭。

"老支书啊，我给你带来个好消息啊，大大的好消息啊。你猜是什么？"韩运喜大笑着说道。

老支书看了看韩运喜身后的韩志坚，说道："你儿子考上大学了？"

韩运喜脸上的笑容有点凝滞，说道："老支书，你这是哪壶不开提哪壶。今天小犬去找种山药的了，还成功拜了一个师父，教他种山药。"

老支书跟韩运喜听到这个消息的反应是一样的，"噌"地一下站了起来，说道："真的！？太棒了！"

韩志坚说道："是真的，现在山药差不多可以收获了，我准备从明天开始就到师父家里帮忙收山药，然后跟着一起学。"

老支书说道："嗯，要不要多去几个人学？"

韩运喜说道："不用那么多了，我儿子去就行了，我倒是有个主意。"

"啥主意？说说看。"老支书说道。

"我们可以从那边进点山药，在秀源镇上卖一下试试水，看看好不好卖。"韩运喜说道。

老支书点了点头，说道："嗯，这个主意不错，我们今年还没种山药，可以先进点货卖一卖。"

"我明天就过去，要不要跟我一起去进货？"韩志坚问道。

韩运喜和老支书不约而同地点起了一锅烟，开始吞云吐雾起来。美美地吸了一口，老支书说道："明天我跟你一起过去一下，赶个马车过去，拉一车回来卖。山药能放不少天，不怕卖得慢。"

韩志坚高兴地说道："那太好了，不用骑自行车了。"说完还摸了摸自己的屁股，不由得倒吸一口冷气。

"有现成的山药吗？还是说要挖？"老支书问道。

韩志坚说道："没有现货，得现挖。我们要早点走，挖山药还要点时间。"

"好，就这么定了，明天早上早点走，咱们六点多就走，赶到那里基本上也要八九点！"老支书仰着头思索道。韩志坚循着老支书的目光往上看，除了黑乎乎的屋顶，啥也没看到，这才发现老支书想事情时习惯仰着头。

韩运喜和韩志坚在老支书家又聊了一会儿，就告辞回家了。韩志坚回家以后，往床上一躺，立马就睡着了。

第二天，天刚蒙蒙亮，韩运喜就把韩志坚叫了起来。韩志坚哈欠连连、睡眼惺忪，嘴里嘟囔着："这也太早了吧，老支书还没过来呢。"话音未落，就听到有人在敲院门，大黄很尽职地叫了起来，打破了这个静谧的清晨，这个小山村也开始苏醒。

韩运喜知道是老支书来了，对韩志坚说道："你赶紧洗把脸，老支书来了，别让人久等了。"说完，赶紧去开门了。

为了等韩志坚洗漱，韩运喜陪着老支书聊了会儿天。临走前，韩运喜反复交代韩志坚要跟着师父好好学技术，并塞给韩志坚带着体温的一卷钞票。

"驾！"老支书甩了一个响鞭，拉车的老马长嘶一声便撒腿奔跑起来，韩志坚赶紧抓住了马车的栏柱。看着韩志坚慌乱的样子，老支书开心地哈哈大笑起来。

马车一路上跑得很快，再加上韩志坚认得去胡林村的路，所以他们比想象中到的早一些。

他们直奔钱大爷家的山药田地头。韩志坚大老远就看到了钱大爷和钱大妈，马车还没停稳，就跳了下来，朝着钱大爷喊道："师父，我来了。"

钱大爷和钱大妈正在埋头挖山药，抬头一看是韩志坚，露出了笑容。

韩志坚走了过去，说道："今儿我把我们村的老支书带过来了，他是来进货的。我们准备把山药运到我们那边的秀源镇卖一下试试。"

钱大爷捶了捶自己的后腰，直起身来说道："那正好，今天准备挖一批出来，进货的还没来，那今天就多出点货，多挖点。"

韩志坚看老支书停好马车也走了过来，就向钱大爷、钱大妈介绍道："这是我们村的老支书，这是我师父钱大爷，这是我师母钱大妈。"

老支书堆满了真挚的笑容，说道："老钱，太谢谢你了，我们村比较穷，我想试着种点经济作物，看能不能治一治这个穷病，还是小……还是志坚想到了山药，他也这跑那跑地找到了你们，没想到还拜上了师父。太谢谢你们了。"老支书本来想说小犬的，感觉不合适，赶紧改口叫志坚了。

钱大爷被老支书说得有点不好意思，搓了搓手说道："都不容易，能帮就帮点，我的技术也就那样，让志坚跟着我学一段时间，明年开春你们就直接开始种。这会儿太阳还不毒，我们赶紧收山药。"

"听你指挥，我们也跟着学一学收山药。"老支书憨厚一笑。

"这么大一块山药地，我们不能一下子全收完，就边收边卖，可以卖到年底。咱们现在先收靠边的这一垄。先把支架和这上面的枝枝蔓蔓薅掉，这山药藤上的疙疙瘩瘩，就是山药种子，学名叫零余子。"钱大爷指着山药藤蔓上的疙瘩说道。

"师父，这就是山药种子啊，我看您都扔一边了，这个没用吗？"韩志坚好奇地问道。

"也不是没用，不过咱们这个品种的山药不用零余子来培育，因为用零余子培育需要两年才能收一波，我们一般使用山药嘴子和切段的山药来培育，这样的话一年就能成熟了，成本会稍微高一些。"钱大爷说道。

"那一年一收，成本高一些，也是划算的吧？"老支书问道。

"那肯定了，现在很少有人用零余子了，有些人种着玩可能会用。"钱大爷说道。

"师父，这收山药要挖这么深吗？我看这沟都有一米多了。"韩志坚问道。

钱大妈说道："山药是直直地往下长的，一般情况下是不拐弯的。挖山药时候，要先把裹住山药的土拿掉，一直到山药最深的这一端，这个顶端的嘴根不能弄断了，如果弄断了，整个山药可能就失去支撑了，随时都会断裂成段或者倒下。"

钱大爷说道："整根都弄清楚以后，才能开始取出来，这样，用左手抓住山药的上部，右手把嘴根截断，左右往上慢慢提，右手要把控住山药的中部，这样基本上一整根就不会断了。"

"厉害，果然是一整根啊，师父厉害！"韩志坚赶紧拍了一记马屁。

"哈哈，你弄得多了，也不会断，我刚弄的时候，没少断。"钱大爷谦虚地说道。

"赶紧弄吧，太阳越来越大了。"钱大妈催促道。

"遵命，师母大人。"韩志坚立正敬了个礼，逗得几个人哈哈大笑起来。

第二十章　初战告捷

在钱大爷的山药田里，四个人有说有笑地挖着山药。刚开始老支书和韩志坚弄断了几根，随着逐渐熟练，基本上就没有断的了。

过了一会儿，一辆马车停到了地头，驾车的那个人大老远就喊道："钱大爷啊，我来拉货了，今天的货备好了吗？"

钱大爷抬头一看，是自己的老主顾来了，挥了挥手说道："是小甄啊，备好了，备好了，过下秤直接拉走吧。"说完，钱大爷爬出了挖山药的沟壕。这个小甄叫甄顺昌，已经和钱大爷合作了好几年，基本上两天来拉一次货，一次能拉三百多斤。

甄顺昌看着摆在沟边的山药，又看了看沟壕里停下动作的三个人，说道："钱大爷这是新雇的挖山药的？"

"不是不是，这是我新收的徒弟。"钱大爷嘿嘿直乐。

"徒弟？"甄顺昌疑惑地看了看老支书。

"咳，那个不是，这个小韩才是，那个是小韩村上的老支书，也是来进货的，来得早就帮我一起挖山药了。"钱大爷一看甄顺昌误会了，赶紧解释道。

"噢，我就说嘛。过过秤吧，这几天山药卖得不太好，好几个老主顾跟我说了，上一批山药吃起来没有那种面面的感觉，口感不是太好。这个季节的山药含水量大，又脆又嫩，确实是这样。"甄顺昌说道。

"早收的山药价格卖得可以贵一些，毕竟是物以稀为贵嘛。但是早收一些的山药水分多、干货少、药性差，特别是药味不浓，煮汤味道出不来，这个季节的山药可以煮着吃、蒸着吃，炒菜也不错，煲汤就不行。"钱大爷说道。

甄顺昌连连点头："可不是，昨天一个大妈就说煲汤没味道。这边很多人买山药是为了煲汤，他们更看重的是山药的那个药字，觉得有点药味才有药用价值。"

钱大爷笑了，说道："还有一点，早收的山药，切开后，很容易就变色了，一般都会变成灰褐色，其实不是坏了，一些被挖断了的山药容易出现这种情况，不过一变色，卖相就差了不少。"

甄顺昌说道："买山药的才不听我们说这些，看到变颜色了就说坏了，一般都不买。"

"其实如果不是你们这些收山药的要货，我一般都不想这么早收山药的，再过一个月左右，等这些枝叶完全枯萎了，那个时候再收，山药才算完全成熟，那个时候的口感和营养价值才是最高的。"钱大爷唏嘘道。

"没事没事，早点上市也很好卖，很多人都是尝个新鲜，但是回头客会少一些。过秤吧。"甄顺昌不以为意地说道，他才不管口感和营养价值好不好，只管现在山药价格卖得上去，不愁卖，能赚钱。

"好嘞，志坚来搭把手。"钱大爷招呼道。

钱大爷拿来一杆将近两米长的大秤，钩住一捆山药，韩志坚和甄顺昌拿根棍子插进提绳，把棍子放在肩膀上，喊了个"一二三，起——"两个人就把一大捆山药担了起来。钱大爷熟练地滑动着秤砣，瞄了一眼，说道："八十二斤，算八十斤吧。再来。"

韩志坚和甄顺昌又称了三捆山药，钱大爷脸上堆满了笑容，脸上的褶子更深了。今年山药又是一个大丰收，估计能赚不少钱了。

韩志坚帮着甄顺昌把四大捆山药搬上了马车。甄顺昌掏出一沓钱，数了数，把一叠钱给了钱大爷，说道："老钱，这是上次进货的钱，你把这次记住，过两天我来拉货的时候再给你。"接过钱，钱大爷数了数，乐得更加合不拢嘴了。

"师父，他为啥给的是上次的钱？这还可以赊账啊？"韩志坚纳闷地问道。

"以前我也是一手交钱一手交货，后来我发现很多来进货的更愿意先拿货，等卖完货再付钱，这样他们更容易接受一些。"钱大爷说道。

韩志坚想了一下，说道："师父这一招很是高明啊。不过应该只有长期合作的客户才可以这样吧？"

"来我这里进货的，主要就是那几个，清陵县的山药生意被他们几个垄断了，一般没别人来进货。你们这算是新主顾了。我们种山药大户很少自己去县里卖山药，基本上都是批发的。"钱大爷停顿了下说道，"差不多了，收拾一下，老支书的这一批山药也可以装车了。"

钱大爷他们几个人把挖出来的山药捆好称好，也装了车。老支书掏钱给钱大爷，钱大爷死活不要，说货卖完了再算钱，老支书推辞不过，就没给钱。

老支书临走前把韩志坚拉到一边，拍了拍韩志坚的肩膀，嘱咐道："小犬，这批山药我先拉回去，试一试好不好卖。你在这里好好学，咱们村的山药就靠你了。"说完，老支书就用鞭杆轻轻敲了敲马屁股，马车慢慢地往前走去。

韩志坚看着远去的马车，心中暗暗下定决心，一定要跟着师父好好学，争取早日出师。

第二天一大早，老支书用平板车拉了一捆山药到秀源镇的集市，交了一毛钱的市场管理费之后，老支书的山药摊位就正式摆起来了。

七点左右的时候，菜市场买菜的人逐渐多了起来，老支书心中虽有期待但更多的是忐忑，因为一来这是自己第一次卖东西，二来不确定自己的山药是否受欢迎。

"这个山药怎么卖？"一个买菜的老太太拎着一个篮子问道。

"三毛五一斤，新鲜的，大老远从县城城郊乡进的货。"老支书笑着说道。

"尝个鲜，来一根吧。以前山药没这么粗这么长。"老太太蹲下来挑了一根山药。

老支书麻利地称好了山药，放到老太太的菜篮子里，说道："您拿好了，一斤六，算一斤半吧，三毛五一斤加半斤一毛七，总共五毛二，开张第一单生意，凑个整，您拿五毛钱得了。"

老太太高兴地付了钱，正要转身走，老支书想起钱大爷说现在的山药煲汤没啥味，于是赶紧叫住了老太太，说道："这个山药是早收的，炒着吃、蒸着吃味道比较好，煮汤的话还是有点嫩。"

"噢，没事，我正好就是要炒着吃的。山药太老了的话，炒着反而不好吃。"老太太说道。

老支书的摊位一开张就开始火爆起来，路过的人都会问上一两句，毕竟山药这个东西在秀源镇菜市场很少见到。问的人多了，买的人自然就多了。不到一个钟头，老支书平板车上的一大捆山药就全部卖光了。老支书有点后悔拉来的太少了。由于秀源镇的菜市场只有半天，所以这个点再回村里拉山药就有点赶不及了，老支书也就作罢了。

第二天，老支书叫上韩运喜把剩下的三捆山药一起拉到了菜市场。还真别说，老支书负责讲解宣传山药，韩运喜负责称重收钱，效率更高了一些，在集罢之前半小时，三大捆山药被一扫而空，连那几根断口变了颜色的也卖掉了。

第二十一章　倾囊相授

钱大妈一大早给住在山药地里的韩志坚送饭，看到韩志坚起来了，就问道："志坚，这两天晚上睡得咋样？"

"安静倒是挺安静的，就是蚊子有点多。您看，我这胳膊上叮了不知道多少包。"说着韩志坚抬起了胳膊，只见上面布满了蚊虫叮的小红点。

"哎呀，怎么这么多？今个儿把要出的山药挖完，去买个蚊帐。以前也没见你师父被咬成这样啊。"钱大妈有点不解。

"哈哈，我老皮老肉了，蚊子不爱叮我。而且我每天晚上都要抿两口烧刀子，蚊子一靠近我就熏晕了。"钱大爷开心地说道。

"你咋不说你从来不洗澡、不洗脚呢？难不成是你身上的味道把蚊子熏晕了？"钱大妈毫不客气地说道。

钱大爷嘿嘿一笑，挥了挥手不跟钱大妈置气。

配着炒鸡蛋、炒山药片和咸菜，韩志坚三下五除二就吃完了一大碗稀饭。

韩志坚吃完早饭，抹了抹嘴，笑着说道："师母，您这厨艺真不赖。"

"那肯定了，咱们地里这山药炒的，味道能差吗？"钱大爷故意逗弄着钱大妈。

钱大妈杏眼一瞪，佯怒道："你就知道往你脸上贴金，志坚讲的是厨艺！厨艺！不是山药！"

"嗯嗯，炒山药的厨艺。"钱大爷并不打算放过钱大妈。

"哎，你这死老头子，欠收拾是不是？夸我一下不行啊？"钱大妈举起山药铲威胁道。

"好好好，你的厨艺一级棒！"钱大爷赶紧讨饶道。

"这还差不多。"钱大妈顺坡下驴，放过了钱大爷。

韩志坚趁钱大妈不注意，悄悄地给钱大爷跷起了大拇指。钱大爷咧开满嘴黄牙笑了起来。

因为过一会儿收山药的客户要陆陆续续地过来提货，三个人便没再继续闲聊，而是加紧挖山药。还真别说，经过这几天的锻炼，韩志坚挖山药的速度已经不逊色于钱大爷和钱大妈了。

经过两个多小时的奋战，货基本上就备好了。

趁休息的间隙，韩志坚问道："师父，我看咱这田里有好几种山药，因为叶子有点不一样。"

"嗯，观察得挺仔细，这块山药田里种了三种山药，种的最多的是咱们最近挖的这种长山药，另外两种还要等一个多月霜降了才能挖。现在卖的这个品种是我自己培育出来的。"钱大爷自豪地说道。

山药

"自己培育的？怎么培育？"韩志坚疑惑道。

钱大妈在旁边不失时机地打击道："培育啥啊，就是在山里采的野山药，后面发展起来的。"

"咳咳咳……"正在喝水的钱大爷被钱大妈怼得有点猛，一下子呛到了，猛烈地咳嗽起来，好不容易缓过劲儿，说道："你有本事去找好的品种啊。志坚，不是我吹，我这山药说不上百年不遇，起码也是五十年不遇，至少市场上我没看到比这种品相好的。你自己看，这直径基本上就有三四厘米了，这么粗，单根就有一两斤了，唯一的不足就是须根多一些，不过不影响，反正山药皮都是要去掉的。还有，这种山药肉白嫩，很紧实，煮再长的时间都不会散。最牛的是，这种山药有一种中药味。"

"嗯，这两年种的这个品种，确实不错，关键是产量很高，志坚你猜猜一亩地能产多少斤山药。"钱大妈难得没有反驳钱大爷。

"一千斤？"韩志坚试探着说道。

"再猜。"钱大妈神秘地说道。

"两千斤？"韩志坚提高了音量。

"再猜。"钱大妈得意地说道。

"三千斤？"韩志坚瞪大了眼睛。

"嗯，差不多了，能有个三千多斤。"钱大妈说道。

"我算算啊，三千斤，一斤三毛钱，这一亩地就能赚九百块，这一大片山药地有五六亩吧？"韩志坚艳羡地说道。

钱大爷故作随意地说道:"也不多,将近七亩地,再多也种不过来,年纪大了。"虽然说得很随意,眉宇间的自豪感显而易见。

"师父,这种山药一年能赚四五千啊,那我要是种这么多,两三年不就是万元户了?我在我们村不成了首富了?"韩志坚憧憬道。

"醒醒吧,你只看到收成了,成本也不少啊,不过你要是种个五六亩,一年赚个两三千,我觉得不成问题。"钱大爷说道。

"两三千也不少了,我多种点,争取早日成为万元户。"韩志坚坚定地说道。

"志坚啊,你的目标太小了,万元户真的不算啥了,城郊乡的万元户这两年遍地都是了。"钱大妈觉得韩志坚的目标太过渺小,忍不住说道。

"一步一步来,人不能一口吃个胖子。师父,您说,野山药是不是能培育出好的品种?"韩志坚问道。

"那当然了,山药种类很多,有些太细了,有些是块状的,有的是扁的,有的是奇形怪状的,我觉得这种长长的最好看,当然也最好卖。"钱大爷说道。

"那成功率高不高?"韩志坚继续问道。

"怎么说呢,这个真的要看运气,运气好很容易培育出好的品种,运气不好,很多年也不一定能培育出来。"钱大爷说道。

韩志坚想了一下说道:"我们村后山上也有一些野山药,

不过都是歪七扭八的，长得也不粗也不大，应该是没有什么大的价值吧。"

"你别看我现在种的这种山药看起来不错，过几年就不行了，产量会下降，质量也会下降，零余子也会增多。山药的变异性很强，有些是往好的方向变，有的是往坏的方面变。我培育这些，就是为了挑出变异的好的品种。"钱大爷说道。

"那用零余子培育的是不是更好一些？"

钱大爷不厌其烦地说道："嗯，你说得对。有的人就是选一株长得比较好的山药，只把这一株的零余子收集起来培育，这样就能很好地提纯复壮，但是步骤比较麻烦，一般我都不采取这种办法。现在很多山药种植户都是采取四五年换一种山药的方法，在换代前两年收山药时，选那种品相好的大粒零余子作为种子，第二年，同时使用零余子和山药嘴子混合培育种株，然后选比较好的进行大面积播种，这种方法简单有效，我现在就是采取这种方法。"

韩志坚点了点头，心想：看来自己要学的东西还有很多。钱大爷虽然懂很多，但是很多东西讲得不够系统。

韩志坚又问道："师父，我看我们把这些都挖掉了，您也没留种子啊。"

钱大爷笑了笑，说道："这山药还没长到时间，等过一两个星期再留种子。我一般都是用山药嘴子当种的，就是最顶端这一截，一般留个二十厘米就差不多了，太短了会影响第二年的产量。"说着，他掰了一个山药嘴子给韩志坚。

韩志坚仔细地观察着山药嘴子，只见上面凸起一个小瘤，上面有很多斑痕，七扭八歪的，看起来并不显眼。接下来是细长细长的一段，就像长脖子一样。再往下一段是山药，大概有个十厘米左右。

钱大爷看韩志坚看得出神，就说道："山药嘴子最重要的就是这三段：一个是山药嘴，就是最上面的这个疙瘩；一个是长脖子，就是细长的这一段；再一个就是粗的这一段，也称为底肚，这也是山药栽子的养分部位，这一块要比长脖子那一段略长一点。多数人挖山药时候会把这一段掰下来，故也称为掰栽子，也有人为了省事用刀切的。我觉得掰出来的断面更大一些，更利于山药栽子的成活。"

顿了一下，钱大爷继续说道，"这山药栽子掰下来以后，要晾晒四五天，不能直接放在地上晾，要铺上秸秆什么的。这样晾晒，就是为了让栽子表面的水分蒸发掉，加快断面的愈合。晾晒好了之后，一般情况是用沙来储存。因为从收获到明年种下去，相隔半年，要保存好。贮存的时候，一般是在屋子里铺一层干河沙，最好是铺得厚一些，一二十厘米的样子，然后在沙子上放一层山药栽子，然后再铺一层沙子，再铺一层山药栽子，就这样反复几次，弄到差不多一米左右，最后在上面放一层稻草。如果有楼房的话，可以放到二楼，就不用这么麻烦了，堆在墙角就行了。"

山药

认真听完后，韩志坚点了点头。此时，甄顺昌来了。

"老钱啊，货备好了吗？"甄顺昌大老远就开始喊了起来。

"备好了，备好了，直接上秤吧。"钱大爷高兴地说道。

几个人有条不紊地称好了山药，并装上了马车。按照惯例，甄顺昌把上次的山药钱给了钱大爷。

看着钱大爷喜眯眯数钱的样子，韩志坚对种山药充满了信心。

第二十二章　市场偶遇

　　随着山药的逐渐成熟，来进货的人也越来越多，于是韩志坚三人从原来的早上挖山药，变成了全天都需要挖山药，可以说是从早忙到晚。钱大爷对韩志坚也是毫无保留，只要是自己会的，全部都教给他。韩志坚虽然觉得挺辛苦，但是每天都有新的收获，他甚至觉得自己可以出师了。

　　这天，钱大妈说道："志坚啊，今天把这一垄收完，可以休息三四天，因为这个品种的基本上挖完了，剩不多了，应该还可以撑两天，另外的品种要等过几天霜降了才能挖。"

　　"那我回家一下，这快一个月没回家了。"韩志坚眼睛一亮。

　　"嗯，你回去几天也行。你骑我家的自行车回去吧，到时候给你拉点货，正好带回去卖一下。你们村的老支书最近每隔三天来拉一次货，昨天刚来过，估计这两天不会来了，你明天回去也正好跟他说再等一周再来拉货。"钱大爷说道。

　　第二天天刚蒙蒙亮，韩志坚和钱大爷、钱大妈就开始挖山药，很快就挖了两大捆。钱大爷帮着把两大捆山药装到了自行车上，还真别说，自行车是真能装，后座一边放一捆，居然装了将近两百斤。钱大爷帮着把山药绑好，反复检查了几遍，确认绑得够牢靠了，这才放心韩志坚一个人骑车回去。

韩志坚选择走大路，这样骑着会轻松一些。

不到九点钟的时候，韩志坚就回到了秀源镇。在集市上很快就找到了老支书和父亲。韩志坚和父亲一道把自行车上的山药卸了下来，也站在山药摊那里摆起摊来。

"志坚，你也在这里啊！"正在忙着招呼卖山药的韩志坚忽然听到了熟悉的声音，抬头一看，居然是江小雪和她妈妈杨丽英。

韩志坚一怔，马上笑着说道："是啊，我现在在学着种山药，这是刚进的货，很好吃的，你拿两根回去尝尝。"说完拿了两根递给江小雪。

"不要，不能拿。"江小雪连连摇手。

"这山药倒是不经常见，好不好吃啊？"杨丽英心想不要白不要，就伸手接了过来。

"很好吃的，一大早刚挖出来的，新鲜着呢。"韩志坚说道。

"妈，你先去买别的菜，我有点事要跟志坚说。"江小雪撒娇地推着杨丽英让她离开。

杨丽英拗不过江小雪，不放心地看了看江小雪和韩志坚慢慢地走开了。

"志坚，海萍要结婚了，她说要请你也一起去参加她的婚礼。就是后天，本来我今天还想去你家找你的。"江小雪小声说道。

"啊，这么早就结婚了啊，不是刚毕业吗？工作安排好了？"韩志坚有点惊讶。

"是啊，我也觉得有点快。她工作安排好了，进了清陵县第一中心小学，是县里最好的小学。"江小雪说道。

"你呢，分配到哪里了？"韩志坚问道。

江小雪笑了笑说道："我就在咱们镇上的实验小学。刚刚上班一个多月，很忙很忙的。"

"我高考虽然过录取分数线了，但是志愿没报好，没被录取。我准备这几年种山药，我觉得种山药也能挣钱。我去城郊乡那边拜了个种山药的师父，他一年能挣三四千块呢。我们这儿种山药的极少，我觉得还是很有干头的。"韩志坚憧憬道。

江小雪看着神采飞扬的韩志坚，本来还想着怎么安慰安慰他，现在看来根本不需要，于是说道："海萍的婚礼你要不要参加？她可是专门跟我说要邀请你参加啊。"

"那肯定要去啊，她跟谁结婚啊？"韩志坚问道。

"你猜？"江小雪神秘一笑。

"这我哪会猜得到啊。"韩志坚摸了摸脑袋说道。

江小雪吐了吐舌头，才意识到韩志坚根本不认识自己的同学，于是说道："是我和海萍的同班同学，叫程思进。"江小雪没有讲程思进以前一直在追她的事情。

"那很好啊，老同学知根知底，多好。那后天上午咱们一起去。"韩志坚高兴地说道。

"好嘞，那就这么说定了，中午的婚礼，我们要早点过去，你到时候八点半到我家楼下跟我会合。我先走了，要不然我妈要来找我了。"江小雪挥了挥手，笑着走了。

韩志坚目送着江小雪远去的背影，久久不肯移开视线。

"小犬，卖山药了，别发呆了。"韩运喜看韩志坚还在发呆，便催促道。

韩志坚脸一下子就红了，连忙回到摊位那里，招呼起顾客来，掩饰自己的失态。

老支书笑了笑，凑到韩运喜旁边小声说道："老韩啊，你家这小子好像对人家姑娘有意思啊。"

韩运喜叹了口气，说道："那姑娘就是镇东头食杂店的，她妈那眼界可是高着呢，我儿子估计没啥戏。"

"那可不一定，我就觉得你家这小子可以，有一股韧劲，只要肯去追，说不定就能成。我看那姑娘对你儿子也不讨厌，不试试怎么知道能不能成。"老支书鼓动道。

韩运喜看了看韩志坚，微微叹了口气说道："再说吧，先把山药种好，李婶来家里介绍了好几次，我儿子根本不应这茬儿。"

"还没长大，还没开窍。哈哈哈……"老支书开心地笑了起来。

第二十三章　海萍出嫁

张海萍婚礼这天，韩志坚吃完早饭就出发了，一路小跑到了秀源镇。韩志坚刚到江小雪家店门口，江小雪就出现在了他的面前。

"这么巧，我刚到，你就出来了。"韩志坚高兴地说道。

江小雪白了他一眼，说道："傻瓜，我在二楼老远就看到你了。"

韩志坚不好意思地笑了笑，说道："走吧，咱们去街西头汽车站坐车去。"

"嗯，走吧。"江小雪乖巧地点了点头。

韩志坚和江小雪有说有笑地向街西头走去，就像相知多年的老友一样。两个人都没有注意到身后站在店门口眼睛快要冒火的杨丽英。

张海萍和程思进的婚礼是在清陵县城一家酒店里举办的。韩志坚和江小雪到了清陵县城车站后，没有去酒店，而是直接赶到了张海萍家。

化好了妆的张海萍正无聊地坐在房间，看到江小雪和韩志坚来了，张海萍激动地迎了上去，一只手拉着江小雪的手，另一只手照着韩志坚的肩膀擂了一粉拳，韩志坚很配合地捂着肩膀龇牙咧嘴起来，逗得张海萍和江小雪笑得花枝乱颤。

"海萍，你怎么跟程思进走到一起了？这可不是你喜欢的类型啊。"江小雪小声问道。

张海萍耸耸肩说道："是家里人安排的，我拗不过，跟程思进接触了一段时间，这家伙虽然闷了一点，但是人不坏，处了一段时间，双方家长都催着我们结婚，这不，就有了今天这一出。小雪，我还没玩够啊。"

江小雪凑到张海萍耳朵旁边说道："你说一会儿程思进来接亲，看到我会不会尴尬？"

张海萍无所谓地说道："借给他个贼胆，也不敢再想别人。你不知道，现在思进被我调教得可乖了，现在连美女都不敢看了。"

韩志坚看着张海萍和江小雪说着悄悄话，也不好意思打扰，自己待在房间里也别扭，便走出了房间。

见韩志坚离开房间，张海萍问道："对了，你跟韩志坚咋样了？"

江小雪说道："也没怎么联系，我也不好意思去他家找他，他也没来找我。还是前天在菜市场遇到他卖山药，要不然我还要去他家找他。"

"他现在卖山药了？"张海萍惊奇道。

"他高考过录取分数线了，志愿没报好，也就没被录取。他不准备复读了。三百六十行，行行出状元。我觉得他能行的。"江小雪惋惜地说道。

"那你是咋想的？试着处一下？我觉得志坚真的不错，值得托付终身，要不是家里帮我做主了，我就跟你抢一抢。嘿嘿……"张海萍开玩笑地说道。

"你去抢吧，看程思进不打断你的腿。哈哈……"江小雪狡黠地说道。

"说啥呢？这么开心，接亲队伍快到了，看下妆有没有花掉。你这孩子，别人嫁出去都是哭哭啼啼的，你这还这么开心。"张海萍的母亲林月花走了进来。

"你不是巴不得我早点嫁出去吗？"张海萍揶揄道。

"你这臭丫头，小雪，你帮我引导引导海萍，让她一会儿掉两滴眼泪，要不然街坊邻居该笑话我了。我先去忙别的了，要掉眼泪啊。"林月花走出房间的时候还不忘回头嘱咐道。

张海萍和江小雪你看我我看你，"扑哧"一声，两个人都笑了。

"别笑了，你妈让你哭呢！"江小雪好不容易憋着笑，严肃地说道，刚说完，自己又捂着肚子笑了起来。

"别停，继续笑，我笑得眼泪都出来了。反正都是眼泪。"张海萍被江小雪引得又开始笑了起来。

两个人正笑闹着，门口响起了鞭炮声和唢呐声，接亲的队伍来了。

跟其他人结婚没什么两样，张海萍虽然大大咧咧，但是临出门的那一刻，却忍不住哭了起来。

程思进接亲用的是小汽车，这在清陵县也是比较少见的。张海萍梨花带雨地坐进了婚车。本来很担心张海萍哭不出来的林月花这才放下心来，听着街坊邻居说张海萍哭得这么伤心，她心里反而很高兴。在清陵县，如果闺女出嫁不哭，说明跟父母的感情不深，所以一定要哭嫁，不然会被街坊邻居议论很久。

　　程思进坐在车里看到了送亲队伍里的江小雪，有一点愣神，忽然感觉腰间一阵痛，耳边响起了张海萍的声音："乱看啥呢？！嗯？"

　　程思进赶紧收回了目光，解释道："啥也没看，啥也没看，我就是看着有点眼熟，是不是咱同学江小雪啊？"

　　"是又咋了？你别以为我不知道你以前追过她。"张海萍佯怒道。

　　"哪有的事，哪有的事……"程思进连连否认，额头开始往外冒汗。

　　"看把你吓得，以后给我老老实实的，眼睛不要乱瞄。要不然……"张海萍假装恶狠狠地威胁道。

　　"嗯嗯，我知道，我除了你，谁也不瞄……"程思进赶紧表忠心。

　　"嗯？瞄？连我也是瞄的？"张海萍捏在程思进腰间的手指加大了力度。

　　"不能瞄，不能瞄，我是光明正大地看我媳妇。快松手，痛……痛……"程思进求饶道。

第二十四章　小雪表白

　　张海萍家离程思进家并不远，婚车便开得很慢。

　　接亲的队伍浩浩荡荡地跟着婚车慢慢往前挪着，坐在婚车里的张海萍本来心里还有点下嫁的想法，现在看到程家为了迎娶自己摆下这么大的阵仗，心里莫名的有一种满足感。专门挑像宝丰路、长寿路、通达街比较吉祥的街道走，绕了小半个县城，婚车终于抵达了程思进家。

　　经过一系列改口、敬茶、拜天地等烦琐的仪式，张海萍被送入了新房。

　　因为酒席没有在家里办，亲朋好友就挤在家里递礼金。韩志坚和江小雪也跟着分别递了五十块钱的礼金。

　　韩志坚观察了一下程思进家的房子：三层独栋小楼，还带着一个小院子，电视、摩托车、功放机等一应俱全，家里的装修也比较豪华，打眼一看就是富庶人家，看来张海萍嫁过来应该是不错的选择。韩志坚看着程思进的家，忽然想到了也住在清陵县城的安春雨，心中慨叹一声，晃了晃脑袋，把安春雨的身影赶出了自己的脑海。

　　韩志坚饶有兴致地观察着程思进家的装修，想象着自己

132

以后的婚房。可是，他越看越是感觉到了差距，心想自己想要达到这样的层次，还有很长的路要走。

差不多十一点的时候，大家离开了程思进家，簇拥着一对新人去了酒店。三十六桌酒席摆在酒店的大厅里，高朋满座。

一阵鞭炮声过后，喧闹的大厅安静了下来，大家都在观望是谁作为证婚人来致辞，这也是显示这个婚礼档次的重要环节。

只见一个大腹便便的秃顶男人右手端着一杯酒，慢慢地走到了大厅的中央位置站定，旁边立马有人大声喊道："各位亲朋好友、父老乡亲，下面有请今天的证婚人赵友贤赵总致辞，大家欢迎！"大家非常给面子地鼓起掌来。

赵友贤满意地环顾着四周点着头，他清了清嗓子说道："大家好！今天是程思进先生和张海萍小姐缔结良缘、百年好合的大喜日子，作为他们的证婚人，参加这个婚礼，我感到非常荣幸。同时，我也是他们的介绍人，在这里，我感到很惭愧，为什么惭愧呢？因为我这个介绍人仅仅只是做了介绍工作，其他的事情我就没管了。"大厅里响起了一片笑声，赵友贤抬起左手往下压了压，很为自己的幽默感到欣慰，接着说道，"今天，我看到这对新人，我才知道什么叫佳偶天成。大家看，新娘是端庄秀丽，新郎是青年才俊，真是女貌郎才，天作之合。"大厅里再次掌声如潮。

赵友贤非常满意这个效果，待掌声稍歇，接着说道："在此，我祝愿新人海枯石烂心永结，地阔天高比翼齐飞，相亲相爱甜蜜久，同德同心幸福长！让我们一起举杯，为这对新人祝福！"

大厅里不知道从哪里响起了一声叫好声，紧接着叫好声雷动。赵友贤一仰脖，一杯酒一饮而尽。早就等在大厅门口端着上菜盘子的一群年轻人一起喊了一声："开席了！"十几个年轻人端着盘子鱼贯而入，开始上菜，酒席正式开始。

没过多久，程思进和张海萍开始挨桌敬酒，感谢亲朋好友的到来。

不大会儿，程思进和张海萍来到了韩志坚和江小雪这一桌。

"小雪，志坚，谢谢你们能来参加我的婚礼。思进，这是韩志坚，我的救命恩人。"张海萍拉着江小雪的胳膊说道。

韩志坚刚要说话，忽然感到胳膊被江小雪抱住了。只听江小雪说道："海萍，思进，志坚现在是我对象了。"

"啊？啥时候的事啊？"张海萍有点意外，接着说道，"也对，我就知道你对他有意思。"

韩志坚有点愣神，胳膊处接触到的酥软是那么的不真实。他看了江小雪一眼，只见江小雪满面绯红，都快红到脖子根儿了。

"你好，我叫程思进，也是小雪师范时候的同学。"程思进向韩志坚伸出了右手。

韩志坚不疑有他，也礼貌地伸出手，刚一接触，没想到程思进突然加力。韩志坚根本不惧，这一个多月在钱大爷田里挖山药，手劲倒是提升了不少，一用劲，轮到程思进受不了了，赶紧松劲。韩志坚也松了劲，对着程思进笑了笑。

"手劲挺大，我告诉你，小雪可是我们班的班花，你要是敢欺负他，我，我虽然没你有劲，我们班比你有劲的多的是，饶不了你。"程思进不知道是出于什么心理，听说江小雪名花有主了，忍不住威胁起了韩志坚。

"长本事了是不？我的救命恩人你也敢吓唬？"张海萍直接揪住了程思进腰间的软肉。

"哎哟，给点面子，给点面子，今天我是新郎官。"程思进赶紧小声求饶道。江小雪和韩志坚都被程思进的窘态逗笑了。

"思进，我敬你。我祝你和海萍永结同心、早生贵子。"韩志坚举起了酒杯。

"好，我也祝你和小雪早日修成正果。我还是那句话，一定要好好对小雪……哎哟……"程思进话还没说完，腰间又是一痛，张海萍又开始家法伺候了。

韩志坚扭头看着江小雪，江小雪也抬头看着韩志坚，满脸都是娇羞。

"来，祝福你们。"张海萍笑着说道，"还傻愣着干吗？喝啊。"张海萍看程思进有点心不在焉的，用胳膊顶了他一下。

"噢，喝酒，喝酒。"程思进说完看着张海萍问道，"真喝？

喝多了晚上……"

"废话,跟小雪还不真喝?"张海萍瞪了程思进一眼,赶紧打断他的话,颇有一种恨铁不成钢的架势。

程思进和张海萍敬完酒,往下一桌继续敬着。韩志坚和江小雪坐了下来,两人间的氛围忽然变得尴尬起来,四周喧闹声也消失不见,似乎偌大一个大厅瞬间安静了下来。

"小雪,刚才,刚才你讲的是真的吗?"韩志坚说话都有点不利索了。

"以前程思进追过我,我把你搬出来当挡箭牌了,你不会生气吧?"江小雪小声说道。

江小雪的话无异于晴天霹雳,刚才还在云端,现在忽然跌落地面的韩志坚嘴角抽动了一下,说道:"不,不生气。"

"你好像有点失望?"江小雪俏皮地笑道。

"失望啥?"韩志坚问道。

"我不是你对象啊。是不是很失望?"江小雪笑道。

"嗯,是的。"韩志坚肯定地答道。

江小雪凑近韩志坚耳边说道:"那,那我当你对象行不?"说完,脸又一次红到了脖子。

"噢。"韩志坚有种坐过山车的感觉,这种大喜大悲的感觉实在是太刺激了。

"噢?噢是啥意思?不愿意?"江小雪嘟起了嘴巴。

"我愿意,我愿意。我一定会对你好的。"韩志坚连忙说道,

山药

136

生怕江小雪反悔。

　　"来，我们喝一个。"江小雪给韩志坚满上酒，给自己倒了点葡萄酒，"叮"的一声清脆的碰杯声，将两个年轻人的心连在了一起。

第二十五章　你是木头

　　参加完张海萍和程思进的婚礼，韩志坚和江小雪没有去闹洞房，也没有在清陵县城过多逗留，而是坐上班车回秀源镇了。一路上，两个人聊了很多。韩志坚跟江小雪讲了自己准备和乡亲们一道种山药的计划，江小雪非常支持他。韩志坚本来还有点担心江小雪看不起他，从江小雪的话语中，他发现自己的担心是多余的。

　　到了秀源镇，两个人没有立即回家，而是来到了秀源镇南边的凤尾溪边。说是溪，其实有些地方的水面已经非常宽了，称之为河也不为过，不过当地人还是习惯称之为溪。

　　两个人坐在溪边，长时间没有说话，不约而同地扭头对望，两个人都笑了起来，那种微妙的尴尬感随着相视一笑烟消云散了。

　　"志坚，你们村那个李婶是我妈娘家的人，算是我家的亲戚，最近到我家可频繁了。我看着她都有点烦，每次都背着我跟我妈嘀嘀咕咕的，看到我了就不说话了，我总觉得有点问题。"江小雪说道。

　　"李婶？就是上次我们在村口碰到的李婶？"韩志坚问道。

"是啊，就是那个。现在我看到她来就躲到楼上，省得心烦。"江小雪说道。

韩志坚想了想，一拍大腿，恍然大悟道："我明白了，李婶这段时间也经常往我家跑，非常热心地给我介绍媳妇，被我直接推掉了。难道？"他疑惑地看着江小雪。

"你是说我妈也知道我们之间？不可能吧，咱们以前可是啥事没有啊，也就今天……"江小雪说着说着声音小了下来。

"应该是那天我们一起从山上下来，李婶觉得我们关系不一般，到你妈那里说了，你妈让李婶给我介绍对象，你说我猜得对不对？"韩志坚分析道。

"不管她了，看到她就烦，我妈还没有催我找对象，估计是在憋大招儿。"江小雪说道。

韩志坚心想还是自己不够强大，如果自己考上大学，命运可能就会改写。可自己就算再复习一年，也不一定能考上大学……想到这儿，韩志坚说道："小雪，我明天还要去城郊乡胡林村我师父那里学种山药，可能又要很长一段时间见不到你了。"

"没事，你去忙，我平时也是两点一线，学校、家里两头跑，我很乖的。"江小雪俏皮地说道。

"我也很乖的，我在师父家里每天就是挖山药。我胳膊最近都练粗了。"韩志坚说着举起了胳膊秀了秀肌肉。

江小雪轻轻地捏了捏韩志坚胳膊上的肌肉，笑着说道："挺结实的，怪不得程思进被你捏怂了。"

在江小雪的小手按捏自己胳膊的时候，韩志坚有一种触电的感觉，这是从来没有过的感觉。韩志坚心想也许这就是恋爱的感觉吧。

江小雪看韩志坚坐在那里发呆，用胳膊轻轻顶了他一下，说道："木头，想啥呢？"

江小雪的一声"木头"让韩志坚心里一震，前段时间安春雨也是这样叫自己的。回了一下神，韩志坚笑道："没啥，就是幸福来得太突然，我脑袋有点短路。"

江小雪开心地笑了，说道："你有时候真像个木头。"

韩志坚笑着说道："那你就叫我木头吧，总比我父母叫我小犬好。"

"你是木头，木头，木头……"江小雪促狭地说道。

韩志坚和江小雪坐在凤尾溪边聊了很久，直到太阳西下，两个人才恋恋不舍地各自回家。

韩志坚回到家，王月娥就喊道："小犬，桌子上有你的信，你看一下。"

"我的信？这倒是稀奇啊。"韩志坚说着拿起了桌子上的信。

"拆开看下，看字迹好像是个女孩子啊，这字这么漂亮，人长得咋样？好像是流阳师院的。"王月娥凑过来说道。

"我哪知道是谁。肚子饿了，妈你去弄饭吧。"韩志坚说完拿着信走到了里屋。

"这孩子，还对我保密。"王月娥嘟囔着去厨房弄饭去了。

韩志坚坐在窗边，就着落日的余晖，看着桌子上的这封信。他不用拆，就知道这是安春雨写的信。信封上娟秀的笔迹映射出安春雨娇美的容颜，韩志坚有些愣神，内心在纠结拆还是不拆，最后他决定不拆。他伸手掀开床垫，把那封信塞进了床板里。

第二天一大早，韩志坚就出发去钱大爷家，又开始了自己的学艺之路。

与此同时，禾丰村也开始了山药种植的筹备工作。在老支书的带领下，大家开始准备厩肥，用收集的厩肥在山药田附近堆起了粪堆，一层层地叠起来，直到堆到了两米高，并在上面浇上粪水，最后用碎草将堆肥封了起来，准备着种山药上肥用。

整个禾丰村的厩肥都被大家收集完了，才堆了两堆肥料，照钱大爷估计，禾丰村的山药田，起码需要十堆这样的堆肥。老支书一合计，决定到附近村庄花钱收厩肥。于是几家人赶着马车，到附近村庄收厩肥。附近村庄的村民非常诧异，从来没有人来收过厩肥，平时那些基本上都是撒到了自己家的田里，也从来没有想过还能卖钱。有钱好办事。在大家的努力下，只用了三天时间就收够了堆肥所需的厩肥。

老支书看着堆得高高的十座小山包一样的堆肥，高兴得点起了旱烟。

韩志坚在钱大爷家也没闲着，热火朝天地挖着山药。

这天早上，钱大爷从家里背来了一大袋草木灰。

"师父，拿草木灰干啥啊？"韩志坚纳闷道。

"从今天开始，我们开始收山药栽子了，这草木灰是为了粘住断面，防止病菌感染栽子。这一点很重要，很多人不以为意，这可是我的独门绝技啊，大部分人收山药栽子的时候没有消毒，影响了栽子的质量。"钱大爷自豪地说道。

"如果是消毒的话，用酒精或者石灰会不会好一些？"韩志坚问道。

"嗯，有的人还真用生石灰消毒，但是这种办法不好操作，容易沾多了，断面就会缺水，发生断面开裂，甚至烂种，反而没有起到消毒的作用。我觉得草木灰更好用一些，物美价廉。"钱大爷分析道。

"确实是这样，现在农村基本上都烧秸秆，草木灰家家都有。"韩志坚赞同地点了点头。

"对了，你过两天回去，让老支书也收集一些草木灰，草木灰也是不错的肥料。"钱大爷提醒道。

韩志坚应承着。

钱大爷忽然想起什么似的，说道："对了，上次县里有领导带着一帮专家来参观时，说是用什么药水泡这个断面来消毒，效果更好，叫什么药，我忘记了，你上学比较多，你可以查查资料。种山药还是要讲科学啊，我这儿很多都是土方法，只能作为参考。"钱大爷谦虚地说道。

"师父，您太谦虚了，我觉得学到的已经很多了。过些天，您跟我一起去趟禾丰村，帮我们看看，现场指导指导。"韩志坚诚恳地说道。

"没问题，这边忙完，我跟你一起过去，我也想看看你们村种山药的规模。"钱大爷满口答应道。

第二十六章　学成归来

随着钱大爷家山药收获进入尾声，韩志坚知道自己的学徒生涯也将要结束，所以他找准一切机会向钱大爷请教，很多稀奇古怪的问题冒出来，钱大爷根本就无法回答，因为钱大爷自己也不明白咋回事。

这天，在挖山药的时候，韩志坚冒出了一个很大胆的想法，他指着山药跟钱大爷说道："师父，我有个想法，您看啊，这个山药一般都是往下长的，它吸收营养是靠着这些须子吸收的，如果我们用一个粗的套管，在上面打上一些小洞，这样也不耽误这些须子吸收营养，然后套住山药栽子，您说它会不会沿着这个套管长？这样的话收山药也很方便，从套管里抽出来就好了。"

钱大爷一愣，想了一下，大声喝彩："这主意好，这样的话，山药肯定很直。"顿了一下，他又说道，"不过，这个套管要去定制，一个套管至少要一米多长，一根起码要两三块钱，一亩地起码种三千多棵山药，这样算起来，一亩地要投入将近一万块。这个套管还不知道能用几年。这个想法很好，实际操作起来估计不行，成本太高了。"

韩志坚一想，不好意思地笑了笑："我确实是没考虑到成本问题，如果能够解决成本问题，这个方法应该是可以的吧？"

"我明年开春弄个十来棵试种一下，如果效果好，真可以想办法降低成本后大规模铺开。还是你们年轻人有想法，这种点子，我这把老骨头就想不出来。"钱大爷感叹道。

"哪能呢？姜还是老的辣。师父，您那么有经验，我这些想法都是乱想的。"韩志坚由衷地说道。

钱大爷语重心长地说道："志坚啊，其实我能教你的不多了，这三四个月你跟着我当免费劳力，我和你师母看在眼里，记在心里，我也不说给你工钱了，你们村明年开春的山药栽子，我免费供应，权当工钱了。不够的话，我们可以用零余子和山药段子来种。不过零余子培育起来比较慢，如果操作不好，当年不能保证收成，但是这种方法是成本最低的，用山药段子是成本最高的。到时候你们自己选择一下，用零余子培育出来的山药长势更好一些，如果你们不急着收回成本，可以适当用一些零余子来培育，一般连续三四年用山药栽子培育，产量就会明显下降，用零余子不存在这个问题。"

"那我们可以一半用山药栽子，一半用零余子，第二年用零余子培育的留山药栽子，每隔三四年用零余子培育一次，这样不就不怕产量下降了吗？"韩志坚说道。

"没错，你说得很对，现在我这田里就是用这种方法来培育种薯的，效果很不错。"钱大爷很为这个徒弟的悟性感到高兴。

"看来这里面还有很多学问啊。"韩志坚感叹道。

"志坚，你到时候回去种山药，一定要开辟一块试验田，山药的种类很多，有长的，有圆的，有扁的，还有很多奇形怪状的，最好卖的还是长山药，大家也容易接受一些。到时候要以长山药为主，这能保证你们种山药不会亏。"钱大爷说道。

"嗯，谢谢师父，这几天山药基本上就收完了，我也回去跟大家一起整地、弄支架，先把前期的工作做好，到时候不会忙乱。"韩志坚说道。

"嗯，后面这点山药，这几天我们挖出来贮藏起来，可以放很久，等到春节再卖都行。我看老支书平均三天来一趟，基本上你们秀源镇的销路还是可以的。"钱大爷说道。

"供不应求啊，不过老支书说不能供应太多货，太多了就不值钱了。"韩志坚说道。

"哈哈，老支书挺精明呀，要是到时候你们大面积种植，往哪里卖？想好了没？"钱大爷问道。

韩志坚说道："前些天倒是研究了一下，秀源镇供应一部分，隔壁双河县可以供应一部分，清陵县也可以供应一部分，目前准备种三十亩左右，如果行情好，再扩大规模。"

"志坚，你们这胃口不小啊，如果质量好，货源稳定，可以考虑往流阳市供应，只要能运过去，基本上有多少就能销多少。"钱大爷说道。

山药

146

"这个倒是不错，指望马车运过去有点难，除非有汽车，我们离流阳市将近一百公里，这运费也抗不住啊。"韩志坚皱着眉头说道。

"嗯，加油，人心齐，泰山移。你们村只要能够一条心，把山药做大规模，我过去给你们打工都行。我前些年一直想把胡林村的山药做大，可是这里离县城比较近，很多人老想着做点小生意，很难安心种山药，根本联合不起来。"钱大爷唏嘘道。

"那太好了，到时候师父过去给我们当专家顾问，您也不用这么辛苦了。这事先这么说定了啊，到时候别反悔。我们村好酒管够啊！"韩志坚兴奋地说道。

"嗯，这几年我也明显体力不行了，也有点种不动了，这人呐，不服老不行。"钱大爷慨叹道。

"志坚，今年要不是你来帮我们收山药，我和你师父要脱层皮。明年我们就不种这么多了，实在是太累了。要是能有机器就好了，现在全靠人工。"钱大妈说道。

"对呀，可以用机器啊。"韩志坚眼睛一亮，接着问道，"有这种机器吗？"

"哪有啊，从古至今都没见过种山药的机器，要是有这机器，那种山药就轻松了，很多人就是因为种山药太辛苦才不愿意种的。"钱大爷说道。

说者无心，听者有意。钱大妈随口那么一说，还真为禾丰村指出了一个研究方向，后来还真让韩志坚捣鼓出来了种山药的机器。

十一月底的时候，钱大爷家的山药终于全部收完了。韩志坚也收拾了一下，告别了钱大爷和钱大妈，回到了禾丰村。

韩志坚刚走到村口的那棵大银杏树下，就遇到了不想遇到的一个人。

"哎呀，小犬学成归来了？"李婶阴阳怪气地说道。

"李婶好，我先回去了。"韩志坚礼貌地回道，不想跟她打交道，准备开溜。

"等一下，等一下，急什么？上次给你介绍的对象，你不答应，现在人家嫁到镇上去了。你说说你，多好的姑娘啊。对了，我这段时间又给你物色了一个，是隔壁清泉乡的一个姑娘，也是高中毕业的，文化程度跟你相当，家里条件虽然差了点，但是都是老实人，这一点绝对可以放心。"李婶拉住韩志坚说道。

韩志坚没好气地说道："李婶，我谢谢您了，您就别操心我的事了，拜托拜托。"说完，他挣脱了李婶梗着脖子就走了。

待韩志坚走远了一些，李婶吐了一口唾沫，小声骂道："呸，这个小犬，真是狗咬吕洞宾不识好人心。要不是别人托我办这事，我还懒得管你家的破事。真是的，太不识抬举了。"

"李婶，你这又是热脸贴个冷屁股啊，上次介绍没成，又开始介绍了，这次人家又不要，你介绍给我家那个臭小子吧？"王嫂揶揄道。

"上次椿树湾村的姑娘老韩家不要，介绍给你儿子，你儿子把人家吓够呛，第一次见面就动手动脚的，还没过门就当自己媳妇了，这次可是老实人家的闺女，可不敢介绍给你家。"李婶说道。

"呦，你这啥意思？上次的不是老实人家的闺女，还是我们不是老实人家？你这说话不能指桑骂槐啊，你自己不看看，上次那闺女是从广东打工回来的，不知道在外面干啥了，那桃花眼多勾魂，我儿子多老实，哪禁得起这种诱惑，有点把持不住不是很正常吗？"王嫂不满地说道。

"啧啧啧，那还怪人家姑娘家了？长得好看也不行？怪只能怪你儿子没那福气哦。不要着急，我再帮你物色一个，这十里八乡的我都熟，保证能给你找个合适的。"李婶拍着胸脯说道。

王嫂本来挺生气的，想再跟李婶叫叫板，听李婶这么一说，也就顺着台阶下了，说道："那就麻烦李婶了，我家孩子你也知道的，很朴实，适合他的比较多，温柔的、泼辣的都行，找个温柔的，好管。找个泼辣的，好管他，这事全仰仗李婶了。事成必有重谢啊。"

李婶满面笑容地说道："放心吧，这得空就去帮你跑这事。"心里却在嘀咕，"你儿子朴实？我看就是傻。"

"李婶，你看我家姑娘也老大不小了，今年春节也打工回来了，你也帮我物色物色。"旁边的一个中年妇女凑过来说道。

　　"一个要娶，一个要嫁，李婶你把他们两家撮合一下？嘿嘿……"有个老头儿在旁边笑着说道。

　　"一边去！"王嫂和另一个中年妇女异口同声地嗔道，随即两人也觉得不妥，不约而同地干笑两声掩饰彼此的尴尬。

山药

第二十七章　热火朝天

韩志坚一回来，立马被老支书叫到了村部，老支书把八户参与山药种植的村民也叫了过来。

等到大家集齐了，老支书清了清嗓子，说道："大家静一静啊，今天志坚算是学成归来了，从这段时间卖山药的情况来看，前景还是非常好的。前段时间卖山药赚的钱，我一分不取，全部投到咱们这个山药田里。"

"好！"大家鼓起了掌。

"不过咱们丑话说到前头，现在你们还有机会反悔，从明天开工以后，大家都不允许退出，不管成败，大家一起分担风险。今天，大家要签个协议，也就是说，从今天开始，大家就捆在一起了。"老支书严肃地说道。

"老支书，你怎么说我们就怎么做。"

"我们信你。"

"什么协议？现在就签吧。"

大家你一言我一语地同意着，老支书严肃的面庞逐渐展开，正要接着说话，忽然有人说道："老支书，要是赚钱还好说，要是赔钱了咋办？"

"高老头，你这个好吃懒做的家伙，老支书不是讲过么，风险共担，大家一起赔，大不了跟着老支书吃糠咽菜。"一个光头中年男人忍不住数落道。

高老头也不甘示弱，回击道："林有志，论辈分，我跟你爹是一辈，你不称呼就算了，还没大没小的。"

"说正事呢，高老头你往哪里扯呢？"老支书用烟袋锅子敲了敲桌子说道。

"我这不是穷怕了嘛，好不容易能够吃顿肉了，让我再饿肚子，我可不愿意。我……"高老头嘟囔道。

"别扯这没用的，你要不要参加，痛快点。"韩运喜看不过去了，直接打断高老头的话。

"参加可以啊，但是协议只签一年，一年之后，我们可以自由退出，不能把我们捆在这山药地里，我可不同意。"高老头说道。

"这个一年一签不是问题。"老支书笑道。

"如果是这样的话，我就没问题了。"高老头说道。

老支书爽朗地笑了笑，说道："既然大家都愿意，那我就简单介绍一下协议内容。很简单，就是我们八户，自愿将自家的责任田拿出来入股，成立合作社，种植经济作物，目前定的是山药。合作社就叫禾丰合作社，大家算是加入禾丰合作社的第一批社员。合作社采取实际出工工资加土地入股分红制度。合作社抽取部分红利用于公共开支。鉴于刚才高老头的意见，我们这个协议一年一签。"

"行，老支书不用讲了，我知道你不会害我们，写一下，我们直接签就行了。"林有志兴奋地说道。

"嗯，签吧，签吧……"大家七嘴八舌地催着老支书。

老支书抬起右手虚按了一下，说道："还是要提前说清楚，不明白的可以问。"说着瞟了一眼高老头。

"我前段时间一直跟着老支书卖山药，从咱们秀源镇的情况来看，销路一点问题都没有，如果我们种山药的规模大一点，可以考虑往周边乡镇出货，应该是没问题的。到时候大家可别看到效益好，自立门户退出啊。"韩运喜笑着说道。但他没想到的是，自己的一句玩笑话，真的一语成谶。

老支书最后还是坚持把协议内容跟大家详细说了一遍。八个参与种山药的农民在协议上郑重地签上了自己的名字，并按上了手印，正式加入了禾丰合作社，成为第一批社员。

"好，从明天开始，我们开始挖沟整地。有请我们的小专家说说。志坚，来，给大家讲讲。"老支书示意韩志坚上前。

韩志坚前些年一心只读圣贤书，很少有登台讲话的机会，忽然一下子一屋子的人盯着自己，他手心都开始冒汗了，硬着头皮走到老支书旁边，说道："各位叔伯，我前几个月专门去城郊乡胡林村一个种山药的大户那里拜了师，跟着学了一段时间，对于种山药稍微懂了一点，下一步我那个师父也会来咱们村指导。接下来这段时间，我们需要整地，做好前期的工作，明年开春种山药的种苗由我师父那边供应，这点不用担心。"

"好，志坚现在有出息了。你说咋干，咱就咋干，咱文化低，觉悟不低。"林有志说道。

"三十亩地，挖沟需要挖一米深，二十五厘米宽，工作量很大。特别是我们的地里有砂石，照我师父的说法，最好不要有超过一厘米的石子在里面。"韩志坚说道。

"啊！我们这里是山地啊，有石子很正常啊。这三十亩地怎么可能保证没有石子？"一个胡子拉碴的中年男人说道。

"杨建文，你急啥，听志坚说完。"林有志不满地说道。

"我师父的意思是，第一次整地一定要做细了，这是一劳永逸的事情。"韩志坚把自己师父搬了出来。

"要是有超过一厘米的砂石会咋样？"杨建文问道。

"要是有大一点的砂石的话，很容易导致山药分叉、变形，会影响山药的质量。"韩志坚说道。

"那咋办？总不能一点一点拣出来吧？"高老头问道。

"嗯，就是要这样做。"老支书说道，"前段时间我们已经准备好了筛子，孔眼设定不到一厘米，到时候挖沟的时候，直接筛一遍。"

"三十亩，全部筛一遍？挖一米深？"高老头提高了音调。一屋子人七嘴八舌地讨论了起来。

"大家静一静，我知道这种劳动量比较大，但是，我认为

山药

这是必须要做的，要做我们就做到最好！"老支书掷地有声地说道。

"好，干了！明天我们全家都过去干。"林有志喊道。

"这样做很有好处，把土翻出来，也可以晒一段时间，经过一个冬天的日晒风化，山药就不容易生虫害了。"韩志坚说道。

"就这么定了，今天大家准备准备，把铁锹什么的也磨一磨，明天早上八点开工。"老支书手一挥说道。

第二天一大早，东方刚刚翻起鱼肚白，公鸡的打鸣声还未停歇，禾丰村参加合作社的几家人就起来了。

吃过早饭，韩运喜和韩志坚就扛着筛子、铁锹和镐头往山药田去了，王月娥本来也想去的，可是一入冬，她的腰疼病好像又严重了，也就没有去。

韩志坚到了山药田那里，已经有很多人到场了，大家已经在自动分工了，准备一个人分一垄进行挖沟。

没多久，人就到齐了。老支书站到了一个小土堆上，喊道："大家伙儿到齐了，我说两句啊。今天我们正式开工，一会儿，大家先不要着急挖，要先画好线，大家再开挖，一定要保证深度，不能偷工减料啊。"

"哪能啊，这都是为自己干的，放心吧。"有人在下面回应道。

"老韩头和有志你们两个负责去画线，一定要画均匀了，山药长得直不直，就看你们线画得直不直了。"老支书说道。

"好嘞，我们现在就去。"韩运喜和林有志欣然领命而去。

"剩下的你们自由组队，两人一组，今天的目标是两亩地。"老支书激昂地说道。

"好，没问题。"大家齐声应道。

挖沟的线很快就画好了，韩运喜和林有志在田里用竹竿做了标记。

"开工——"随着老支书的一声令下，大家热火朝天地挖了起来，一大排人齐头并进，有一种大生产运动时的既视感。

"高老头，你这深度不够，继续往下挖。"老支书拿着一根一米长的棍子，挨个沟进行测量。

"老支书啊，这地下面很硬啊，很难挖动啊。差一点没关系吧，山药不一定长这么深。"高老头讪笑着说道。

"很硬？别人就不硬吗？这第一次挖沟一定要深挖，不然以后更难挖，千万不能缺斤少两。"老支书严肃地说道。

"我就说不能挖浅了，你还不听。"旁边的一个人说道。

"一边去，就知道说风凉话，你自己看看我这边，下面好多大石块。要不咱们换换，你挖这边？"高老头不怀好意地说道。

"差不了多少了，使劲儿往下刨一刨就行了。"跟高老头一组的温合进有点看不下去了。

"你来，我喘口气。"高老头看自己一组的也不帮自己说话，把铁锹一撂，准备休息一下。

　　温合进扛起镐头，一镐下去，火星四溅，下面确实是石块，很难往下挖了。高老头在旁边嘿嘿直乐，说道："咋样，我没骗你吧？"

　　温合进扭头看了高老头一眼，不说话，一镐一镐地往下刨着，还真让他把大石块刨掉了。旁边的人看到这一幕，朝着温合进竖起了大拇指。高老头也不好意思地讪笑着说道："厉害，厉害！"

第二十八章　宝藏传说

　　每年春节前的这两个多月，都是农闲的时候，很多人要么整天打牌，要么整天晒太阳，要么就是三五成群地摆龙门阵。禾丰村大面积挖沟的事在十里八村传了开来，越传越神乎，甚至有的人说禾丰村挖到宝藏了，很多人赶过来看热闹。

　　这天早上，不少人围到了禾丰村的山药田里。

　　"老支书，你们这阵势这么大，这是要挖宝还是干啥啊？"有人喊话道。

　　"呦，这不是马湾的王大拿嘛。哪股风把你吹来了？"老支书一看，原来是隔壁村来看热闹的。

　　"这不是很多人在说禾丰村挖到宝了，我也过来看看热闹。我看你们这么多人在这里挖，挖到啥好东西了？"王大拿神神秘秘地说道。

　　"挖啥宝啊，你没看我们拣出来的都是石头块？我们这是要种山药，咱们这里的土里面石块太多，不筛一筛不好种啊。"老支书笑道。

　　王大拿嘴撇了撇，显然对这个答案不满意，完全不相信。

　　"就是啊，这山药也太金贵了，完全没必要吧。"围观的人群中有人唏嘘道。

"这种个山药，还要把土筛一筛啊，这伺候得也太……"有人附和道。

韩志坚正好在旁边，忍不住说道："如果不筛一下，这里面的石块会影响山药的生长，还很容易分叉。"

围观的几个人似懂非懂地点了点头，但脸上还是写满了不相信。韩志坚也懒得解释了，这帮人愿意围观就让他们围观好了。

"这种个山药，十里八村都知道了，我看我们明年不用打广告了，明年这山药也不愁卖了。"老支书走了过来跟韩志坚说道。

"那可不，省了广告费了。我看我们可以在地头竖个牌子，就叫禾丰山药培育基地，弄得大大的，大老远就能看到那种。"韩志坚笑着说道。

"哎，你这个主意不错。我马上去弄，还是你们年轻人点子多啊。"老支书兴奋地说道。

韩志坚被老支书夸得有点不好意思，脸都红了。

"志坚，你师父啥时候来？"老支书又问道。

"估计过几天就来了，上次他说忙完就过来。我师父喜欢喝酒，到时候把我们秀源镇自产的百里香给他多备点，让他喝个够。"韩志坚回道。

"对对对，我今天就去办这事。好酒供应不起，这百里香还是供应得起的。"老支书说完就走远了。

几天后，山药田地头竖起了一块两个人高的大牌子，上面写着"禾丰山药培育基地——禾丰村委会"。围观的人反而不以为意，认为禾丰村这是为了掩人耳目。不管围观的人信不信，禾丰村的人也不多作解释。有些人甚至偷偷地把禾丰村挖出来的石块捡了回去，试着从中找出禾丰村大肆开挖的原因，但这注定是徒劳的，因为禾丰村本来就不是挖宝的。

经过将近一个月的奋战，大伙儿终于把山药沟挖好了，轰轰烈烈的"宝藏传说"也逐渐降温，人们也慢慢接受了禾丰村翻挖田地是为了种山药的这个说法。老支书他们也乐得看到这个局面，禾丰山药这个牌子在十里八村也算是小有名气了。

这天上午，钱大爷终于来到了禾丰村。老支书、韩运喜和韩志坚高高兴兴地把钱大爷迎到了村委会。一路上，几个人都在说着挖山药沟的趣事，听得钱大爷不住地哈哈大笑。

刚坐下来喝了几口水，钱大爷就按捺不住想去看看山药田的念头，说道："不坐了，咱们先去田里看看。"

老支书说道："着啥急，吃完饭再去看，这都快晌午了。"

"先去看吧，看完了才能放心。"钱大爷坚持道。

"那行，主要是怕你辛苦，稍等一下，我去套个马车。"老支书说道。

"套啥马车啊，走过去就行了，不是没多远嘛。"钱大爷说道。

"师父，是没多远，走过去也行。老支书那就不用马车了。"韩志坚说道。

四个人离开村委会往山药田走去，路上碰到了几个村民，老支书热情地向大家介绍钱大爷，说其是请来的专家，把钱大爷乐得合不拢嘴，前呼后拥受人尊重的感觉真是不错。

还没到山药田，钱大爷大老远就看到了"禾丰山药培育基地"几个大字，越走近越是震撼，不由自主地说道："老支书，你们这是办大事的，可比我们那边强多了，跟你们比，我那可是小打小闹了。"

"哪里哪里，这才三十亩，我们先试验一年，如果能成，再扩大规模，不敢一步走太大。"老支书谦虚地说道，其实这也是他心中所想。

到了山药田边上，钱大爷不住地点头，因为他种了好多年的山药了，打眼一看就知道沟的深浅够不够了，他把挖出来的堆土扒拉开，仔细察看了一番，然后点点头说道："全部过了一遍筛子？"

"那当然，全部按照志坚说的做的。"老支书拍着胸脯说道。

钱大爷说道："上次志坚带了点土过去，可能是挖的表层的，我已经觉得挺不错了，现在到了实地一看，你们这土质比我们那边还适合种山药，简直就是专门为山药量身定做的。虽说是沙质的土壤，但是里面土的含量也不低，有利于锁水保墒，如果是纯沙质就不行了。太完美了！太完美了！"钱大爷忍不住啧啧称赞。

"师父，这土质适合种哪种山药？"韩志坚问道。

钱大爷环视了一下山药田的地形，蹙着眉说道："我们留的那种山药算是长山药，也算是水山药，不能缺水，土质不能太硬。土质，我刚看了，应该没什么问题。但是你们这里虽然是山脚下，我看也是山上，水源的问题如果不解决，也是不能保证高产的。"

"要很多水吗？"老支书担心地问道。

钱大爷肯定地说道："不能缺水，如果仅仅是这三十亩的话，打一眼机井，我觉得就没问题了，如果扩大规模的话，就不一定够了。"

"机井？我们这是山上，机井很难打，往下一米多以后就是岩石了。这可咋办？"老支书搓着手说道。

"师父，山泉水行不行？"韩志坚问道。

"行啊，怎么不行，只要是水就行。我们城郊乡那边都是打机井的，我都忘了你们这边是山脚下了，不好打井。"钱大爷不好意思地说道。

"师父，我们可以把溪水引过来，在上面不远的地方，我觉得可以想想办法引流。"韩志坚说道。

老支书高兴地说道："对呀，志坚，还是你脑袋瓜好使啊。一会儿咱就去看看，看看怎么个引法，千万不能乱引，不一定流到哪里去呀。"

"走走走，现在就去看。"韩运喜也高兴地说道，自己儿子被夸，他也很高兴。

韩志坚走在最前头，几个人也不绕路，直接就从山林里往上爬。其实小溪离山药田还真不远，大概也就一百五十米的样子。

说是小溪，其实在丰水期的时候也挺大水量的。不过冬天的时候真的是小溪，水深的地方到膝盖，大部分地方都裸露出了河床。

"这水量有点小啊，水引过去的话，会不会把下游的水给断掉啊？"钱大爷担心地说道。

"这水算是秀源镇凤尾溪的支流，雨水多的时候，这里水量还挺大的，你看两边的痕迹，还是可以的。我们做个坝，开个口子引水，最好是能做一个闸门。"老支书说道。

"我们山药田附近要做个蓄水池，这样的话，即使是枯水期，也能保证水量。"韩志坚说道。

"说干就干，明天就召集人手，开干。前几天挖山药沟的劲头不能泄，一鼓作气，把基础打牢。"老支书铿锵有力地说道。

"我们村就没有你这样的好支书啊。"钱大爷感叹道，"要是有，我们胡林村早发达了。"

"哈哈哈，钱大爷你不能这样说啊，我无地自容啊，你看我们村穷得叮当响，好几个人连媳妇都说不上，还不是因为我们村太穷了，要是富村，人家姑娘争着往这嫁了。"老支书说道。

"老支书，这主要是我们村离镇上太近了点，漂亮一点的都嫁到镇上了，确实是不愿意嫁到我们这儿。"韩运喜深有感触地说道，他也知道了上次李婶给韩志坚说的对象嫁到镇上的事了。

"没事，等咱们村发展起来了，镇上的姑娘也会争着往咱们村嫁。"老支书握了握拳说道。

"好！老支书说得好！"大家纷纷赞同道。

山药

第二十九章　成功蓄水

"水通了！水通了！"

随着一声声欢呼声，水流缓缓地流到了山药田地头上方不远的蓄水池里。

水流虽然很小，但是挡不住大家的热情，三十多个人围站在蓄水池的周围，热烈地讨论着山药的前景，每个人脸上都洋溢着笑容，似乎已经看到了山药丰收的景象。

"老支书，这水流得也太慢了，我们不能把上游的口挖大一些吗？这要流到猴年马月了啊。"高老头问道。

"不能挖太大，不然就把溪水改道了，我们分出来一点问题不大，如果把水全部改道，那下游意见就大了。"老支书耐心地解释道。

"溪水又不是下游的，谁让他们住在下游呢。大家伙儿说是不是？"高老头不满地说道，他本来想拉几个人声援一下自己，结果没有一个人搭理他，自讨了个没趣。

"我们种山药用水量不是太大，不像别的蔬菜那么耗水，这个蓄水池应该够了。今天先蓄一池水，看一下渗不渗水，如果渗水严重，我们还要用水泥把蓄水池再硬化一遍，一定要确保不漏水。"老支书说道。

"那我们要是扩大规模，这个蓄水池就不够用了。"高老头看没人附和自己，想方设法地要找回场子。

"高老头，你就别发愁了，等扩大规模了，我们再想办法，目前这个蓄水池，足够我们用水了。"韩运喜劝道。

"我这也是为了长远考虑嘛，哈哈……"高老头故作豪放地笑着。

"志坚，你和小海两个人爬上去，到上游把那个分水口堵住吧，蓄这么多水差不多了。"老支书说道。

"好的，老支书，我觉得可以沿着这个水道，修一路台阶上去，不然这爬上爬下也麻烦，特别是下雨天的话。"韩志坚建议道。

老支书点了点头，说道："有道理，大家伙儿加把劲，这两天就把这条小路修出来，等过几天天就更冷了，啥也干不了了。"

"好，老支书咋说咱就咋干。"林有志响应道。

还真别说，人多力量大，一下午的时间小路就修了快一半，第二天一上午就全部修通了。

一切都按照计划有条不紊地进行着，看到准备工作差不多了，钱大爷也放心地回家了。虽然老支书再三挽留，但是山药栽子还在钱大爷家里贮藏着，也需要人回去照看。钱大爷其实也很留恋秀源镇的百里香，确实是物美价廉，主要是禾丰村的百里香管够，每天都有的喝，还不用怕钱大妈知道。

山药田准备好了，热火朝天的山药田陡然安静了下来，这让干劲十足的韩志坚一下子有点不适应。这期间安春雨陆陆续续又写来了几封信，韩志坚依旧是没有拆开看，直接压在了床垫底下。

临近春节，秀源镇变得热闹了起来。

"该去看看小雪了，这些天一忙乎，没去看她，不知道她有没有想我。"韩志坚自言自语道，想到这儿，嘴角不禁上扬。

这天早上，韩志坚认认真真地洗了脸、刷了牙，吃完早饭还反复漱了漱口，这才蹬上自行车往秀源镇骑去。

到了江小雪家的店铺楼下，韩志坚本来想着喊一嗓子把她叫出来，但一想到江小雪的妈妈，他就有点胆怯了，张了张嘴，还是没叫出声。

"傻站在这儿干啥？"忽然，正在犹豫彷徨的韩志坚肩膀被人拍了一下，扭头一看，正是江小雪。只见江小雪上身穿了件鹅黄色的毛衣，下身穿了件灯芯绒的长裙，脚穿一双棕色的小皮靴，头发柔顺地披在肩上，一个双肩包斜斜地挂在肩膀上，浑身散发着青春的气息，看得韩志坚一愣神。

"你怎么从我后面出现了？你不是应该在楼上吗？"韩志坚回过了神惊喜地说道。

"木头，我是从后门绕过来的，咱们快走，一会儿被我妈发现，我们就走不了了。"江小雪催促道。

"坐上来，咱们去河边竹林玩吧。对了，你等我一下，我去买点瓜子什么的。"韩志坚忽然说道。

"我带了，不用买了，我家就是卖这个的。快走，快走……"江小雪赶紧催促道。

韩志坚赶紧骑上车，载着江小雪一溜烟就骑走了。

两个人刚走，江记食杂店隔壁裁缝店的大妈就晃晃悠悠走进了江记食杂店，进门看到江小雪的妈妈杨丽英就说道："丽英妹子忙着呢。"

杨丽英笑了笑，说道："温大婶你又不是不知道，我这生意混个温饱罢了，也就是不用种田而已。还是裁缝好啊，谁都要穿衣服，你说是吧？"

"恭喜你啊，丽英妹子。"温大婶说道。

"恭喜我？我有啥喜事？"杨丽英纳闷道。

温大婶蹙了蹙眉，说道："你不知道？我刚才看到你家小雪跟一个男孩子走了，坐自行车走了。"

"啥？不会吧？刚才还在楼上呢！小雪，小雪——"杨丽英赶紧喊道。

"别喊了，我还能骗你不成，我亲眼看到的。是不是小雪对象？"温大婶笑呵呵地说道。

"怎么会呢，哪来的对象，我都不知道。这丫头咋回事，出去玩也不说一声，也不知道跟谁出去了。往哪个方向了？"

杨丽英担心地说道。

"往街西头去了，我看小雪还背个包，应该是去玩了。"温大婶说道。

"这个死丫头，平时挺乖的啊，今天怎么这么不靠谱，去哪里也不说一声，看她回来我不好好收拾她。"杨丽英生气地说道。

"怪我多嘴，这是好事啊。男大当婚，女大当嫁。丽英妹子你生啥气啊。"温大婶不解地说道。

"你不知道，小雪前段时间跟禾丰村一个小伙子认识了，我怕她被人家骗了。你说俺家小雪，要模样有模样，要工作有工作，不说找个城里的，起码也要找个镇上有工作的吧，你说是吧？"杨丽英说道。

"你这是要钓个金龟婿啊。对了，我倒是有个人选，可以介绍一下。"温大婶说道。

"谁家的公子啊？"杨丽英并不抱什么希望地说道。

"副镇长的儿子，现在正单身着，在镇一中上班。跟你家小雪多配啊，都是在学校上班。"温大婶热情地说道。

"教什么的啊？"杨丽英眼睛一亮，赶紧问道。

温大婶一怔，犹豫了一下说道："没教学，承包了学生食堂，算是当老板的。不过他爸是副镇长啊。"

"做生意的啊。"杨丽英有点失去兴趣了。

"哎，丽英妹子，你和我都是做生意的，做生意的咋了？

你还不想让小雪嫁给一个做生意的吗？"温大婶有些不悦地说道。

"我，我不是这个意思，我不是还得征求俺家小雪意见不是，我也不能替她做主啊。"杨丽英解释道。

"那你还管你家小雪和禾丰村那个小伙子的事，你这不是前后矛盾嘛。"温大婶毫不留情地揭穿了杨丽英的托词。

"小雪还年轻，再等等，不急，不急。"杨丽英依然满面笑容地说着，似乎没有感觉到温大婶的不满一样。

"我那边店铺没人，我先回去了，你再考虑考虑啊，副镇长儿子是真的不错。"温大婶不死心地说道。

"谢谢，谢谢，我回头问问小雪，这孩子也不知道咋想的，她好像一点也不着急，操心的都是咱这些当父母的啊！"杨丽英感叹道。

"那可不，我先走了，回头到我店里扯两尺布做两件新衣裳，这两天新进了一批布，质量相当不错。"温大婶临走还不忘推销一下自己的产品。

"嗯，好的，好的。"杨丽英应道。

温大婶走后，杨丽英皱起了眉头，心想：这是谁把小雪带走了，回来要好好问问她，真是不让人省心。不会是禾丰村那个吧？想到这儿，她就更焦躁不安起来。

第三十章　狭路相逢

"小雪，我咋感觉咱们有点像私奔啊！"韩志坚边骑车边说笑道。

江小雪脸一红，用粉拳轻轻锤了韩志坚后背一下，嗔道："谁跟你私奔啊，我只是怕我妈唠叨而已。"

"你就那么怕你妈吗？"韩志坚问道。

江小雪想了一下说道："也不能算是怕吧，如果怕，我也不会跟你出来了。我主要是不想被她在耳边一直说这说那。很烦很烦的……"

"也是，我有时候被我妈唠叨得也烦得很。"韩志坚说道。

"来，给你吃。"江小雪剥好了一颗糖递到前面。

韩志坚低头去嗛糖，没承想自行车前轮正好压到了一个疙瘩，一下子跳了老高，结果糖没吃到嘴里，却亲了江小雪的手一口。

一阵触电感袭来，江小雪的手不由自主地缩了回来，脸上一阵发烫，连忙掩饰道："哎呀，还好糖没掉，给你。"说完，又把糖从后面递了过去。

这次韩志坚学乖了，轻轻把糖嗛进了嘴里，一阵甜意袭来，从嘴里甜到了心里。

秀源镇的西边有一大片竹林，虽然临近春节，其他树木已经接近光秃秃的了，但是竹林依然是绿意盎然。

要到竹林，需要经过一段非常颠簸的土路。由于年久失修，路中有两道平板车压出的深深车辙，有些地方还比较深。自行车骑在上面，有一种坐过山车的感觉。这也成了很多情侣喜欢来的地方，因为在经过这段路时，如果坐在后座的人不抱住前面骑车人的腰，就很容易被甩下去。

"啊——"在经历了一个深坑的颠簸后，江小雪发出了一声尖叫，不由自主地搂住了韩志坚的腰，一股裹挟着雄性荷尔蒙的男孩子气息扑面而来，让她有点恍惚、有点迷醉。

江小雪本来想搂得松一些，一连串的颠簸袭来，让她彻底放弃了这种想法。让江小雪没想到的是，自己搂得越紧，韩志坚就蹬得越猛，跟打了鸡血一样。

与此同时的韩志坚心跳急剧加快，蹬起自行车来有用不完的力气。可能注意力大都放在了江小雪身上，韩志坚没有注意到远方迎面骑来的几辆摩托车。

"靠边一点，志坚，前面有摩托车。"江小雪注意到了前面的情况。

韩志坚抬头一看，只见前面有三辆摩托车并排骑了过来，每辆摩托车后座上各坐着一个女孩子。他赶紧靠边骑，并把速度降了下来。

"强哥，前面后座那女孩好漂亮。"其中一个染着黄毛的眼睛很好使，老远就看到了韩志坚后座伸头往前看的江小雪，赶紧跟骑在中间的一个分头青年说道。

"是不是啊，骑个破自行车，还带这么漂亮的女孩，咱哥几个找个乐儿？"强哥说道。

"强哥说找咱就找。"骑在另一边的那个分头随声附和道。

说罢，三辆摩托车根本没有避让的意思，径直朝着韩志坚骑了过去。

"哎——哎——哎呀——"韩志坚带着江小雪被逼到了路边的浅沟里，自行车歪倒了，韩志坚果断松开了自行车把，直接跳下车，江小雪也跟着跳下了后座，韩志坚抓住了江小雪的胳膊，这才没让江小雪摔倒。

"你们怎么骑车的？"江小雪气愤地说道。

"呦，这路是你家的？"坐在强哥后座的那个红发女孩阴阳怪气地说道。她刚才听着几个人夸这个女孩子好看，心中嫉妒之火已经在熊熊燃烧了，现在找着机会就跳了出来。

"我们已经很靠边了啊，你们稍微往里一点不就过去了，这路本来就已经很窄了，你们不会让一点吗？"江小雪毫不示弱地说道。

"这位姑娘，你是秀源镇的吗？"强哥挤出了一副比较温和的笑容，不急不缓地问道。

"强哥，你干吗呢？你不是有我了吗？"红发女孩一看强哥这副神态，马上知道他想干啥了。

"一边去，带你出来玩一次，就赖上我了？"强哥不耐烦地说道。

红发女孩"哼"了一声，跳下摩托车头也不回地往前走去。走了十几步，也没见有人叫她，走也不是，不走也不是，傻愣着站在了那里。

"你们骑摩托车的时候慢一点，我们两个差点摔了，小雪，咱们走吧，不要因为他们坏了我们的好心情。"韩志坚说道。他一看就知道这几个人不是什么好东西，但既然骑得起摩托车，家庭条件一定很好，所以他不想跟他们交恶。

"我们影响你们的好心情，你咋不说你们还影响我们的好心情了呢！"分头青年叫嚣道。

"分头你少说两句。"强哥扭头训斥，回过头对着江小雪笑着说，"刚才真是不好意思，吓到了你们，这样吧，今天我做东，我请你们到北峰饭店吃个饭，也算是压压惊，赔个不是。不知道姑娘能不能赏个脸？"

看着强哥那假假的笑容，韩志坚恨不得一个巴掌呼过去，心想，还请吃饭赔不是？一脸猪哥笑，明显是看俺家小雪长得漂亮，想借吃饭的名义接近一下。

"不用了，我们吃过了，没事了，走吧。"韩志坚不等江小雪说话，直接回绝道，说完就去扶歪倒的自行车。

"我说让你走了吗？我们也差点摔倒，你们就没责任了？"

红毛青年歪着头说道，说完还自以为很潇洒地甩了一下头，把遮住眼睛的那几缕头发使劲往后甩去。

"你们想干吗？"韩志坚面色不善地说道。

江小雪看韩志坚口气不对，再看人家人多势众，赶紧拉了拉他的胳膊说道："志坚，没事，我们走吧。"

韩志坚顺坡下驴，推起自行车，让江小雪坐了上去，蹬起自行车走了。

"强哥？"分头青年看着强哥说道。

强哥看着江小雪的背影，幽幽地说道："回去吧，别吓着人家了，我好久没有看到能让我心动的女孩了，这个女孩明显是刚毕业的。"

"强哥的意思是？"黄毛青年说着看了看远处进退两难的红发女孩小声问道。

"我想谈个恋爱，你们帮我打听一下，刚才的女孩是谁家的。我让我爸找人去提亲去。"强哥说道。

"老爷子出马，绝对好使，秀源镇的副镇长，谁不给点面子？你们先回去，我一会儿在路口盯着点，我把情况摸清楚。"分头青年拍完马屁，拍着胸脯说道。

"你还是算了，刚才她看到你了，你找个人在路口盯着吧，一定要跟到她家。"强哥又回头看了一眼江小雪逐渐远去的背影。

"强哥……我错了。"红发女孩看强哥丝毫没有叫自己的意思，于是自己厚着脸皮过来认错了。

"知道错了？我们兄弟几个没说话，你跳出来充什么大尾巴狼。"强哥厌恶地看了红发女孩一眼说道。

"强哥，小红也是第一次这样，你就原谅她吧，咱们还要去溜冰场玩呢。小红快上车了。"坐在分头青年后面的紫发女孩帮腔道，说完还朝着红发女孩使了个眼色。

红发女孩赶紧爬上了强哥的后座，然后紧紧地抱住了强哥的腰，自己的脸紧紧地贴上了强哥的后背。

强哥本来还想再数落红发女孩几句，看她这个样子气也消了，说道："走，去戏院旁边的那个溜冰场玩去。我请客。"

"好！"几个人大声叫好。

一阵轰鸣声，伴随着几个女孩的尖叫声，一行六人绝尘而去。

第三十一章　竹林约会

秀源镇西边的竹林中有一条小河蜿蜒着穿了过去。韩志坚和江小雪就并排坐在竹林的小河边。

"志坚，给，吃瓜子。"江小雪递过来一把瓜子，"这种最好吃，我以前经常偷偷抓一把去上学。"说完狡黠一笑。

"真美，你笑起来跟个小狐狸一样。"韩志坚笑着说道。

江小雪"赏"了韩志坚一个白眼，佯怒道："哪有这样形容的，那你不是说我像狐狸精？"

韩志坚连连摇手，说道："不不不，我不是这个意思，我的意思是你像狐狸一样聪明可爱。"

"小兔子也很可爱啊，为啥要像狐狸？"江小雪嘟着小嘴说道。

韩志坚赶紧改口道："嗯嗯嗯，像小兔子。我看看，来张下嘴。"

江小雪不疑有他，张开了嘴巴。

韩志坚像煞有介事地看了一下，说道："这齿如编贝，没有兔牙啊，怎么能像小兔子啊。"

江小雪白了韩志坚一眼，说道："最近学会贫嘴了啊。对了，你们村山药种得咋样了？"

"准备工作基本上做好了，现在就等开春以后把有机肥填进去，然后把挖出来的土回填进去，最后把山药种上就行了。"韩志坚说道。

江小雪八卦地问道："前段时间都在传你们村挖到宝贝了，真的假的？"

韩志坚难以置信地看着江小雪说道："这你也信？我们那是在挖山药沟，很多人传我们在挖宝藏。你都不知道，那段时间有多好笑。"说着，韩志坚忍不住笑了起来。

"我还是在邻居温大婶跟我妈聊天时听到的。快跟我说说，当时有啥好玩的。"江小雪心中八卦之火熊熊燃烧起来。

韩志坚笑了笑说道："其实真没啥，就是我们在挖沟的时候，很多人专程赶来围观。种山药的土里不能有大的石块，我们就用筛子来筛挖出来的砂土，很多人就以为我们在筛拣东西。你知道不，甚至有的人偷偷地把我们拣出来的石头疙瘩带回家，研究我们到底在挖什么。"

"你们跟他们说清楚不就好了，这不是很简单的事。"江小雪说道。

"你以为我们没有解释吗？关键是那些人根本不信啊。后来我们就将计就计了。"韩志坚卖起了关子。

江小雪问道："将计就计？"

"你不是也听说了这事了吗？我们后面就不解释了，结果十里八乡都传遍了禾丰村挖到宝贝的事儿了，这不是免费的广告宣传嘛。"韩志坚得意地说道，"这还是我的主意，嘿嘿……"

"那别人也不知道你们在种山药啊，你宣传啥了？"江小雪有点纳闷。

"我们在山药地头竖起了很大的牌子，过来看热闹的都看到了，等明年山药上市，大家也容易接受一些。"韩志坚分析道。

"有道理，厉害！现在就看你们种出来的山药咋样了。我祝你们大获丰收。"江小雪高兴地说道。

"谢谢，谢谢，我一定会好好干的。"韩志坚坚定地说道。

"志坚，三百六十行，行行出状元，我相信你可以成功的。"江小雪说完挥舞了一下粉拳，煞是可爱。

韩志坚心神为之一荡，轻轻握住江小雪的粉拳，脱口而出："我一定要成功，要不然怎么好意思开口娶你，你妈也不会答应啊。"

江小雪俏脸一红，娇嗔道："谁说要嫁你了，看把你美的。"说完，就想把自己的拳头抽回来。

韩志坚用力握紧了江小雪的拳头，坚决地说道："那我不管，我这辈子认定你了，我就是当农民，也要当一个不一样的农民。"

江小雪看着韩志坚认真的模样，内心很是感动，轻轻把头靠在了韩志坚的肩膀上，轻声说道："加油，我妈那边的工作我来做，我等你做出样子来。"

韩志坚轻轻抚着江小雪的秀发，说道："相信我，一定会成功的，你等我，我一定用八抬大轿把你娶回家。"

"嗯。"江小雪细若蚊鸣地应了声。

阳光透过竹子的缝隙，洒在两个年轻人的身上，如同披上了一道道光环，和着竹林中的鸟叫虫鸣声，如同一幅美丽的画卷一样。

韩志坚和江小雪在河边坐了很久，也聊了很多，两个年轻人的心越来越近。

时间总是过得很快，不知不觉间就临近了中午。

"走吧，回去吃饭，要不然你爸妈该着急了，到时候你妈肯定想：谁把俺家小雪拐走了，可千万别是禾丰村那个小子啊。"韩志坚开着玩笑说道。

"呀，那我们快点回去吧，我倒是不怕我爸妈，我就是烦我妈唠唠叨叨的。"江小雪催促道。

"别动，你眼睛这里有个东西，快闭上眼睛。"韩志坚故作惊讶地说道。

江小雪赶紧依言闭上了眼睛。

蓦地，江小雪感到一团温软覆盖到了自己双唇之上。她明白上当了，但是那种感觉真的很美妙，她不忍睁开眼睛。

韩志坚浅尝辄止，笑着说道："今天正式盖戳了，以后你就是我的人了。"

江小雪羞红了脸，说道："别贫了，快回家了。"

"遵命！"韩志坚看江小雪没有生气，自己也很是开心。

两个人一路有说有笑地骑着自行车回去了。沉浸在甜蜜爱情中的两个人都没有发现有个带着毛线帽子的男的一路尾随盯梢。

"小雪，你今上午去哪儿了？"江小雪刚一进门，杨丽英就问道。

江小雪看杨丽英语气不善，便用撒娇的口吻说道："我出去转了转，我肚子好饿，我最亲爱的妈妈，您给我做啥好吃的了？"

"又给我来这套，我已经不吃这一套了。快说，去哪里了？跟谁？"杨丽英生气地说道。

"跟一个朋友出去走走了，肚子饿了，别跟审犯人一样审我，我要吃饭啦。"江小雪用出了话题转移大法。

"就知道吃，别到时候被人卖了还帮人家数钱。赶紧洗洗手吃饭吧，都是饿死鬼托成的。"杨丽英嘟囔着往厨房走去。

在秀源镇的溜冰场边上，负责盯梢韩志坚和江小雪的那个人在跟强哥几个邀功。

"强哥，那个女的是街东头江记食杂店的，男的我没跟了。不过我发现那女的，离食杂店老远就下车自己走了。两个人应该只是在谈恋爱，还怕家里人知道。"毛线帽子男的边汇报边分析道。

"你做得很好，走，中午我请客。咱们下馆子去。"强哥手一挥，道，"走喽。"于是一群人跟着强哥离开了溜冰场。

韩志坚一路哼着歌骑着自行车回家了。

午饭的时候，王月娥发现韩志坚自己在那里发出了神秘的笑容，就问道："小犬啊，今天上午去干啥了呀？我看你脸上的笑就没停过。"

韩志坚一愣，说道："没，没干啥，就是和朋友一起出去转了转。"

"和朋友？啥朋友？女朋友？"王月娥打趣道。

"妈，你说啥呢？"韩志坚正好把一碗饭吃完，把碗一放，说道，"我吃饱了。"说完便回房去了。

"看到没有，咱儿子害羞了。肯定是会什么女朋友了。你说要不要再去问问他？"王月娥低声对韩运喜说道。

"别，你可千万别去问。既然儿子不愿说，你就别问了。咱这条件，能找到儿媳妇就不错了，你就别去把关了。"韩运喜说道。

王月娥不高兴地说道："咱这条件怎么了？咱儿子回来了，家里多了个劳力，这生活肯定会越来越好的。我这腰现在好了很多了，也能帮你们更多了。"

"上次李婶介绍的那个咱们没把握住，听说嫁到镇上了。这能被镇上人家看上的，应该是不错了，当时就应该去见见。"韩运喜叹道。

"你别提这茬了，咱儿子很反感李婶介绍。后面李婶又给物色了几个，人家都嫌咱家穷。你可别跟儿子说啊，要不然又要急眼了。"王月娥叮嘱道。

"我有那么傻吗？"韩运喜没好气地说道。

第三十二章　播种希望

在禾丰村的山药种植基地旁边搭建的小木屋前面，堆满了山药栽子。

韩志坚高兴地说道："老支书，这一批山药栽子是我师父那边最好的了，我师父说，全力支持我们的山药种植。"

"啊，把好的都给我们了，你师父那边怎么办？"老支书诧异道。

韩志坚嘿嘿一笑："我师父说最后再捯饬一年，明年开始到我们这边干。还说很是怀念我们这边百里香的味道。"

"成，把你师父接过来，百里香咱们管够。有这样一个专家在，我们也放心很多。"老支书乐得哈哈大笑。

"我师父把全套的种植方法都教给我了，放心吧。这几天我们就是催芽。"韩志坚说道。

"催芽，这山药栽子不是直接放到土里就行了？"高老头说道。

"高大叔，是这样的。您说的这种方法也行，但是发芽比较慢。我们这几天需要把山药栽子放在太阳底下晒。为什么要晒？因为山药栽子是有休眠期的，只有在太阳底下晒一晒，才能够让山药栽子醒过来，这样更容易出芽。"韩志坚耐心地解释道。

"噢。原来是这样，这山药种起来还挺麻烦。"高老头点了点头说道。

"好了，大家伙把这些山药栽子铺开。这两天天气也好，正好晒一下。"老支书招呼道，"现在山药沟里的土要进行回填。"

"这个土回填时不能一股脑儿地堆进去，要铺一层，踩一层，再铺一层厩肥，要压实一些，一直到沟顶，还要鼓起来一些，不能形成塌陷。"韩志坚交代道。

"种个山药还这么麻烦，这比伺候祖宗还麻烦。"高老头嘟囔道。

韩志坚装作没听见，接着说道："如果一股脑儿地堆进去，就太松软了，一下雨就可能会塌陷，如果蓄水过多，很容易造成烂根。一旦烂根，整个沟里的山药都有可能毁掉。这一点很重要，大家不要图省事啊。"

"大家伙开工吧，这一开春，站这么久，还有点冷。活动起来就暖和了。"老支书招呼道。

大家应了一声，就开始分头行动起来。

"老支书，这往回填土可是比挖土省劲多了，年前挖土那可是真热闹啊，看热闹的人里三圈外三圈的，现在没有观众了，还有点不适应。"林有志大声说道。

"那可不是，那段时间是真热闹，不过咱们这广告也算是打响了，就等着收获了。"老支书高兴地说道。

"咱这准备工作这么充分，肯定是大丰收啊。高老头说得没错，这伺候山药跟伺候祖宗一样，话糙理不糙啊。哈哈……"林有志笑着说道。

人多力量大，三天时间不到，沟土就回填完毕了。

老支书站在山药田地头，掏出旱烟袋，满满地装了一锅烟叶，压了压，擦了根火柴点着，深深地吸了一口，缓缓地把烟吐了出来。看着跟前几天相比大变样的山药田，老支书心中很是欣慰，心想，这种齐心合力干大事的感觉真的很让人兴奋，自从分了责任田以后，很久没有这种场面了。

"老支书，过两天我师父过来指导我们播种，后面管理倒是比较简单一些，不需要那么多的人手了，可以组织大家伙先干点别的，如果要扩大规模的话，就要提前筹划了，不然到时候来不及。对了，还有蓄水池，也要考虑扩建。"韩志坚说道。

老支书在鞋底子上磕了磕烟袋锅子，说道："嗯，志坚你说得有道理。我们今年可就指望这片山药田了，如果能够成了，绝对能够走出一条致富的路子。对了，销售方面，你有空也要去看看，我们不要只在镇上卖，隔壁乡镇、县里，甚至市里，都可以考虑。这种事，你们年轻人多跑跑，要是能拉几个固定客户就好了，我们就不用去零卖了。"

"我师父基本上就不零卖的，全部都是批发出去了，其实这样虽然少赚了一点，但是省了不少事。等这边新的山药田弄好，就可以去跑市场了。"韩志坚说道。

老支书眯着眼睛，看着远方说道："咱们要培育一些新品种，最好是能够打出品牌的品种，那咱们禾丰村的山药就厉害了。"说完哈哈直乐。

"会的，一定会的。"韩志坚坚定地说道。

"我年纪大了，这两年明显感觉到体力不如从前了。以后这禾丰村还是要靠你们这些年轻人。现在村里年轻人都不愿意种地了，都去城里打工去了，有的一两年也不回来一次。这次种山药如果成功了，可以发动一些年轻人留下来一起干。你们年轻人的思路比较活，点子比较多，有啥好想法要及时讲。"老支书嘉许地看着韩志坚说道。

"嗯，老支书您先回去吧，忙了几天了，我在这里看着山药栽子就好了，晚上我爹把大黄牵过来，跟我一起在这里守夜。过两天种上去，就不用看着了。"韩志坚说道。

"那，行吧，我明天守夜，你今天辛苦一下。对了，听说现在城里人都用上一种叫什么比皮机的，要是不贵，我们可以买一个，联系比较方便。"老支书说道。

"哦，您是说 BP 机啊，也叫寻呼机，那个现在用不着，要用电话往上呼，咱们电话也没有，要 BP 机没用。"韩志坚有点诧异老支书居然知道 BP 机。

"等咱们山药赚了钱，村委会装一台电话，这都不是事。"老支书手一挥，说道，"我先回去了。"

"老支书，咱们这里程控电话初装费至少四五千。"韩志坚说道。

老支书停住了迈出去的步子，转过身问道："有这么贵？我还以为这玩意贵不到哪里去，原来这么贵啊。没事，早晚要把电话装起来，要不然打个电话，还要跑镇上邮电局排队打。走了……"说完，背着手一晃一晃地走了。

第二天，钱大爷便来了。中午，老支书、韩运喜和韩志坚三个人陪着钱大爷美美地喝了一顿酒。下午，钱大爷到山药田指导大家把山药栽子播进土里。

钱大爷羡慕地看着大家齐心协力种山药的情形，对着老支书感叹道："老支书啊，我很羡慕你们这种模式，这样才能干大事，我明年高低要来你这里，跟着你们干，只要百里香管够，工资不工资的无所谓。"

老支书哈哈一笑，说道："这是说哪里话，八抬大轿都难请，我们求之不得啊。老钱，你帮我们看着点，这深浅，这间距都行不行。"

"我看了，这都没问题。我看这进度，今天下午能种完，水也浇上吧，保持住土有点湿就行，不用浇太多。"钱大爷说道。

"志坚啊，你跟有志上前面把豁口扒开，把水放下来，一会儿浇水用。"老支书朝着韩志坚喊道。

"好嘞，有志，咱们走。"韩志坚招呼了一下林有志，两个人去上游放水去了。

不一会儿，上游的水就哗啦啦地流了下来。

忙完手头的活，大家都围到了蓄水池旁，看着涓涓流水汇进蓄水池，大家都七嘴八舌地讨论着。

"别光看了，去那屋里拿桶拿盆去，抓紧时间浇水，还来得及赶回去吃晚饭。"老支书招呼道。

高老头对着老支书说道："下次我去放水，这活多轻松啊，在那里看着就行了。"然后嘟囔着去拿桶了。

老支书看了他一眼，没有说话，对着钱大爷挤出了一个勉强的笑容。

第三十三章　喜获大单

春夏交替，秋去冬来。

在钱大爷不遗余力的指导和大家的努力下，禾丰村的山药种植有条不紊地进行着。

站在禾丰村的山药种植基地旁边，韩志坚问道："师父，您那边山药田今年怎么收？"

"雇人收吧，我也干不动了，争取一周之内收完，山药栽子也不留了，我明年不种了。"钱大爷说道。

"别雇人了，我们弄几个人过去收一下，这边山药还要一两周才能出货。您那边会早一些。"韩志坚说道。

钱大爷笑了笑说道："这不好吧，雇人也花不了多少钱，没事的。往年都是我和你师娘两个人收一点卖一点，慢慢卖完的。今年要是一下子收完，没地方存储，我估计只能收一半左右。"

"没事，下点力气不算什么。如果一下子收不完，我们就先收一半，到时再去收另一半。"韩志坚说道。

"那多不好意思。不过，山药田里离不了人，我到时候还是要回去，你师娘不能住在山药田那里。"钱大爷说道。

韩志坚一愣，说道："啊，我还想着您能留在村里指导我们收山药，留山药栽子，师父要是不在，那我们就没了主心骨啊。"

钱大爷被韩志坚夸得乐不可支："哈哈，你就给我戴高帽吧，你去年在我那里不都经历过一遍了吗？收山药这一块，我是最放心的了，对你来讲，应该没什么问题。"

"那可不行，师父您一定要在才行，要不然大家心里没底啊。"韩志坚说道。

钱大爷无视了韩志坚的马屁，说道："你们这里的土质好啊，估计今年是大丰收。"

"这跟第一年种应该也有关系，地里的墒今年耗掉不少，明年的收成不一定有这么好了。"韩志坚说道。

钱大爷说道："这个问题不大，多弄点有机肥，施点底肥，再追点磷肥，产量还是能够保证的。"

"师父，这招您可没教我啊，您还藏私啊，哈哈哈，那您更不能走了，一定要留下来帮我们。"韩志坚像发现了新大陆一样说道。

"我就说我是个不称职的师父了，很多东西自己知道，讲不出来，只有遇到了才知道要教你。"钱大爷不好意思地说道。

"我开玩笑呢。师父准备啥时候回胡林村，我跟老支书说下，拉几个人一起过去收山药。"韩志坚认真道。

"明天吧，我正好回去也帮你们打通一下销路，有客户买山药，我推荐推荐你们，这样你们的山药也好卖一些。"钱大爷说道。

"成，我这就去准备一下，我们自带工具过去。"

第二天，胡林村钱大爷的山药田里一片热火朝天的景象。

"当家的，你叫的这帮人干活太麻利了，这一天要多少钱啊？"钱大妈悄悄地问钱大爷。

钱大爷嘿嘿一笑："我说不要钱，你信不？"

钱大妈白了他一眼，说道："骗鬼去吧。去禾丰村一段时间，现在学会编瞎话了？"

"真的，这些人就是禾丰村的，专门来帮我们收山药的。你快回去准备晌午饭吧。去割点肉，把饭弄好点。"钱大爷吩咐道。

"好嘞，太好了，我这就回去拾掇去，中午一定让他们吃饱，不对，还要吃好。"钱大妈高高兴兴地回家准备晌午饭去了。

"大家伙儿休息一下，喝口茶。"钱大爷招呼大家休息。

"师父，我咋感觉今年的山药产量还不如去年的，没有去年的粗，也没有去年的长。"韩志坚拿着一根刚挖出来的山药，走到钱大爷旁边说道。

钱大爷笑了笑说道："这是第四年的山药栽子种出来的，所以产量已经受影响了。这就是我以前跟你说过的，可以考虑用零余子种一茬，这样就可以改良品种了，这是最稳妥的办法。

还有一种，我给你讲过的，就是从野山药中来寻找，培育新品种，有些改良出来的新品种，往往能够给人惊喜。"

"嗯，师父您这地里这个品种就是野山药培育出来的，我记得您和我说过。从明年开始，我们也要开辟一块地出来，专门移植野山药，说不定能培育出一个超级好的品种，那我们禾丰村就厉害了。"韩志坚忍不住憧憬道。

"我很看好你们村，没问题的。我也很期待你们的山药产量。要是能够尽快出手的话，就不用分两批挖了。"钱大爷说道。

"师父是说全部挖出来没地方放是吧？"韩志坚问道。

"对，全部挖出来放不下，所以往年都是边挖边卖，出货的周期特别长，非常耗时间，我基本上要在这里住上三四个月才算完事。"钱大爷说道。

"师父，一会儿我去县城跑一跑，看有没有大客户，一次性多收点的。"韩志坚说道。

"每年就是那几个收山药的，哪来什么大客户啊，除非是市里的来收货，不然市场就这么大，谁也不能一下子把这全部吞下去。"钱大爷并不抱乐观态度。

"没事，事在人为，我过去看看，耽误不了多少工夫。"韩志坚坚持道。

"那你吃过晌午饭再去，你师娘去准备饭去了。"钱大爷说道。

"我现在就去吧，我去县城随便吃点就行。早点把您这田里的山药出货了，您才能脱得开身，我们村那边还指望您坐镇啊。"韩志坚笑着说道。

"去吧，去吧，就知道给我戴高帽。祝你好运，最好是能够一下子把你们村的山药也收了。嘿嘿。"钱大爷说道。

"那师父我先走了。"韩志坚蹬上自行车就要走。

"等下，等下，带几根咱们的山药，人家也好比对一下。虽然今年收成有所下降，但是咱这山药还是比一般的要好很多，不愁卖。"钱大爷自豪地说道。

"是啊，我应该带点样品。对对对，挑几根长得好看的带过去。"韩志坚笑着说道。

韩志坚骑着自行车，驮着十来根山药就去清陵县城了。

到了县城的农贸市场，人并不是太多，毕竟是临近中午，买菜的人也少了很多。

"大爷，您这需要进山药不？"韩志坚问一个菜贩。

"不用了不用了，我这有固定供应的，基本上进的货够卖，就不再另进货了。"菜贩说道。

韩志坚又问了几家菜贩子，得到的都是同样的答案。

"哎，小伙子，你这山药哪里买的？品相还不错。"一个戴着眼镜的中年男子看着韩志坚自行车后面的山药问道。

"我这是自家地里种的。您是？"韩志坚问道。

"哦，我是流阳市菜市场的，我叫陈德敬，今天过来考察一下市场。我看你这山药不错，就问问你。"陈德敬说道。

韩志坚一听，心想，这瞌睡了就有人来送枕头了，连忙说道："那您算是找对人了。我们山药田就在城郊的胡林村，另外在秀源镇禾丰村有一个更大的山药种植基地，种了三十亩这个品种的山药。您要有兴趣，我可以带您去看看种植基地。"

"先去胡林村看看吧，如果合适，我需要大量的山药，我想开一个山药加工厂，生产一些山药片之类的零食。"陈德敬说道。

"没问题，我这就带您去吧。"韩志坚高兴地说道。

"我有摩托车，你在前面带路吧。"陈德敬说道。

就这样，韩志坚骑着自行车，领着陈德敬去了胡林村。

陈德敬看到钱大爷山药田之后，当场拍板道："这山药没问题，我全要了，你们说禾丰村的山药比这个还好一些，我也全包了，你们有多少，我就要多少，绝不会压你们的价格，就按市场价就行。"

"那不行，价格要给您优惠一成，您这也解决了我们的一大难题，禾丰村那边还没开始动工收山药，这边收完，那边就可以开始收了。"钱大爷说道。

"那，那行吧，我明天派车过来拉货，你们先收。这是一千块定金，你不能卖给别人了啊。"陈德敬笑着说道。

"放心，零散户来收，我就不卖了。挖出来全部给您拉走，这样我也省事不是，哈哈。"钱大爷高兴地说道。

等到陈德敬骑着摩托车走了，韩志坚大声说道："大家伙儿停一下，告诉大家一个好消息，这块山药田里的山药全部卖出去了。还有更振奋人心的消息，我们禾丰村的山药也全部卖出去了！"

"好！太好了！咱们的也卖出去了，是不是春节前就可以分红了？"山药田里的高老头喊了起来。

"钱，就知道钱，就惦记着你的分红钱。放心吧，少不了你的。"林有志开起了高老头的玩笑。

"哈哈……谁不惦记分红钱。"高老头梗着脖子说道。

山药

第三十四章　喜分红利

晚上八点多钟，大家刚刚吃完饭，禾丰村村委会的会议室里就坐满了人，大家激烈地讨论着。

"大家静一静，咱们今年的山药取得了大丰收，而且一次性全部卖出去了，咱们自己都没有吃上几顿。"老支书高兴地说道。

"老支书啊，快说说咱们赚了多少钱吧！大家可都等急了。"林有志喊道。

"哈哈，我就知道大家只关心这个了。刘会计，你跟大家伙说一说。"老支书掏出了烟袋锅子，慢条斯理地往里塞着烟丝。

刘会计清了清嗓子，随手拨弄了一下面前的算盘，说道："今年咱们这山药可以说是大丰收了，三十亩地足足收了将近十五万斤，每斤两毛六批发了出去，我们在不算成本的情况下，共卖了三万七千六百块。"

"刘会计，我先说一下啊。"老支书站起来说道，"今年，我们山药的规模还没上去，很多时候，大家伙还是比较闲的，我想把全村村民号召起来一起种山药。为什么呢？我们不缺技术，志坚的师父到时候就住在咱们村，指导咱们种山药。再一个，咱们不缺销路，我们这几天准备跟市里的山药加工厂签个合同，前面已经谈得差不多了，如果我们全村都种山药，也不愁销路了！"

"好！太棒了！"韩运喜带头鼓起掌来，大家紧跟着一起鼓掌，会议室里一片欢腾。

"刘会计，你接着说。"老支书很满意大家的反应，坐下来继续吧嗒吧嗒抽着旱烟。

刘会计接着说道："我们分红的方案是实际出工工资加土地入股分成。合作社抽出一部分，作为合作社的发展基金和公共支出。下面我公布一下具体数字，合作社两千六百块，韩运喜家四千八百块，林有志家四千七百块，王来友家四千七百块，温文辉家四千六百块，洪道清家四千五百块，高贵才家四千五百块……"

"刘会计，你先等一下，我觉得这样不公平。山药是我们这八家一起干的，凭什么合作社要拿分红？"高贵才生气地说道。

"高老头，你等刘会计说完再说行不行？"林有志说道。

"现在都讲民主，还不让人说话了？还有啊，大家都是干活，凭什么每家分红不一样？大家说是不是？"高贵才看自己势单力薄，想着拉几个同盟。还真别说，还真有两三家分红少点的点头称是，一时间会议室里议论纷纷。

老书记用烟袋锅重重地敲了一下桌面，等到大家安静了下来，严肃地说道："之前成立合作社的时候，跟大家签了合同，分红是按实际出工工资加土地入股分成，不是人人平均的。至于合作社提的这部分，是用于公共开支和发展基金，还是大家的钱。"

"高老头，你说说你出的工和入股土地的面积有没有出入，如果没有出入，这分红便是对的。"韩运喜说道。

"你别说话，你分得最多，你没有发言权。"高贵才斜了一眼韩运喜说道。

老支书急促地咳嗽了起来，也不知道是被旱烟呛到了，还是被气到了，好不容易缓过气来，说道："我们这是按照之前签订的合同来分红的，贵才，你觉得应该怎样分红？"

高贵才想了一下，说道："那我就直说了啊。这些钱平均分给大家，合作社不应该分红，老支书可以占一份，也就是说，这些钱分成九等分。"

"这不可能。"老支书不假思索地拒绝道。

"为什么不行？大家都在干活，合作社凭什么分红？我刚才也已经把你算进去了，老支书你也有的拿，为啥就不行啊？"高贵才说道。

"我以一个三十八年党龄的老党员身份保证，我一分不要。我最开始就说过，是村委会牵头，成立合作社，你们跟合作社签的协议，不是我个人跟你们签的协议，所以合作社需要分红。合作社拿分红，也不是给村委会了，更不是给我，而是为了合作社的建设。"老支书理直气壮地说道。

"我不管，如果这样分，我就退出！"高贵才站起来说道。

"你退出？你自己一个人单干？"林有志问道。

"怎么？不行吗？种山药有什么难的，我们这一年不就种下来了吗？我看也没什么难的啊。我自己种，种五亩，一亩地不说多的，产四千斤，一斤卖上三毛钱，一年收入少说也有五六千，也比现在强。"高贵才振振有词道。有几家甚至被他说动了，觉得他说得很有道理。

"你这是典型的得了便宜还喊肚子痛。种山药简单？要不是志坚的师父指导咱们，咱们能够大丰收？我看不见得吧。"林有志反驳道。

"反正这样分，我就退出，实在不行，我也可以找几个人一起干，相互有个照应。"高贵才灵机一动说道。

"你拉倒吧，你还拉几个人，我才不愿意跟你一起干，到时候分红，你又要闹腾。"林有志讽刺道。

"好了，都别说了。有没有还要退出的？我丑话说到前头，分红方案今年就这样了，只能按照合同办。大家也有目共睹，如果没有志坚，没有志坚的师父，我们这山药也种不起来。志坚一直来回跑，交通费和在外面的吃饭钱，自己也搭进去不少，这一点我想大家应该知道。还有就是钱大爷在咱们这里指导的时候，吃的、喝的不也要钱吗？合作社分红的钱都是用在这些方面，这也等于用在大家的身上，不是吗？"老支书说道。

"我话已经放这儿了，要么平均分，要么我退出，我自己干。"高贵才梗着脖子说道。

旁边有人拉了拉高贵才，小声说道："老支书已经给你台阶了，你顺坡下驴得了，还争啥啊？"

"你别管，我已经打定主意自己干了。"高贵才说道，"我才不信，离了合作社，我还赚不到钱？"

林有志看不下去了，说道："高老头，你得了吧，你去年没种山药之前，一个月能不能吃顿肉还是问题，现在在这里嘚瑟啥。别以为我不知道，昨天你还去县里选电视机了，要是没种山药，你能买得起电视机？"

"行，我不跟你说，我铁了心是要单干了，有愿意跟我一起干的，我们一起退出，大家平均分配。"高贵才环顾了一下四周，但是没人响应他。

"行吧，人各有志，我就不强求你了。不过我话撂在这里，只要你认同合作社的模式，你随时可以再加入合作社，有钱大家一起赚，致富的道路上，我不希望有一个人掉队。大家要是没有啥意见的话，到刘会计这里签字领钱吧。"老支书说道。

"我先来吧，领完我先走。"高贵才挤到了前面对刘会计说道。刘会计也不磨蹭，直接把钱发给了高贵才，让他走了。

"太好了，好久没见过这么多钱了，今年春节可以给娃弄一套新衣服了，不，弄两套。"有人拿着钱数了一遍又一遍。

"大家静一下，都拿到钱了吧。这两天，我们就去和山药加工厂签合同。下一步，合作社决定扩大规模种山药，争取能扩大到一千亩以上，形成规模。刚才高贵才确实是给我提了个醒，我觉得还是要以每家每户的形式来种，育种、灌溉、销售这一块由合作社来统筹，平时山药的栽培管理，由各家各户自己来做，收入取决于各家各户自己责任田里的收成。合作社在销售的时候进行一定的抽成。大家觉得这样怎么样？"老支书说道。

"啊，这样我不是更少了？我家里没啥劳动力啊，我跟老伴儿年纪也大了，有点干不动了。"洪道清在下面说道。

"种山药前景这么好，你们可以把在外面打工的孩子叫回来，能种十亩，基本上一年拿个一万多块不成问题。"老支书说道。

"那，那我跟娃商量一下。"洪道清说道。

"大家可以考虑一下，看还有什么更好的办法。"老支书说道。

大家拿着分红，高高兴兴地回家报喜去了。

第三十五章　竞相加入

"陈经理，非常欢迎您到禾丰村考察啊。"老支书握着陈德敬的手说道。

"哪里哪里，上次买了你们的山药，我的天缘食品加工厂也开业了，试做了一批，从目前投放市场的反响来看，相当不错。特别是山药片，味道相当不错，男女老少都爱吃。"陈德敬笑着说道。

"快里面请，小刘，给陈经理倒水。用咱山里的野茶泡，陈经理是见过大世面的，也帮我们品鉴品鉴。"老支书笑道。

"好啊，我就喜欢喝这些野茶，每一种都有不同的风味。"陈德敬说道。

"陈经理，冒昧问一下，您的工厂现在多大规模了？"老支书问道。

"一期工程已经投入使用了，二期工程预计十月份左右可以完工。"陈德敬说道。

"那太好了，我们准备扩大规模，把分散的农户都拉到合作社里，合作社统一负责技术指导、销售，各家各户负责自己责任田里山药的种植与管理。合作社跟农户签收购合同，将风险降到最低，打消大家卖不出去的疑虑。陈经理，您这一来，我可是吃了定心丸了啊。"老支书高兴地说道。

"我加工厂二期工程十月份能够按期完工，你们村的山药我全收了，但是你要给我保证质量啊。我来也就是商量这个事的，想让你们扩大规模，成为我这个山药加工厂的后方种植基地，我也可以去帮你们请专家来指导。"陈德敬说道。

"这我们还犹豫什么啊，这么好的事，我们村的父老乡亲们都要感谢您了。我这就召集村民宣布这个事，您先品品茶，我这就开始统计参加合作社的人数。"老支书兴奋地说道。

老支书走进了里间，打开了很久没有使用过的广播，清了清嗓子，轻轻拍了拍话筒，发出了清脆的敲击声。

"大家请注意，大家请注意，广播说个事，广播说个事。大家都知道，咱们禾丰合作社种山药大丰收了，今年，合作社准备扩大山药种植规模，想加入的都能加入，有钱大家一起赚，有肉大家一起吃，是不是啊？有意向的，今天上午到村委会来了解一下，请大家抓紧时间啊。再广播一遍，再广播一遍……"老支书按捺住激动的心情进行广播。

"快走，快去村委会去，合作社扩大规模了……"

"等下我，我换件衣服。"

"换啥衣服啊，去晚了来不及了。"

老支书的广播打破了小山村的宁静，一石激起千层浪，整个村庄都沸腾了起来。前些天看着合作社的那八户人家分红，大家都很眼红，现在也能够参加合作社了，一个个争先恐后地往村委会赶去。

村委会的院子里，人头攒动，人声鼎沸。

"乡亲们，大家静一静，今天天缘食品加工厂的陈经理来到我们村，就是跟大家商量合作社的事。下面，欢迎陈经理给我们说两句。"老支书站在门口台阶上，带头鼓起了掌。

陈德敬笑着用手压了压，看大家的掌声停了下来，说道："父老乡亲们，我是流阳市天缘食品加工厂的陈德敬，今天来到禾丰村，首先感触最深的是禾丰村的山美水美，刚才喝了你们的野山茶，味道非常独特。再就是感到禾丰村的村民很热情，走到哪里都能看到大家热情洋溢的笑容。我还感到我们禾丰村大有潜力可挖，我今天来就是给大家搭建这个平台，把潜力挖出来。"停了一下，陈德敬接着说道，"刚才跟老支书聊了很多，我感到老支书是真心实意地在帮大家想办法致富啊。我今天把话放在这儿，你们禾丰村生产多少山药，我就收多少山药，价格不低于市场批发价。"

"好！"村委会的院子里响起了一片叫好声。

"我们没种过山药啊，两眼一抹黑，咋整？"有人在下面喊道。

"大家听我说两句，经过去年的试验，说明咱们禾丰村的砂质土地很适合种山药，我们也请了技术指导。另外，陈经理也会给我们请专家来指导。也就是说，你只要有手，就能赚钱，其他的都不用管了！"老支书大声说道。

"哈哈……"院子里一片欢腾。

"那就放心了。怎么加入，我要加入合作社！"有人喊了起来。

"我也要加入，我也要加入。"人群开始躁动起来。

老支书赶紧喊道："大家不要急，都有份，都有份。刘会计，你把协议书拿出来，给大家看下，如果没问题的可以签字按手印了。"

"好嘞！"刘会计麻溜地把手写的协议书拿了出来，让大家传阅。

"老支书，去年合作社不是这样的啊？怎么变成各家各户负责种植了？去年可是大家一起干的。"一个胡子拉碴的中年男人在下面问道。

"噢，杨明标啊，今年这样更能调动积极性，真正是多劳多得、少劳少得、不劳不得。"老支书笑着解释道。

"这个，要是家里劳动力多的话，还是很有干头的。"杨明标本来心里想着吃大锅饭的，现在一看是由各家各户自己种植，就有点打起退堂鼓了。

"老支书啊，我家也没啥劳动力啊，我看你们挖山药沟那么费劲，我孩子都在外面打工，这可咋整啊。"一个六十岁左右的男人说道。

"挖山药沟是一劳永逸的事情，等孩子回来了，抓紧时间

206

挖一挖，实在不行，我们到时候忙得开了，帮你挖也行，后期山药的管理上倒是轻松不少。"老支书说道。

"那，那我就放心了，我加入。"

"要是有个挖山药沟的机器就好了，其实最累的就是挖山药沟。"有人说道。

韩志坚听到这句话，眼前一亮，其实韩志坚最近一直都在琢磨这个机器，他甚至觉得山药种植最大的难题不是技术问题，而是劳动力问题，如果能够把开山药沟简单化，那一切问题都可以迎刃而解了。

村委会的喧嚣声随着大家签字按完手印慢慢消散了。

"老支书，您这号召力可以啊，基本上全部加入合作社了。"陈德敬赞叹道。

"全村三百一十八户，加入合作社的有三百一十六户，除了两户单干的，其他的都加入了。我有信心，这两户单干的也会被吸纳进来，毕竟是人多力量大嘛！"老支书略带自豪地说道。

"合作愉快，有需要及时联系我，老支书，我先走了。"陈经理跟老支书握了握手，骑上摩托车走了。

"老支书，我觉得我们得研究一下开沟的问题，现在村里劳动力确实不够，挖沟如果有个机器就好了。"韩志坚说道。

"挖沟的机器，这都没听说过，总不能开个挖机来弄吧？那得多少钱啊？"老支书说道。

"我记得有一种破冰机，冬天为了打鱼把冰层钻个洞，一米多的冰层都能钻透。那比我们这地难钻多了，如果把那种机器改装一下，应该就能解决问题了。"韩志坚说道。

　　"破冰机？啥样子的？要不你去市里看看去？你也问问你县里、市里的同学，说不定有人懂这个。"老支书想了一下说道。

　　"成，我明天就去县里问问看，碰碰运气，实在不行，咱们自己捣鼓一个出来，人家能发明出来，我们也能。"韩志坚说道。

　　"好。年轻人就是要有冲劲和干劲，你大胆地去干吧，我支持你！"老支书拍了拍韩志坚的肩膀说道。

　　"嗯。我试试！"韩志坚坚定地点了点头。

山药

第三十六章　柳暗花明

第二天，韩志坚蹬着自行车在清陵县城兜了一大圈，也没找到开沟类的机器，倒是有个大钻头引起了他的注意。韩志坚研究了那个钻头很久，觉得如果把钻头放大一些，就可以钻地了，动力上可以考虑用柴油机，关键是这个机器市面上没有，必须要自己去造了。

韩志坚不知不觉间骑到了流阳二中的门口，停下来想了一下，正好是周六，决定去拜访一下李岩老师，于是找了个水果店，买了一袋子水果。

"李老师，我来看看您。"韩志坚笑着说道。

"呀，志坚啊，来就来嘛，还带东西干啥？你能来看我一眼，我就很高兴了。"李岩高兴地说道。

"老师最近忙不忙？"韩志坚问道。

"老样子了，一阵一阵的，我今年教高二了，没带毕业班会轻松一些。前些天，我还跟温老师说起你的事，太可惜了，如果当时报师范多好。唉，你这孩子啥都好，就是太有自己的主见了，当时要是肯听我话多好，现在都应该读大二了。当时你咋不考虑再复读一下？去年的分数线更低了。"李岩一副恨铁不成钢的样子。

韩志坚不好意思地笑了笑："老师，都过去了。我水平您也知道，前年能过录取分数线已经是烧高香了，如果再复读，家里负担就太重了。话又说回来，再复读一年，我也没把握能考上，火候还是差了点。"

"不说这个了，你最近在忙啥？"李岩说着给韩志坚倒了杯水。

"在家种地了。"韩志坚答道。

"啥？种地？"李岩嘴巴张得大大的，可以塞下一个鸡蛋。

"老师，我真是在家种地了，去年开始种山药。"韩志坚挠了挠头说道。

李岩不知道怎么接韩志坚的话了，犹豫了一下说道："去城里打工也比种地强吧？"

"不一定，我觉得种山药更有前景一些，去年试验了一下，山药大丰收，如果今年扩大规模，收入能翻上好几番。"韩志坚兴奋地说道。

李岩怀疑地看了看韩志坚，似乎在看他是不是认真的。

"我这次来找老师，就是想问问您认不认识农机厂的人，您教过的学生多，家长的情况应该也会了解一些，我就想着，跑您这里碰碰运气。"韩志坚挠着头说道。

"你找我还真找对人了，你的同学里就有家长是农机厂的，而且还是资深专家。"李岩卖着关子说道。

韩志坚眼睛一亮，急切地问道："哪个同学？谁？"

"看把你急的。"李岩笑了笑说道，"安春雨的父亲就是农机厂的，好像还是研发车间的主任。"

韩志坚一愣，说道："安春雨啊，咋会是她？"

"你跟她关系不是很好吗？你别以为我这个班主任啥也不懂啊。"李岩笑着说道。

"没，没，哪能呢。我是想，人家去读大学了，还是个女同学，我冒昧去她家合不合适。"韩志坚解释道，这种解释他自己都觉得牵强。

李岩狐疑地看了看韩志坚说道："你这心里没鬼吧？请自己同学父亲帮个忙总是可以的吧？"

"可以，谢谢老师，今年的山药卖完了，明年我给您留点带过来，我先去找安春雨的父亲了。"韩志坚忙不迭地告辞道。

"哎，我地址还没给你啊，怎么就跑了？这孩子，怎么转性了，开始毛手毛脚了。"李岩看着韩志坚远去的背影说道，说完自嘲地摇了摇头，暗道，"这小子应该是知道安春雨家住哪里，看来是我瞎操心了。"

韩志坚虽然没有去过安春雨家，但是很清楚她家在哪里。他逃也似的离开流阳二中后，买了袋水果，凭着记忆，韩志坚找到了安春雨家。

到了安春雨家门口的时候，韩志坚忽然意识到今天是星期六，安春雨可能是在家的。

"哎，小伙子，你站这里干啥呢？"正当韩志坚犹豫要不要敲门的时候，身后忽然响起了一个中年女人的声音。

"志坚？！你啥时候来的？"从中年女人身后忽然蹦出来一个妙龄少女，正是安春雨。

"我，我也刚到。"韩志坚支支吾吾地说道。

"妈，这是我高中同学。快进来吧，别站门口了。"安春雨大大方方地邀请韩志坚进屋。

"阿姨好，我叫韩志坚。"韩志坚局促地说道。

"韩志坚，我怎么好像听春雨提起过你，你是不是填错志愿的那个？我家春雨还为你惋惜了好几天。"安春雨的母亲郑秀芳说道。

"妈，你说这个干啥，真是的。"安春雨很不满郑秀芳揭人疮疤的话语。

"对不起，对不起，我不是这个意思。"郑秀芳赶紧道歉。

"妈，你去准备饭吧，志坚，中午在家里吃吧。"安春雨把郑秀芳推走了。

郑秀芳看了两人一眼，感觉有点奇怪，但是又说不上来。

"志坚，我给你写的信，你都收到了没？"安春雨往韩志坚身边凑了凑，小声问道。

韩志坚一愣，故作镇定地说道："啥信？我没看到啊。"

"啊，我每个月都有给你写信，你都没回信，我还以为你要彻底与我断绝来往呢。今天看到你来我家，我真的很开心。"

安春雨说。

韩志坚不露声色地往旁边坐了坐，说道："春雨，我今天来，是想找你爸爸帮我忙的。"

"找我爸？你认识他？"安春雨疑惑地问道。

"我不认识他，不过他是农机厂的，我想制造一台机器，初步想法已经有了，想把它制造出来，所以，我就……"韩志坚挠了挠头说道。

"先不管这个，我爸一会儿就回来了。你最近忙啥呢？一点消息都没有。"安春雨像个幽怨的小媳妇一样说道。

"我能干啥啊，就是在家种地，我可是跟老同学的差距越来越大喽。"韩志坚笑着说道。

"你就是种地也是跟别人不一样。这是我的直觉。"安春雨信心十足地说道。

"我去年种山药，取得了一点成效，今年准备大规模种植，考虑到劳动力不足的问题，所以才找你爸爸准备制造一台挖沟机器。"韩志坚说道。

"我当是什么事，这事包在我身上，我爸一会儿回来，他要是敢不帮忙，我就不理他了。"安春雨傲娇地说道。

"谁呀，谁又要不理我了？呦，有客人啊。"门口走进来一个脸庞黝黑的男子，正是安春雨的父亲安超良。

"爸，这是我同学。先不说啥事，你答不答应帮忙？"安春雨狡黠地看着安超良说道。

"只要是我能力范围内的，我都答应了。"安超良宠溺地摸了摸安春雨的脑袋。

"你又摸我脑袋，这样会长不大的。"安春雨故作生气地嘟起了小嘴。

"叔叔，您好，我是春雨的同学韩志坚。"韩志坚站起来说道。

"好好，我还第一次看到春雨的男同学来家里。"安超良说着上下打量了一下韩志坚，有一种老丈人看女婿的意味。

韩志坚不卑不亢地说道："叔叔，是这样的，我们村准备大规模种植山药，可是一些年轻人都出去打工了，剩下的劳动力有些不足，种山药需要挖沟，如果纯人工挖的话，很难做。我就想，借鉴北方破冰机的原理，弄一个挖沟机。"韩志坚不失时机地说道。

"挖沟机？要弄多深？"安超良一听，顿时有了兴趣。

"一米二以上吧。"韩志坚说道。

"有图纸没？如果有图纸就不是什么难事。"安超良说道。

"没有图纸，我只有个设想。"韩志坚不好意思地说道。

"坐下说，坐下说，你把图纸简单给我画一下。春雨你去拿纸笔去，傻愣着干啥？"安超良一聊到自己专业上的东西，很是激动。

安春雨趁安超良不注意，在他背后挥了挥粉拳，做咬牙切齿状，但还是乖乖地去拿纸笔去了。

山药

就这样，两人认真地讨论研究起来。

"吃饭了，春雨，叫下你爸他们，洗手吃饭了。"郑秀芳喊道。

安春雨凑到客厅正在激烈讨论的安超良和韩志坚身边，大声喊道："吃饭啦！"

"等一下，马上好了！"安超良和韩志坚异口同声地说道，说完两个人哈哈大笑起来。

第三十七章　小试牛刀

"志坚，这是什么宝贝啊？看着像是个钻头啊。"村民围着韩志坚拉回来的机器问道。

"这是山药开沟机，这下省劲了，可以用机器开山药沟了。这是咱们县农机厂的安超良专家。"韩志坚向村民介绍同行的安超良。

"安专家，上次志坚回来说您愿意帮忙，我们还不敢相信，今天，这个机器摆出来了，我才敢信啊。咱们快拉到山药田里试试吧！"老支书顾不上跟安超良寒暄了，心急地想去山药田里试试新机器。

"走走走，大家一起去看看。"村民们簇拥着拉着机器的马车往山药田走去。

韩志坚歉意地看着安超良说道："真不好意思，您连口热水都没喝上。"

"不碍事，我也想看看这开沟机在沙地里行不行。走吧。"安超良笑了笑说道。

到了山药地头，大家齐心协力喊着号子，小心翼翼地把机器搬到了山药地里。

"安叔叔，这个地方跟我们当初设计的不太一样？"韩志坚惊异地问道。

"我又改进了一下，原来是单向转动，如果不能反转，很难把钻头拿出来。现在这开沟机用一台八匹的柴油机为动力，钻头可以双向旋转，正转是往下钻土，反转是往上带土。快试试吧。"安超良解释道。

"我来发动吧，摇拖拉机我可是行家。"林有志自告奋勇地说道。

随着柴油机轰鸣声的响起，围观的村民发出了叫好声。

"志坚你来吧，往下按着这个扶手，钻头就会往下，往上提，钻头就会往上。"安超良说道。

韩志坚走了上去，站到了开沟机的前面，双手紧握着扶手，轻轻地往下按，钻头很轻松地就钻到了地里。

大家又发出了一阵叫好声。安超良很满意地微微点头。

韩志坚看钻头已经下去一米多了，便把扶手往上提，结果有点吃力，钻头纹丝不动。

安超良看出了端倪，连忙说道："你要把钻头拨到反转档，不然是提不出来的。"

韩志坚把钻头拨到了反转档，果然轻轻一抬扶手，钻头就慢慢地退了出来。一个直径四十厘米的洞就打好了。

"这钻洞效果很好，可是咋往前走啊？我们需要的是挖沟。"韩志坚发出了疑问。

安超良不好意思地笑了笑，说道："这个我们后续改进，现在可以靠人力往前拉一点，一个洞一个洞地钻过去。"

"这个问题好解决，往前挪就行了。来大家搭把手，往前挪一下。"老支书大声说道，几个村民过来往开沟机上绑上绳子，往前拉动了一小段距离。

韩志坚又开了一个洞，觉得这机器很好用，便对安超良说道："安叔叔，这机器开沟效果不错，再生产两台吧，后续如果能够自行往前进就更好了。"

"这种钻头式的很难直接往前进。"安超良遗憾地说道。

"我们已经很满意了，这速度比我们一铁锹一铁锹地挖快多了。"老支书高兴地说道。

"等等，老支书刚才说啥？再重复一遍？"安超良似乎抓住了什么灵感，赶紧让老支书再说一遍。

"这速度比我们一铁锹一铁锹地挖快多了。"老支书又重复了一遍。

"对对，就是这句，一铁锹一铁锹地挖。记不记得水车，就是一下一下舀水。要是咱们做出来跟水车差不多的那种链条式的，应该就可以自行往前进了，对，就这么干。"安超良很是兴奋。

"安叔叔，您说的那种可能要设计成链条式的，就像锯木头一样，把这地锯出一道沟来。"韩志坚顺着安超良的思路说道。

"如果是像水车那样的话，一个人就可以操作了。"安超良想了想说道，"最好还能控制开沟的深浅，这要是设计出来，又为农机厂开发出一种新产品了。"

　　"对了，这种还有个弊端，就是土没有分到两边，还是堆在沟里，还需要人工铲出来，只不过这土很松软，铲起来不算难。"老支书说道。

　　"这个嘛，如果是链条式的，挖上来的土能够自动抛到沟的两边，就解决这个问题了。这个问题我也回去研究一下。"安超良说道。

　　"就像水车一样，弄两个槽，土挖上来，倒到槽里，不就分到两边了嘛。"韩志坚灵机一动说道。

　　"我这就回去设计去，这台机器你们先将就用着，等新机器弄出来了，我立马给你们送过来。"安超良有点迫不及待地想回去设计新机器了。

　　"我送您到镇上坐车，大家可以先熟悉一下这个开沟机。"韩志坚说道。

　　"志坚你还是留下来吧，前面你参与设计这个机器了，可以给大家讲讲。我去送吧！"林有志说道。

　　韩志坚迟疑了一下说道："那好吧，你骑车慢一点啊。安叔叔，我们等您的好消息。"

　　看着林有志骑着自行车载着安超良远去的背影，韩志坚感觉种山药也不是那么难了。

围观的人群中有个人不屑地笑了笑转身走了，正是脱离了合作社的高贵才。

"志坚，这工具也算是解决了，灌溉的问题，还需要咱们解决一下。目前这个蓄水池只能满足三十亩地左右，现在扩大规模，我们就要建一个大一点的蓄水池了。"老支书说道。

"还是老支书考虑的周到，我们在原来蓄水池的基础上扩建一下，您看可不可行？"韩志坚说道。

"志坚啊，我这年纪也大了，有点力不从心了，以后禾丰村还是要靠你们年轻人啊。"老支书说完开始咳嗽起来。

"老支书您要少抽点烟了，这旱烟劲大，对身体的伤害也大。您可以抽一些包装好的卷烟。"韩志坚担心地说道。

"旱烟抽习惯了，卷烟又贵又没劲。对了，蓄水池的事可以和开山药沟同时进行，得空我们去看看地形，看看怎么建。现在，我们可以组织人手，帮家里劳动力不足的人家开山药沟了，我看这个机器一天开个一两百米不成问题。"老支书说道。

"嗯，老支书放心吧，我这就去安排。"韩志坚答应道。

就这样，禾丰村的山药种植计划在有条不紊地推进着，有了山药开沟机的加入，劳动力不足的家庭也都挖好了山药沟。

接下来就是蓄水池的建造了，在村民们一致的意见下，决定建一个大的蓄水池，从上而下建好灌溉水渠，这样就不怕干旱了。

山药

在原有蓄水池的基础上，村民们扩大了二十多倍，并成功蓄满了水。看着清澈见底的蓄水池，大家都很是开心，都觉得又是一个大丰收在召唤。

第三十八章　大雨将至

"志坚，你最近也不来找我，我还以为你……"江小雪幽怨地说道。

"怎么没来找你，我还去你学校门口等了你两次，可是都没有等到你。"韩志坚解释道。

江小雪欣喜地说道："什么时候去的？"

"上周和上上周我都去了。我还差点冲到你家里去了，走到门口，看到你妈坐在柜台后面，我就没敢进去了。"韩志坚不好意思地说道。

"胆小鬼！好吧，我原谅你了。我前两周去流阳师范学院培训去了，还跟里面的学生结成了互帮互助对子，你猜，我跟谁结成对子了？还是你高中的校友呢。"江小雪故作神秘地说道。

韩志坚心里咯噔一下，心道不好，故作茫然地问道："谁呀？"

"安春雨,你认识吗？是个大美女哦。"江小雪开心地说道。

"她呀，认识认识，校花级别的美女，肯定认识啊。她没跟你讲她高中是哪个班的吗？"韩志坚试探着问道。

"没有啊，我只知道她是流阳二中的，你跟她很熟吗？"江小雪的第六感让她觉得韩志坚跟安春雨很熟。

"我跟安春雨是同班同学，当然很熟啦。"韩志坚感觉有点口干，舌头有点发紧。

江小雪狐疑地看着韩志坚，忽然大声说道："老实交代，你跟安春雨什么关系？"

韩志坚头皮一紧，马上反应了过来，心想：看来安春雨没跟小雪提过我，我自己心虚啥，我跟安春雨也没有什么，这要是回答不好，我跟小雪就要闹掰了。于是他赶紧说道："没啥关系，就是同班同学，关系还行吧。"

"我想也是，春雨姐就没跟我提过你。想想也对，春雨姐可是校花级别的美女，你想都不要想。"江小雪挥了挥小拳头，威胁道，"你只能想我一个人，记住没有？"

韩志坚赶紧应道："记住了，记住了。"

"哼，没经过考虑就回答，没有诚意。"江小雪蹙起了鼻翼。

韩志坚举起左手掌，说道："我发誓，我只想江小雪一个人。"

"这还差不多。"江小雪得意地笑道，"今天我们去清陵县城玩吧？"

"玩玩玩，就知道玩，跟我回家。"一声暴喝在两个人身后响起，吓得韩志坚和江小雪一抖。

"妈，您怎么来了？"江小雪看着一脸怒意的杨丽英小声说道。

"我怎么来了？我要是不来，你还不被拐跑了？"杨丽英说着瞪了韩志坚一眼。

韩志坚本来有点心虚，被杨丽英瞪了一眼以后，反而挺直了腰杆，不卑不亢地说道："阿姨好，我跟小雪聊聊天，您别紧张。"

"你是禾丰村的吧，我家小雪有主了，你别来找她了。"说完，一把拉起江小雪的胳膊说道，"走，跟我回家。"

江小雪被杨丽英拉着往回走，她不高兴地甩了甩胳膊说道："你放开我，我又不是犯人，我自己会走。"杨丽英就像没听见一样，抓着她的胳膊不放。

江小雪没办法，只得扭头对着韩志坚不着痕迹地挥了挥手，然后又握着拳做了个加油的手势。

韩志坚挤出了个勉强的笑容，僵硬地挥了挥手，看着江小雪被杨丽英拉着走远了，叹了口气，只好骑着自行车回家，一到家就直接回房间躺下了。

"他爹，你看咱儿子好像有点不对劲啊，感觉像是受打击了啊，没考上大学也没这样呀！"王月娥跟韩运喜小声说道。

"没事，先不管他，咱儿子坚强着呢。你问他也不会说，想说他早说了。"韩运喜说道。

"那好吧。听说镇上过几天有义诊，还是省里的专家过来。我这腰疼病反反复复，我过几天去看看医生去。"王月娥说道。

"嗯，那要去看看，说不定省里的专家就给看好了呢。"韩运喜点头说道。

"现在插播一条消息，现在插播一条消息。"收音机里正在播放音乐，忽然传出了插播消息的声音。韩运喜和王月娥都竖起了耳朵。

"受强台风的影响，七月十五日至十七日，我市将迎来强降雨天气，请广大市民做好防汛准备。再播报一遍……"收音机里播音员的声音清晰地传到了韩运喜和王月娥的耳朵里。

"爹，妈，要下大雨了，我们的山药田要赶紧做好排水准备了，不然挖好的沟全毁了。"韩志坚不知不觉出现在堂屋里，忽然说起话来，吓了韩运喜和王月娥一跳。

"小犬，你没事了？"王月娥看到韩志坚恢复正常了，赶紧问道。

"我有啥事？爹，咱们去找老支书商量商量，要早做打算，不然山药田全毁了。"韩志坚焦急地说道。

"走，咱们现在就去。"韩运喜立马站起来往外走去，韩志坚跟着就走。

"哎，吃了饭再去呀。"王月娥赶紧说道。

"商量完事再回来吃饭。"韩运喜头也不回地走了，声音飘了过来。

韩运喜和韩志坚刚走到村委会门口，就听到屋里面老支书的声音："好的，好的，我们全力做好准备。"

韩运喜和韩志坚走进村委会的时候，老支书刚好放下电话。

看到韩运喜和韩志坚进来，老支书一脸严肃地说道："这电话刚装上，就接到重要通知。你们来得正好，镇上刚刚通知说要做好防汛准备，这几天有强降雨。我看，有必要把大家都发动起来，必须要引起重视。"

韩运喜说道："刚才听收音机听到了，我们两个过来就是因为这个事。"

"事不宜迟，我们下午先召集大家开个会，把防汛准备工作安排一下，然后再去看看山药田那边的情况，商量一下怎么办。"老支书说道。

"行，那下午开会哪些人来？"韩运喜问道。

"一家派一个代表，能来的都来吧，我这就广播一下。"老支书说干就干，打开扩音器，敲了敲话筒，咳嗽了一声，"乡亲们，下个通知，下个通知，过两天有强降雨，下午一点半，大家伙吃完饭，每家每户派一个代表，到村委会开会。再通知一遍，再通知一遍……"

老支书广播完通知，对韩运喜和韩志坚说道："你俩还没吃饭吧，先回去吃饭，吃完饭再过来，到时候一起商量一下。快去吧，我也回去吃饭。"

吃过饭，韩运喜和韩志坚一道来到了村委会，大家已经开始聚集了，都在激烈地讨论着接下来的强降雨。

过了一会儿，老支书来了，站在院子台阶上，喊了一嗓子："大家都来了吧？静一静，静一静。今天快晌午的时候，接到镇里的电话通知，天气预报说十五日至十七日将有一场强降雨，镇里要求全力做好防大汛、抗大灾的准备。咱们禾丰村紧靠着素峰山，发生泥石流灾害的可能性很大。我们首先要保护好自身的安全，再就是要保护好财产，要把房子旁边的排水沟好好清理清理，最后就是咱们的山药田，要把排水沟挖一挖，要是被水冲埋了，咱们前面挖的沟就白挖了。有什么情况及时通气，没别的事的话，大家都赶快去准备吧。"

"咱们有山神保护，祖祖辈辈也没出过事，老支书你别紧张。"有人在下面说道。

"千万不能有这种想法啊，一定要重视起来，这种事不怕一万，就怕万一。别磨蹭了，赶紧回去准备，别忘了准备点沙袋堵门。都去山药田里看看排水情况，那可是咱们明年的指望啊。都别围着了，都回去吧，回去吧。"老支书挥着手让大家散去。

大家三五成群地边讨论边回家了。

第三十九章　山洪暴发

村委会里，一群人守着一部电话机在值班。

"老支书，这雨下得也太大了，不知道咱们那个蓄水池会不会有事。昨天去看的时候，就觉得不保险。如果溢出来，不知道会往哪里流。"韩运喜担心地说道。

"拿上工具，咱们去看看，不看看我也放心不下啊。这里留一个人盯着电话就行了，万一上面有啥通知我们也要有人在这里。"老支书边披雨衣边说道。

于是七个人跟着老支书拿着铁锹、镐头往蓄水池走去，留下了一个人守着电话。

老支书一行八人来到蓄水池附近，虽然雨很大，但是蓄水池还在正常水位。

韩志坚观察了一会儿，发现了一些异常的地方，因为蓄水池的溢水口并没有往外溢水，这就说明上游的水没有流下来，那水去哪里了？他瞬间感觉后背一凉。

正当大家放下心来准备返回的时候，韩志坚大声说道："老支书，上游没水下来。"

大家定睛一看，果然是这样，只有涓涓细流流下来，完全不像这么大雨该有的水流。

"上游有问题！"老支书说道，"党员跟我往上去看看，其他人回去。"

韩运喜和另外两个人站到了老支书的旁边，留下韩志坚和另外三个人。

韩志坚说道："我年轻，我也上去吧。"

"不行，你们回去！"老支书坚决地说道，没有丝毫商量的余地。

韩志坚还要说话，被韩运喜用眼神制止了。

老支书看大家没有异议了，跟另外三个党员一起一步一滑地往上爬去。

等到看不到老支书他们四个人的背影了，韩志坚跟身边三个人说道："我们还是要跟上去，他们四个人不一定能搞定。"三个人点点头，于是四个人顺着老支书他们的脚印跟着爬了上去。

老支书一行四人往上爬了没多久就发现了问题所在。本来往蓄水池的水流改道了，往另外一个方向奔腾而下。

"这是咋回事？"老支书很诧异。

"要顺着水流去看看。"林有志说道。

"走，顺着水流过去看看，看流到哪里去了。"老支书说道。

大家应了一声，就顺着浑浊的水流攀爬起来，走了不多远，就找到了水路改道的原因，原来是有人引了一条水道到自己家的山药田，结果大水一冲，扩展了水道，反而成了泄洪的主水道，聪明反被聪明误。

"这是谁家的山药田？怎么自己引了一条水路过来？"老支书问道。

"这，这是高贵才家的。"林有志说道。

"这个浑蛋，怎么能这样干！？"老支书气得直发抖。

高贵才家的山药田已经几乎毁掉了一大半，种山药的地方土质较为松软，经过水流一冲，已经种下的山药就被冲走了，没有被冲走的也基本上处于倒伏状态。

"这家伙，损人利己的事干得太顺手了。"林有志不失时机地给高贵才上着眼药。

"要从上游分叉的地方堵住，我们的蓄水池有泄洪沟，高贵才根本没有做这个。老支书，您看咋整？"林有志着急地说道。

"能咋办？赶紧去上游堵住，回头再跟他算账。这个浑蛋家伙。"老支书几个人赶紧往上游赶去。

他们没走多远，就碰上自行跟上来的韩志坚四个人。

老支书很是感动，但还是责备道："你们几个怎么这么不听话？"但事已至此，老支书也只能嘱咐几人注意安全，"大家伙都注意安全，快跟上，到上面把这条水道堵住。"

一行八人又来到了分叉口。几个人开始挖土往里填，但是水流太急，填进去就被冲走了，根本来不及填。

"这样不行啊，老支书，水太急了。"韩运喜说道。

老支书心里也着急，想了一下说道："现在回去拿木板之类的来不及了，党员跟我上，我们几个用身体挡住水，其他几个人抓紧时间往里填土。"说完带头跳进了湍急的水流里。

可是老支书低估了水流的冲击力，刚跳进去，他一下子便被冲走了。

"老支书！"几个人惊叫道，连忙往下游冲去。

过了几秒钟，老支书露出了头。他伸手乱抓的时候，抓到了一些灌木，但是水流冲击力太大，老支书又往下滑动了一段距离。万幸的是，而后老支书又抓住了灌木，身形终于稳住了。

韩志坚几个年轻人跑得比较快，冲过去抓住了老支书，把他拉了上来。

林有志几个人随后也赶了上来，看到老支书被救上来，这才心安。

老支书为了让大家放宽心，自嘲道："唉，岁月不饶人啊，我这把老骨头，今天差点报销在这里。以后还是要靠你们这些年轻人啊。"说着，拍了拍韩志坚的肩膀。

"老支书老当益壮，还早着呢。"韩志坚说道。

"老支书，您的手？！"林有志惊道，他注意到韩志坚刚刚被老支书拍过的肩膀上出现了大片的血痕。

老支书看了看手，赶紧握了起来，说道："没事，刚才灌木上有刺，扎流血了。咱山里人皮糙肉厚，这点伤没啥问题。走，咱们快点去堵水去。"老支书说道。

情况紧急，几个人只好齐心协力地相互扶持着爬了上去。

到了分叉口，老支书说道："这雨衣没啥用，脱掉吧。"说完，带头把身上的雨衣脱了，大家紧随其后。

"这次我们几个一起跳下去。"老支书说道。

四名党员手牵着手跳了下去，在一阵手忙脚乱后，终于站定了身形，成功堵住了水道。老支书吼道："快，往我们几个身后填土！"

韩志坚几个人疯狂地挖土往几个人身边填去，但是水流从几个人身边流过，还是很急，土一倒进去又被冲走了，依然是无济于事。

"这样不行，你们砍一些树枝，直接扔到我们四个身前，最好是粗一点的。"林有志吼道。

"对对，你们坚持一下。"韩志坚几个赶紧去砍树枝。

不大会儿，一大堆带着叶子和尖刺的灌木扔到了老支书他们的面前。

水流裹挟着灌木的尖刺顶到了四个党员的身上，几个人痛得皱起了眉头，但是都没有叫出声来。

"快，快点堆土！"老支书喊道。

韩志坚几个人开始挖土、填土、挖土、填土……

奋战了将近一个小时，终于把水道成功堵住，几个人舒了口气。

老支书几个人从水道里爬了出来，一屁股坐到了地上。身上的衣服被灌木刺划拉开了不少口子，基本上都在往外浸着鲜血。

韩志坚看着老支书几个人，眼圈不禁红了起来，走到韩运喜的身边，看着父亲裂了几个大口子的衣服和几个血道子，小声说道："爹，你咋样？"

韩运喜咧开嘴笑了笑，说道："我没事，你去看下老支书。休息一下。这水可真猛。"

老支书的情况更差一些，坐在地上喘着粗气，断断续续地说道："这……这会儿……要是……要是能……能抽一袋烟……就舒服了。"

"老支书，现在水全部流往我们那边的蓄水池了，我们不能在这耗着，要赶紧过去看看。"林有志提醒道。

老支书艰难地爬了起来，急道："对呀，赶紧下去看看，咱们那边也要盯着！快，大家互相拽着，别摔了。"

几个人相互拉着一步三滑地往山下走去。到了蓄水池旁，看到溢水口在往外流着水，顺着泄洪道往山下奔腾而下，这才放下心来。

"留两个人在这里观察，其他人先回家换换衣服吧。"老支书看了一下众人的惨状，不忍心地说道。

"我留下吧。"韩志坚自告奋勇。

“我也留下！”刘彦林跟着站了出来。

老支书看了两个人一眼，点了点头说道：“行，你们先顶一会儿，我们党员突击小分队马上过来。”

“老支书，我要入党！”韩志坚脱口而出。

老支书眼睛一亮，高兴地说道：“好啊，太欢迎了！我愿意做你的入党介绍人。”

“我也要入！”刘彦林也说道。

“好啊，好啊，我们党就需要你们这样的新鲜血液！”老支书非常开心。

几个人站在蓄水池旁开心地笑着，就像刚刚打了一场大胜仗一样。

山药

第四十章　盘点损失

"雨停了……雨停了……"禾丰村有孩子在村子里喊着，连着下了三天雨，这些孩子们在家里快闷坏了，雨一停，就冲出来呼朋唤友了；大人们则是互相寒暄着，相互询问着有没有什么损失。

"通知，通知，禾丰村的父老乡亲们，这雨也停了，大家看下有没有啥损失的，家里、地里都看看。有损失情况的，今天下午报到村委会。再通知一遍，再通知一遍……"老支书的声音从大喇叭里传了出来。因为秀源镇通知要统计损失情况，老支书就通过大喇叭开始广播了。

彼时的韩志坚一家三口正在为因大雨而错过的义诊遗憾，听到广播通知后，韩运喜说道："走，咱去地里看看。"韩志坚也站起来跟着出去了。

在去往田里的路上，村民们看到他们父子俩都热情地打招呼。渐渐地，韩运喜发现了一个现象，那就是很多人不叫自己儿子小犬了，叫志坚的居多，而且很多人是先跟韩志坚打招呼，然后才跟自己打招呼。

刚开始，韩运喜觉察到这个现象，有点失落，但是转念一想，反而很是高兴，他觉得这是自己儿子得到了村民的认可。

"志坚、老韩啊，你们也出来转转啊。这次多亏了你们，我们家也加入合作社了，这种山药，志坚可是一把好手，你可要好好指导指导我们家那位啊。"李婶在村口大银杏树下遇到了韩运喜父子俩，走上前来说道。

"李婶，说笑了，主要还是我师父这两年带着大家干的，我也是跟着学的。"韩志坚挠了挠头说道。

"老韩，你看看，你儿子现在出息了，还好上次介绍给他那个姑娘他没同意，现在想想，那姑娘还真配不上咱志坚。"李婶笑着说道。

韩运喜被李婶说得心花怒放，回道："李婶，你门路广，到时候还是要帮着张罗张罗，你家放心地种，过几天志坚师父过来，专门到你家地里看看，没问题的。"

李婶听韩运喜这样说，也放下心来，便说道："我家当家的也去地里了，去看看大水有没有把山药沟冲坏。你们也是去地里吧，那你们去吧，我在这里透透气，在家里闷太久了。"

韩运喜和韩志坚两个人闷着头往山药田走去。韩运喜打破了沉默，说道："儿子，你有没有对象？上次李婶要给你介绍，你死活不同意，是不是已经有对象了？"

韩志坚一愣，犹豫了一下说道："也算有吧，我跟镇上一个老师在谈，还没有到谈婚论嫁那个程度。好像她妈不太愿意，还是李婶的一个远方亲戚，李婶认识。那家就是镇东头江记

山药

食杂店的。"

韩运喜听完，想了一下说道："管她同不同意，你满意你就去追求。李婶认识就好办，我跟你讲，李婶那张嘴虽然不讨喜，但是她能把黑的说成白的，孬的说成好的。回头我去找李婶，让她去给你说点好话，比啥都强。"

"不用了，到时候我做出点成绩，我就不信她妈不同意。"韩志坚说道。

"哎，这你就不懂了，李婶这个媒婆那是十里八乡都有名的，她只要肯帮你，成功概率会大很多。"韩运喜对李婶充满信心。

"那，那试试吧。不要操之过急啊，还没到那种程度，弄巧成拙就麻烦了。"韩志坚说道。

"放心吧，李婶那个人不会乱来的，绝对能帮到你。

说着说着两人走到了地头，只见前面山药田附近热闹非凡，大家都在热烈地讨论着什么。

"这个高贵才太可恶了，怎么能干出这样的事？幸好没有出现什么大的泥石流，要不然他负得起这个责任吗！"有人生气地说道。

"是啊，怎么能够这样，不吭不响地自己开一条水道，结果自己的山药田全冲掉了，这要是把我们的也冲掉了，我绝对饶不了他。"有人附和道。

"小点声，高贵才过来了。"有人提醒道。

"过来又咋样，我就是要当着他的面说。人在做，天在看，自己做出这样的事还不让人说了？"人群中有人继续说道。

"老少爷们，你们饶了我吧，我知道错了，你们没啥损失，我整个山药田全毁了，现在还不知道咋弄呢。"高贵才哭丧着脸说道。

"高老头，你知不知道，为了堵你开的那条水道，老支书差点出大事，被冲出去老远，要不是抓住灌木丛，不知道会出什么事。"韩运喜说道。

高贵才低下了头，惭愧地说道："我也不想这样的，我主要也是想改道引点水，但是我忽视了泄洪沟，结果就全冲毁了。运喜，你可要帮帮我啊，我现在啥也没有了。"高贵才说着说着就要哭出来了。

"你去老支书那里登记一下损失吧，看看有没有办法补救。实在不行，就跟着加入合作社吧，跟着大伙儿一起从头再来。"韩运喜比较心软，给高贵才指了条路子。

高贵才眼睛一亮，连忙道谢，然后一路小跑地往村委会跑去。

"运喜，你心太好了，你就不应该帮这个白眼狼。他自己想着单干赚大钱，结果全赔了，现在又想回来吃大锅饭。"有人不满韩运喜帮高贵才。

"都是一个村的，大家都能够赚到钱才最重要，不然高贵才就完蛋了。"韩运喜解释道。

经过一番查看，除了高贵才家的山药田，其他家的山药田损失不大，基本上算是零损失了。

韩运喜回到家，骑着自行车，到镇上江记食杂店买了两包麦乳精和菊花精，主要是为了看一下未来的亲家，本来还想看一下未来的儿媳，可是没有那么幸运。

韩运喜带着麦乳精和菊花精径直来到了李婶家。

"呦，老韩，你这是啥意思，来就来，还带着东西来了。"李婶说着话伸手接过了韩运喜拎着的东西。

"是这样的，我听我们家志坚说你跟镇上江记食杂店的老板是亲戚？"韩运喜也不拐弯抹角，直接切入正题。

"我也算是她家的娘家人，一个村的，怎么了？"李婶笑着说道，"噢，我知道了，你家志坚看上人家姑娘了，这事我知道。可是，姑娘她妈有点不愿意，想找个城里的或者镇上有正式工作的。你家志坚，我看难啊！"

"他李婶，要是容易办成，我还来干啥，你说是不是？你的说媒水平，那十里八乡谁不知道，你说能成那就能成，就是不能成，你也有办法弄成。"韩运喜拍着马屁。

"你这是要我去说媒？"李婶问道。

"那还早，我的意思是，你有空的话到她家多吹吹风，帮我家志坚美言几句，也给两个年轻人降低点难度，要不然我儿子岂不是没有机会了。我家志坚你是看着长大的，人品那是没的说，长相也不差，你说是不是？这事，要是能成，你可是我们家的大恩人啊，我们可是要感谢你一辈子啊。再说了，那也是你家亲戚，那我们两家也就是亲戚了，那不是亲上加亲嘛！"韩运喜忽然发现自己会说话了，以前嘴皮子从来没有这么利索过。

李婶看了看桌子上的礼物，又看了看韩运喜，说道："我试试吧，我可不敢打包票。你是没看到，人家姑娘长得那叫一个俊俏，别说放在禾丰村了，就是放在秀源镇，那也是排的上号的美女啊，不知道多少人盯着呢。你家志坚啊，我看是真的难啊。"

"拜托李婶了，拜托李婶了，事成之后，定重谢！"韩运喜把"定重谢"三个字咬得重重的。

李婶眉开眼笑起来，说道："我试试，成不成，我可不保证。这东西，你拿回去吧，月娥嫂子身体弱，拿给她喝。"

"不用，月娥最近好得差不多了，家里的事情都是她在操持，下一步找个专家再看看，应该问题不大了。"韩运喜说道。

"月娥嫂子快好了，那我就有点底气了，我还怕人家拿这事拿捏，那我就放心了。我得空过去试着说说，主要是你家志坚确实很不错。"李婶笑着说道。

"那我先回去了，拜托李婶了！"见李婶答应帮忙，韩运喜高兴地告辞走了。

第四十一章　江母松口

高贵才找到老支书后，一把鼻涕一把泪地忏悔了起来。

老支书也没有为难高贵才，数落了他几句之后，还是让他加入了合作社，并告诉他，等天气好一些，找人帮他一起恢复山药田。这也让高贵才大喜过望，拉着老支书连声感谢，就差没给老支书跪下了。

大雨过后，天缘食品加工厂的陈德敬经理非常关心禾丰村山药的种植情况，专门请了农业专家来考察。

农业专家看到禾丰村山药田完好无损，一点也没有被大雨损毁，非常惊讶，连声赞叹。

正好钱大爷也来禾丰村了，农业专家跟钱大爷交流了一些山药种植的心得与困惑。钱大爷的一些困惑在专家那里得到了解答，专家在研究中的一些堵点也被钱大爷破解了几个，两个人聊得火热，到了饭点还是热烈地讨论着，大有废寝忘食的架势。

最后，农业专家取样了一些土壤和水质回去化验分析，准备对禾丰村山药田里的土进行研究，看能不能帮禾丰村配比一些专用化肥。

在禾丰村的村委会，陈德敬拉着老支书的手说道："老支书，我本来以为这次大雨会对我们的合作造成一定的影响，今天过来一看，我彻底放心了，也对咱们合作社充满了信心。我回去以后研究一下，准备在禾丰村建一个研究基地和一个分厂，这得老支书大力支持啊。"

老支书一听，立马兴奋了起来，心想，这要是建一个分厂，那禾丰村的村民就可以到厂里上班了，那也是正式工人了啊。老支书用力地握着陈德敬的手说道："我太激动了，村里肯定全力支持，热烈欢迎陈经理来投资，这是我们打着灯笼都找不到的好机会啊！"

陈德敬笑着说道："这也是我愿意跟你们合作的原因之一，大家太热情了，我到这里有一种宾至如归的感觉。这件事我回去以后就开始着手筹划，你们也可以先帮我们选选场地，分厂的位置最好是交通比较便利的地方，研究基地我觉得就放在你们最初的三十亩试验田那边就行，到时候再建一个研究所，咱们把禾丰村的山药创成一个品牌，让大家都记住，一说山药，就要想到咱们禾丰村，我看以后就叫禾丰山药。"

"好，以后就叫禾丰山药！"老支书更加兴奋了起来，本来已经有些驼背的腰杆子挺得笔直。

"好，就这么定了。"陈德敬也大为高兴，如果禾丰山药成功走红，自己可是命名者，这是多么大的荣耀啊。

陈德敬和农业专家走后，老支书迫不及待地召集了村委会的人。几个人一商量，决定去勘察地形，尽快确定分厂的厂址。

　　几个人经过一天的勘察，初步定了两个位置作为分厂的厂址候选地。其中一个位置就是离村口大银杏树不远的空地，另一个位置离禾丰村稍远，但仍属于禾丰村土地，而且临近秀源镇，离县道也不算太远。

　　众人针对选址问题展开了讨论，两个选址点都有不少人支持。双方各执一词，认为放在大银杏树附近，更加有利于禾丰村，至少村民到厂里上班比较近。想放在稍远一点位置的，觉得禾丰村未来发展会越来越好，厂子离村庄太近反而限制了禾丰村的发展，放远一些，对禾丰村未来的发展更加有利。

　　老支书笑呵呵地看着大家热烈地讨论着，惬意地抽着旱烟。最后，看到大家讨论得差不多了，老支书磕了磕烟袋锅子，说道："简单，咱们也不用争了，投票。放在村口大银杏树附近的举手，好，三票。同意放在远一点地方的举手，也是三票。"

　　"老支书，您自己还没投票呢！"林有志提醒道。

　　"哈哈，我投远一点的地方。原因只有一个，就是我对咱们禾丰村的未来充满信心，这点距离根本就不是问题。大家说是不是？"老支书高兴地说道。大家也高兴地鼓起掌来，纷纷点头称是。

　　"事不宜迟，我这就给陈经理打个电话，告诉他这个好消息。"老支书觉得这事耽误不得，立马给陈德敬打电话。

"陈经理，我是禾丰村的王庆平，分厂选址的事，我们村委会已经商量好了，啥时候有空您来定夺一下？"老支书兴奋地说道。

"这么快啊，我这边刚刚也在说这事，本来也准备开始启动这个分厂建设的事。那要是已经定下来的话，我明天就带人过去看一下，如果能行，咱们抓紧时间开工，争取明年就投入使用，在原产地直接加工的话，可以节省一大笔运费不是？哈哈……"电话里传来了陈德敬爽朗的笑声。

"对了，陈经理，研究所的事，您看？"老支书提醒道。

"同步筹备，你们村请的那个钱大爷，到时候研究所也聘请他作为专家，这可是个宝贝啊，你们千万别放他走，虽然理论知识不丰富，但实践经验可是没的说啊。"陈德敬交代道。

"放心吧，钱大爷不会走的。"老支书笑着说道。

第二天，陈德敬就带着一班人来禾丰村勘察厂址了，最后一致同意了禾丰村的意见，选址在县道附近，离禾丰村大概有两公里。

陈德敬也是个雷厉风行的人，没过几天就派工程队过来平整土地了。不知道是不是陈德敬交代的，工程队还专门在禾丰村大银杏树下摆了个招工的桌子，招一些泥瓦小工。

禾丰村的村民蜂拥而至，本来这个季节就不是太忙，在家门口就可以打工了，何乐而不为？一时间，大家挤破了头。

工程队的工头来者不拒，只要是禾丰村的，不管年纪大小，全部都收了，让禾丰村的村民笑逐颜开。

　　"老支书，我咋感觉这是给自己村里建厂一样？"韩运喜开着玩笑。

　　"可不是嘛，以后这就是咱们村的厂子了。你这一说，倒是提醒我了，我得跟陈经理商量一下，我们合作社到时候别收租金了，到时候分一点厂里的股份就行。"老支书说道。

　　"对对对，入股比较好，如果效益好，我们合作社可以分得更多。"林有志在旁边说道。

　　说做就做，老支书到村委会给陈德敬打起了电话："陈经理，我跟您商量个事。就是分厂现在开始建了，我们决定不收租金，到时候您给我们禾丰村合作社一点股份可以吗？这样更能激发大家的积极性。"

　　"这个事啊，我正要找你们商量，本来我就是想着给你们百分之十的股份，您看行不行？"陈德敬说道。

　　"那太好了，我得把这个好消息告诉大伙儿。对了，工程队专门招我们禾丰村的工人，是不是您交代的？"老支书问道。

　　"哈哈……这小事情，不足挂齿。过几天过去，我去跟你们合作社签个协议，把分厂的事理清楚。"陈德敬说道。

　　禾丰村天缘食品加工厂分厂如火如荼地建设着，禾丰村也成了十里八乡议论的焦点。让老支书感到特别高兴的是，村里有七八个在城里打工的年轻人回来了，准备跟着合作社大干一场。

秀源镇江记食杂店里，李婶在跟杨丽英还有隔壁的温大婶拉着家常："我跟你们说啊，现在我们禾丰村一天一个样儿，你没去看，那厂子很快就要建起来了，这其中发挥很大作用的是谁，你们肯定想不到。"

"谁啊？听说你们那个老支书很厉害。"杨丽英说道。

"哎，你错了，那只是表象。我们村这两年能发展，全靠一个年轻人。这个年轻人你还认识，就是小雪的朋友韩志坚。"李婶神神秘秘地说道。

"谁？！韩志坚？这跟他啥关系？"杨丽英明显不太相信李婶的话。

"那我就要好好跟你掰扯掰扯了，这个韩志坚啊……"李婶一看杨丽英有兴趣听，便开始绘声绘色地描述韩志坚如何带领大家种山药，就连拉投资建厂的事，也安在了韩志坚的头上。

杨丽英越听越觉得韩志坚这个小伙子还真不错，听了半天，虽然有点心动，但是看了一眼温大婶，说道："李婶，实不相瞒，温大婶昨天才给我家小雪介绍了副镇长的儿子，你看……"

没等李婶说话，温大婶发话了："李婶，听了你刚才说的，我觉得我不应该给小雪介绍副镇长的儿子，两个不是一路人。小雪妈，那个副镇长儿子不适合小雪，我觉得韩志坚这个小伙子更适合，你听我的，可以试着让两个人交往一下。"

　　杨丽英被两个人讲得有点蒙，这叫什么事，昨天还给小雪介绍对象，讲得天花乱坠的，今天就变卦了？不过听李婶这么一讲，这个韩志坚真是个不错的小伙子，于是她点点头说道："那，那我先不反对两个人交往了，不过先谈着，小雪还年轻，谈婚论嫁还有点早。"

　　"妈，谢谢您，您真好！"在门外偷听的江小雪一下子跳了出来，搂着杨丽英的脖子高兴地说道。

　　"看把你高兴的！妈还不是为了你好啊！"杨丽英宠溺地摸了摸江小雪的头说道。

　　"我就知道，您是世界上最好的妈妈！"江小雪的嘴像抹了蜜一样甜。

　　"哈哈哈……"江记食杂店传出了一阵阵笑声。

第四十二章　商量订婚

禾丰村的天缘食品加工厂分厂在年底如期开张了，在老支书的推荐下，韩志坚成了分厂的副厂长，厂长则是陈德敬。陈德敬待在总厂的时间较多，基本上是韩志坚在实际主持工作，韩志坚的风头在禾丰村一时无两，谁见了都要叫一声韩厂长。

杨丽英这下再也不反对女儿和韩志坚交往了，自己女儿男朋友可是厂长啊，这在秀源镇可是首屈一指的存在；韩志坚手底下管了大几十号人，镇上开什么会都会叫上他；他也成了清陵县电视台采访的常客，十里八乡没有不知道韩志坚的了。

周边村镇的媒婆也是蜂拥而至，争先恐后地给韩志坚介绍对象，但都被韩运喜和王月娥挡了回去，他们可是对江小雪极为满意，一直催着韩志坚跟江小雪去领证结婚，但是韩志坚和江小雪似乎并不着急。

省城的专家医生后面还是来到了秀源镇，王月娥听到消息后，赶紧让韩运喜带着她去找专家看了看。

让王月娥感到极为意外的是，专家根本没有给她开药，也没有扎针，而是让她趴在垫子上，咔咔咔，一阵推拿按压过后，王月娥发现自己的腰怎么转都不疼了。直到专家说"好了，下一位"的时候，王月娥还没反应过来，困扰自己多年的腰疼病，居然被人家专家嘎巴嘎巴几下子就治好了？这太让王月娥难以置信了，她激动地流下了泪水。

王月娥挤到前面，对专家说着感谢的话。专家却摆摆手说道："回去以后先不要干重活，后期也要多保养身子。"专家说完就开始忙着给下一个病人看病了。

王月娥实在是太高兴了，那种一度认为自己要一辈子直不起腰来的阴霾烟消云散了，在她看来，这简直等于重生。回到村里的时候，王月娥特地从韩运喜的自行车后座上下来，决定走着回家。

"哎，月娥，你这腰？"车大娘看着王月娥的走姿，发出了疑问。

"好了，全好了，哈哈……"王月娥高兴地说道。

"不对劲，你再走两步，走两步。"车大娘说道。

王月娥依言往前走了几步，又走了回来，问道："怎么样？我腰直起来了。"

"不对不对，你以前是往前弯，现在是往后弯了。"车大娘说道。

"哈哈，那是我自己往前挺的。"王月娥站直了身子说道。她为了显示自己能直起腰，结果往前挺过了，反而给人一种往后弯的错觉了。

"嗯，这样就对了，怎么弄好的？我这颈椎也是老毛病了，不知道能不能治？县里医生说不用管，治也治不好。"车大娘说道。

"就在镇上，省里的专家过来义诊了，人山人海的，真是神医，你快去，问下能不能治。我本来也没抱太大希望，人家嘎巴嘎巴就把我这腰弄直溜了。"

"啊，那我要赶紧去，我这脖子也是老毛病了。"车大娘一听，赶紧回家骑车去了。

王月娥多年的腰疼病被专家治好了的消息不胫而走，禾丰村很多人都冲向了镇上，结果老专家的桌子前就排起了长龙，甚至一度造成了交通拥堵。

村委会里，老支书拿着韩志坚的入党申请书说道："志坚，我们党是成熟一个，发展一个，你已经向党组织递交了入党申请书，就要以一个共产党员的标准来要求自己，可不能把自己等同为一个普通群众了。"

韩志坚深深地点了点头，说道："老支书，您放心吧，我一定不会让您失望的。"

老支书欣慰地笑了，最近韩志坚展现出了出色的管理才能和带头人的魅力，特别是在担任副厂长以后，得到了禾丰村村民的一致肯定，这也让老支书倍感自豪，毕竟自己是顶着压力向陈德敬举荐的韩志坚，如果干得不好的话，自己也不好向陈德敬交代。

经过全体村民的共同努力，第二年的山药取得了大丰收，达到了亩产五千斤以上的产量，这也让农业专家和钱大爷惊讶不已。

禾丰村山药的名气越来越大，天缘食品加工厂分厂和山药研究所都成了景点了，隔壁县乡经常有一些考察组过来考察，这也让老支书他们应接不暇。到后来，老支书和大家一商量，专门成立了一个接待部门，由钱大爷担任组长，林有志担任副组长，又给他们配了两个年轻人，负责接待这些考察组，这才把大家都解放出来，要不然每次都是一大堆人陪同。

当然，江小雪的父母和江小雪来参观的时候，韩志坚虽然很忙，但还是专门抽出时间拉着韩运喜和王月娥一同陪同参观，这也让江小雪的父母非常高兴。杨丽英仔细地观察着韩志坚，那可真是丈母娘看女婿，越看越是喜欢。

王月娥自从腰好了之后，整个人的心态和气质都不一样了，以前都不怎么愿意出门见人，现在人非常自信，特别是看到自己儿子这么有出息。

结束了参观之后，王月娥拉着杨丽英说道："小雪妈啊，你看志坚和小雪都认识这么久了，也算是知根知底了，小雪这孩子我可是非常满意啊，你看，要不咱们挑个日子给他们把婚事先定了？"

杨丽英看了看腻在一起的韩志坚和江小雪，说道："女大不中留啊，俺家小雪被你家志坚迷得神魂颠倒的，我要是不同意，小雪还不跟我闹翻天啊？我看这事可以，找个人算一算时辰，我们可以把婚先定了，也省得其他人家的姑娘惦记你家志坚，哈哈……"

"瞧这话说的，我主要是不放心小雪啊，这么漂亮，这么贤惠，我家志坚这是修了几辈子的福气，才遇到小雪的。"王月娥笑着说道。

杨丽英被王月娥说得心花怒放："我明天就去找人算算，你把志坚的生辰八字给我一下。"

王月娥也很高兴，跟杨丽英交换了韩志坚和江小雪两人的生辰八字。

在远处开心地聊着天的韩志坚和江小雪根本不知道两个人的母亲已经在帮他们算日子订婚了。

第四十三章　黯然退出

"春雨姐，你来实习了，太好了。"刚刚下课的江小雪看到了安春雨。

"是啊，我今天刚到这里，是不是很惊喜？"安春雨笑着说道。

"太棒了，就你一个人来吗？"江小雪问道。

安春雨神秘一笑，说道："你猜？"

"这怎么猜，我猜就你一个人。"江小雪笑着说道。

"好了，不逗你了，这次来这里有四个人，都是女生。"安春雨说道。

"真好，走，我们到办公室去。实习多长时间？"江小雪问道。

"两个月吧，具体还没安排，估计要明天了。"安春雨说道。

"春雨姐，你住哪里？"江小雪问道。

"应该是住学校宿舍了，两人一间。"安春雨答道。

"别住学校了，你到我家住吧，吃饭也在我家，住学校什么都不方便。"

安春雨犹豫了一下，说道："这太麻烦了吧？"

江小雪笑着说道："不麻烦，就这么定了。没关系的，我家离学校很近的，什么都不耽误。正好我也有个伴儿。"

　　"那，那好吧，正好也可以随时跟你请教。我才来一会儿，就有两个人夸你了，说你教得很好，学生很喜欢上你的课。"安春雨说道。

　　江小雪被夸得有点不好意思，说道："别听他们谬赞。"

　　"过分的谦虚可是骄傲哦。今天你还有课吗？我去听你课。"安春雨问道。

　　"不要啊，春雨姐，你这样我压力很大啊，会影响我发挥的。"江小雪挥着手做害怕状。

　　"我不管，我就要听你的课，谁让你是我结对师父呢，你要对我负责。"安春雨说道。

　　"我投降，我上午最后一节有课，你来听吧。"江小雪一副上刑场的表情。

　　就这样，安春雨准时出现在了教室的后排。

　　江小雪看到安春雨，刚开始略微有一些紧张，但马上就进入了物我两忘的状态，甚至感觉发挥得比平时还要好。

　　下课后，江小雪邀请安春雨一起回家吃饭。路上，安春雨不停地夸江小雪，把江小雪夸得脸一直红红的。

　　江小雪越不让夸，安春雨越是要夸，她就是要看江小雪脸红红的样子。

　　"妈，来客人了。"江小雪进门就喊道。

"谁来了啊？你这孩子，要来客人也不提前说。"杨丽英嗔道，转眼就换了副笑脸，"呀，这姑娘可真俊啊，小雪，这是？"

"妈，这是我徒弟。哈哈……"江小雪笑道。

"对，我是小雪的徒弟，叫安春雨，师范还没毕业，过来实习的。"安春雨说道。

"小雪，你们先坐会儿，我再去买点菜，你们这是搞突然袭击啊。"杨丽英说着就要往外走去。

安春雨连忙拦住杨丽英说道："阿姨，千万别麻烦，跟着一起吃点就行了。"

"妈，晚上再给春雨姐接风吧，她最近两个月都在咱家住。"江小雪说道。

"那，好吧，中午就要委屈你了，春雨。"杨丽英略带歉意地说道。

"不会不会，能有个收留我的地方，我已经很开心了。"安春雨说道。

为了招待安春雨，杨丽英下午早早地就开始准备晚餐了，当看到一桌丰盛的饭菜时，安春雨很是感动。

吃完晚饭，江小雪拉着安春雨去镇上闲逛消食。一路上，安春雨都觉得很新奇，拉着江小雪问东问西。

走到秀源镇人民剧院门口的时候，江小雪一拉安春雨胳膊，小声说道："别往前走了，前面有几个我不想见的人，咱们回去吧。"

江小雪话音刚落，就听到了副镇长的儿子苏振强的声音："哎，这不是江大美女嘛，别走啊，上次匆匆一别，甚为想念啊。"

江小雪厌恶地看了苏振强一眼，小声对安春雨说道："我们走。"

安春雨倒是不怕苏振强，直视着他们一行几人。

苏振强几人这才看清楚安春雨的样子，几个人不约而同地咽了咽口水。苏振强本来托温大婶去江小雪家牵线，可是江小雪家根本不给他机会，现在看到安春雨，忽然觉得自己又有了目标，笑容满面地凑到了江小雪和安春雨的面前，问道："小雪，这位是？"

"小雪是你叫的吗？我们很熟吗？"江小雪生气地说道。

"强哥……"旁边的一个黄毛蠢蠢欲动。

苏振强摆了摆手说道："哎，看来小雪对我有所误会。"

"你不要起什么坏心思了，我朋友已经结婚了。春雨，我们走，请让一下。"江小雪毫不示弱往前走去。

看着江小雪和安春雨走远的背影，苏振强咬了咬牙说道："这个江小雪怎么这么难缠。"

江小雪和安春雨逃也似的回到了家。

"小雪，刚才是谁啊？你好像很讨厌他。"安春雨心中八卦之火熊熊燃烧起来。

"是副镇长的儿子，上次看到我就起了坏心思，还让隔壁店铺的温大婶过来牵线，还好我爸妈没有动心。"江小雪说道。

"副镇长的儿子你也不动心？"安春雨揶揄道。

"我有男朋友了。"江小雪一脸幸福地说道。

"谁啊这么好命，居然抱得美人归？"安春雨羡慕地说道。

"呶，就是这个。"江小雪指了指桌子上的一张合照。

安春雨这才注意到桌子上的照片，拿起来一看，如遭电击，定在了那里。

"春雨姐，你咋了？"江小雪觉察到了安春雨的异常。

"这，这是你男朋友？叫啥名字？"安春雨虽然看到了韩志坚和江小雪的合影，但是还抱有一丝幻想。

"韩志坚啊，对了，上次我听志坚说，他和你是同班同学。"江小雪说道。

"啊，是啊，我跟他是同学。你们啥时候开始交往的？"安春雨不动声色地问道。

"三年多了，应该算是他高考完的第二天就开始了。"江小雪想了一下说道。

安春雨心里咯噔一下，这才明白了韩志坚为什么一直拒绝自己，原来是心有所属了。

"春雨姐，你快跟我说说，志坚在学校有没有干什么坏事，我好抓住他的把柄。"江小雪说道。

"志坚啊，在学校挺乖的，没有什么把柄啊。"安春雨忍着心中的悲伤，不想让江小雪看出来。

江小雪听到安春雨这么说，心中很是高兴。

两个人正说着话，忽然听到楼下杨丽英的声音："志坚来了啊，快进来。"

"阿姨，这是今年的山药，质量感觉比去年还要好，今天刚挖出来的，我给您送一点过来尝尝。"韩志坚说道。

"好好好。"杨丽英笑眯眯地接过山药说道，"小雪在楼上，你上去吧。"

"好嘞。"韩志坚腾腾腾地上楼了。

"小雪，我来了。"韩志坚人未至声先到。

"志坚，你看谁来了？"江小雪跳到韩志坚身边说道。

"谁？啊！春雨，你，你咋在这儿？"韩志坚头皮一阵发麻。

安春雨强忍着内心的悲伤，幽怨地看着韩志坚，说道："我是小雪的徒弟，今天才知道小雪是你女朋友，你们这藏得可够深的啊。"

虽然是冬天，但是韩志坚头上开始冒汗了。

"是啊，刚开始我妈不同意我跟志坚在一起，我们都不敢说。去年我妈才松口的。"江小雪说道。

"春雨，我……"韩志坚想解释几句，却不知道该怎么解释。

"没事了，我祝福你们。小雪，志坚真的很不错，你要珍惜啊。你要是不要了，通知一下，我们班很多女孩子排着队呢！"安春雨不怀好意地瞥了韩志坚一眼。

"啊，志坚，没看出来啊，你还有这魅力？快说，有没有什么瞒着我的？坦白从宽，抗拒从严！"江小雪故作严肃地

山药

说道。

　　韩志坚和安春雨都被江小雪的样子逗乐了。

　　为了不打扰两人，安春雨最终决定还是住回学校安排的
宿舍里，给江小雪的理由便是怕一起来实习的同学孤单。江
小雪拗不过便答应了。

　　安春雨实习结束后，给两人送上了最真诚的祝福。

第四十四章　品牌危机

这天上午，韩志坚正在厂里巡察生产线，刘彦林慌慌张张地跑了过来，喘着粗气说道："厂长，厂长，不好了，不好了。"

"你慢慢说，不着急。"韩志坚宽慰道。

"厂长，你看这山药，跟我们的一样不一样？"刘彦林递过来了一段山药。

韩志坚接过来看了一眼，立马就看出这不是禾丰村的山药，于是说道："这跟我们的不一样啊，我们的比这个粗，比这个长，另外须子也没这么多。"

刘彦林终于缓过了劲儿，说道："县城市场出现了卖山药的，挂的牌子是禾丰山药。村里有人看到就买了点回来，就是这种。"

"这不是要砸咱们牌子吗？这可怎么办？"韩志坚意识到了问题的严重性。

"厂长，我们去找老支书，看怎么办。"刘彦林出主意道。

"走，这事耽误不得，找老支书商量一下。"韩志坚跟刘彦林立马骑上摩托车去了村委会。

到了村委会，韩志坚看到老支书就说道："老支书，县里农贸市场有人假冒咱们禾丰山药的牌子在卖别的山药，这可咋整？"

老支书一愣，说道："赶紧找他们去，怎么能冒充我们禾丰山药啊？"

"事不宜迟，现在就去县城一趟。去几个人？"韩志坚毕竟还年轻，有点手忙脚乱的感觉。

老支书笑了："这种事情很常见啊，这也说明我们禾丰山药的牌子在县里已经打响了，你们是过去说事的，又不是去打架的，去那么多人干啥，你跟彦林过去就行了。"

韩志坚和刘彦林马不停蹄地去了县城农贸市场。

到了清陵县农贸市场，果然看到几个摊位上摆着的牌子写着"禾丰山药"。

韩志坚走到其中一个靠边的摊位跟前，拿起了一根山药问道："老板，你这是禾丰山药？"

老板是个中年妇女，听到有人问山药，立马来了精神，开始自卖自夸起来："那当然了，我这可是正宗的禾丰山药。你看这品相，呦，你跟这边这一堆对比一下。"说着，摊位老板指了指旁边一堆品相不怎么好的山药。

韩志坚一看，旁边的一堆又细又小，对比之下，老板所谓的禾丰山药确实品相不错，不过他心里清楚，这跟自己村的山药还有不小的差距的。

"老板，你这山药虽然看起来还行，但是你这跟真正的禾丰山药相比还是不太一样的。"韩志坚说道。

摊位老板一愣，然后笑着说道："原来是行家，这么说吧，这山药不是禾丰村出产的，但是确实是禾丰山药。"

韩志坚有点听不明白摊位老板说的话，于是问道："不是禾丰村出产的，为啥还是禾丰山药？"

摊位老板神秘地一笑，说道："这你就别管了，这山药绝对是禾丰山药没错，因为是从那边进的栽子，只不过是在这边种植的。你还真别说，禾丰村那边应该是水土的原因，种出来的山药就是比别的地方要好一些。说实话，禾丰村的山药别说我这里没有，你就是找遍整个清陵县，你也拿不到货。我跟你讲，禾丰村的货被一个食品加工厂包圆了，别人根本进不到货。平时只有极少量的在外面流通。我这里的货跟禾丰村的相差无几了，买一点吧！"

韩志坚和刘彦林很震惊，没想到清陵县农贸市场的山药也是禾丰山药，不过这山药栽子是从哪里弄到的？合作社是统一管理的，按理说不太可能大批量地流失。

"哎，你们买点吧！"摊位老板催促道。

"噢，先不买了，我们再看看，再看看。"韩志坚歉意地一笑。

"这还有啥好看的，这里的山药都是从一家进的货。"摊位老板有点鄙夷地说道。

"从一家进的货？"韩志坚眼睛一亮，问道，"从哪里进的货？"

"我为啥要告诉你？"摊位老板瞪了韩志坚一眼。

韩志坚毫不在意，说道："那我买点你的山药，然后你告诉我可以吗？"

摊位老板一听韩志坚要买山药，立马就笑着说道："这就对了嘛，我跟你们说，我这山药相当不错，虽然比不上禾丰村的，但是也是真正的禾丰山药……"

韩志坚一看摊位老板又要开始自卖自夸，赶紧说道："老板，啥也别说了，给我称十斤吧。"

"好嘞。"摊位老板麻利地往秤盘上放着山药。

"够了，够了，再多拿不住了。"韩志坚赶紧拦住摊位老板。

摊位老板好似没听到一样，又往里面装了两根这才停手。韩志坚暗自摇了摇头，也没计较啥了。

"十四斤多点，算十四斤吧。"摊位老板故作大方地说道。

"行吧，十四斤就十四斤吧。"韩志坚也不在意摊位老板故意多拿的小伎俩，利索地付了钱。

"老板，这山药哪里进的货？"韩志坚问道。

"就在城郊乡的胡林村，跟你说了你也不知道。"摊位老板说道。

韩志坚笑了笑，说道："谢了。"说完，载着刘彦林往胡林村赶去。

韩志坚买了两瓶好酒，刘彦林看不懂他要干啥，韩志坚笑了笑说道："到了你就知道了。"

韩志坚轻车熟路地到了胡林村，径直来到了钱大爷家里。自从禾丰村的山药种植步入正轨之后，钱大爷就不怎么待在禾丰村了，因为禾丰村还有工厂里派的农业专家，钱大爷觉得自己的技能已经倒完了，也就不愿意麻烦韩志坚了，但抽空还是会去禾丰村看看。

韩志坚到了钱大爷家门口，径直走了进去，叫道："师父，我来了。"大黑一阵狂吠。韩志坚斥道，"大黑，是我，叫啥！"回头一看，才知道大黑是对着刘彦林叫唤。

"志坚来了啊，哟，又带……快给我，别让你师母看到了。"钱大爷赶紧接过韩志坚带的酒，转身回屋藏了起来。

"志坚来了，快进来坐，这是？"钱大妈闻声迎了出来。钱大爷正好把酒藏好走了出来，看着韩志坚眨了眨眼睛，韩志坚心照不宣地笑了笑。

"这是我们村的刘彦林。彦林，这是我师娘。"韩志坚说道。

"大爷好，大娘好。"刘彦林问了个好。

"快进来吧，喝口水。"钱大妈热情地说道。

"志坚，大老远过来干啥啊？"钱大爷问道。

"这不，县城里发现有人在卖禾丰山药，我和彦林就来看看，对了，拿过来给师父看看。"韩志坚出去把摩托车上的山药拎了进来。

钱大爷看了看说道："这应该不是，比禾丰村的差了点，不过挺像禾丰山药的，比我原来种的品种要好一些。"

"卖山药的老板说是从咱们村进的货，山药栽子是从禾丰村弄到的。"韩志坚说道。

"那倒不是没有可能，山药繁殖很快的，我们那边的品种是改良过的，两年就能成规模繁殖了。不过他们也不能打禾丰山药的牌子啊，这不是坑人吗？"钱大爷说道。

"这事难办啊，我本来还以为是谁偷卖山药栽子，看来应该不是大规模地出售。"韩志坚分析道。

"问问陈德敬，他见多识广，说不定有办法。"钱大爷出主意。

"对啊，我怎么把他忘了，我这就跟他联系。"韩志坚说道，"那我们先回去了。"

"留下来吃饭吧，吃完饭再走。"钱大妈挽留道。

"不了，不了，我去县里打个电话。"韩志坚执意要走。

"那行吧，正事要紧。我过几天也去禾丰村转转，有一段时间没去了。"钱大爷说道。

"要去，带着师娘一起去，那边现在变化很大了。"韩志坚说道。

"好好好，到时候我跟你师父一起过去。"钱大妈笑道。

韩志坚和刘彦林告别了钱大爷，到了县城找了个电话跟陈德敬联系上了。

陈德敬一听这事就笑了，说道："这事儿好办，你们注册个商标吧，有商标了，别人就能认准正品了。"

一语惊醒梦中人，韩志坚顿时觉得豁然开朗，一拍大腿，说道："我咋没想到呢。谢谢厂长提醒，我这就去办。"

韩志坚和刘彦林去咨询了商标注册的事情，结果发现商标注册周期要一年多，就有点傻眼了。

"其实也没啥，时间长就时间长吧。目前我们的山药基本上是用于再加工，在零售这方面比较少，即使是冒我们禾丰山药的名，对我们影响也不大。"刘彦林分析道。

"也是，那我们先注册吧，现在人家冒名，我们也没办法。算了，回去准备注册商标的材料。"韩志坚下了决心。

"嗯，下一步我们再扩大规模，完全可以吸纳其他村庄的农户，建立一个更大的合作社。"刘彦林说道。

韩志坚眼睛一亮，说道："彦林，行啊你，你这一说倒是提醒我了。堵不如疏，与其让别人冒名卖，还不如就让他们卖真的。回去跟老支书商量一下，我觉得可行。"

刘彦林被韩志坚夸得有点不好意思了，说道："其实咱们村里确实有一些村民在偷偷卖山药，毕竟批发比零售便宜。不过少量的，倒也无所谓。"

"这都没啥，要扩大规模，就要吸纳更多的农户进来，现在我们的产量满足加工厂的需求还比较牵强。下一步真的可以扩大规模，我们不能把眼光局限在禾丰村，可以放得更远一些。"韩志坚坚定地说道。

刘彦林的话给韩志坚打开了思路，也将禾丰村下一步的发展推向了快车道。

山药
/

第四十五章　扩大规模

回到禾丰村，韩志坚和刘彦林找到了老支书，正好陈德敬也在，两个人正在村委会商量事。

韩志坚说道："老支书，陈厂长，应该是胡林村的种植户拿到咱们这山药种子或者栽子再繁殖的，所以，种出来的山药虽然比咱们这里的差一些，但是也差不了多少。回来路上，彦林倒是想了一个好主意。"

老支书精神一振，问道："彦林，你想到啥好主意了？"

"人家肯用我们禾丰山药的牌子，说明是认可我们。我们现在的生产规模还不够大，基本上没有进行零售，很多人想买也买不到。既然这样，我们何不扩大一下山药种植的规模？"刘彦林说道。

陈德敬沉吟了一下，说道："这样做，有一定的风险，万一加盟的农户种植技术不过关，砸咱们禾丰山药的牌子啊。"

韩志坚想了一下说道："禾丰山药的商标申请下来就能解决这个问题。如果种植的山药质量达不到咱们的要求，就不能贴商标卖，质量达标的由合作社统一收购回来，再贴标出售，这样避免以次充好的情况发生。"

"这倒是个好办法，出货的渠道由合作社来控制，既保证了质量，又保证了货源，一举两得。"老支书高兴地说道。

　　陈德敬说道："但是有一个问题你们不能忽视，外村的加入合作社，要不要参加分红？如果不能分红，用什么模式来运作？"

　　老支书几个人陷入了沉思，陈德敬说的这个问题确实比较棘手，如果一碗水端不平，很容易出现问题。

　　想了一会儿，韩志坚心里一亮，说道："可以采取合作的方式，合作社与他们签订合作协议，由合作社提供种子、技术指导和销售，只要能够保证种植户的收入，他们就愿意加入。怎么保证他们的收入？无非就是种出来的山药一不愁卖，二不愁卖个好价钱。"

　　"对呀，只要有销路，能卖上价，他们肯定愿意合作。"老支书说道。

　　"给他们吃个定心丸，签订协议时明确下来，只要产品质量过关，全部收购，定个保护价，不低于市场批发价收购。"陈德敬说道。

　　"如果是这样的话，我们需要一个相当大的仓库来中转。"韩志坚说道。

　　"盖！"老支书和陈德敬异口同声地说道。

　　"哈哈哈……"村委会里响起了大家的笑声。

　　"建一个中转仓库，问题就解决了，种植山药的农户把山药卖给仓库，我们给的价格不低于市场价，这样的话，他们就不愁销路了。如果要做，我们就往大的做，这个中转仓库我们不要局限于山药，其他果蔬也可以考虑，后期也可以考虑棉花、油菜籽等经济类作物。"韩志坚说道。

老支书一拍桌子，说道："好，这农村的发展，还是要靠年轻人，我这个老支书看来可以卸任了。我这脑筋已经僵化了。"

"老支书您可千万不能这么说，家有一老，如有一宝。咱们村委会怎么能够离了您呢。"韩志坚说道。

"哈哈哈……啥也别说了，志坚，你做好接班的准备，咱们禾丰村需要你们这些年轻人来带头了，我自己的身体自己清楚，确实已经跟不上节奏了，我自行车都骑不利索，更别说摩托车了，我总不能到哪里都赶马车去吧，是不是？"老支书说道。

老支书的话引起了几个人的思索，现在的社会确实是日新月异，以前所谓的"四大件"收音机、裁缝机、自行车和手表，早就已经过时了，现在的"四大件"成了电视机、洗衣机、摩托车、冰箱，家里要是没有这些，连娶媳妇都难。

"老支书，您这个想法我可以理解，但是您不仅要把年轻人扶上马，还要再送一程。"陈德敬说道。

"那是肯定的。下个月志坚就是正式党员了。明年村两委要换届，以志坚在村里的威望，明年当选村支书应该问题不大。"老支书笑着说道。

"还是老支书慧眼识珠啊，也给我分厂找了个好带头人啊，把分厂管理得井井有条，我现在基本上已经完全放手了，我很放心。"陈德敬笑道。

"现在年轻人回来的也很多，我在分厂比较重用年轻人，一些人还颇有微词，说当爹的要在儿子手下干，干着窝火。"韩志坚说道。

"这种情况是不可避免的，能者上，有为者有位，这可不能论资排辈。"陈德敬提醒道，"分厂的人事管理，我可是完全放手的啊，你们有充分的自主权，毕竟分厂的工人大部分都是禾丰村的村民。"

"这一点请放心，我们绝对不是任人唯亲，绝对是按能力来用人的，要不然也不会出现年龄倒挂的现象了。"韩志坚连忙解释道。

陈德敬拍了拍韩志坚的肩膀，说道："你办事，我放心，你就放开干就行了。下一步就是扩大规模。中转仓库的事情，需要我注资吗？还是说你们村委会把这个中转仓库办成村办企业？我很看好这个中转仓库，如果办得好，完全可以成为一个很大的农贸产品集散地和交易市场。"

韩志坚和老支书互看了一眼，都没有说话。

陈德敬笑了笑说道："没事，你们可以商量一下，我可是真心想加入啊。我先回市里，你们商量好了，通知我一下。"

陈德敬走后，老支书、韩志坚和刘彦林商量了一会儿，也没定下来怎么办，毕竟这关系到后续禾丰村的发展，需要慎重考虑，万一这一步迈大了，容易出问题。

第二天，老支书把村里的党员都召集了过来，商量了很久，初步定下来由陈德敬注资一半，另一半由合作社来出资，还是采取分红的模式来运作。让陈德敬注资主要考虑三个方面：一是资金压力太大，需要陈德敬来分担；二是仅靠合作社的能力，不足以运作这么大的项目；三是跟陈德敬合作比较愉快，可以继续捆绑在一起发展。

决定与陈德敬合作以后，老支书马上跟陈德敬通了电话。陈德敬得知这一消息，非常高兴，允诺尽快把这个项目上马。

老支书和韩志坚几个人马不停蹄地去勘察地形。

站在天缘食品加工厂门口，老支书远远地看着禾丰村说道："起初幸好没有把分厂建到大银杏树那里，我觉得分厂到村子这块地方，可以利用起来，建一个村民休闲广场，再往北边，靠近马路的地方，可以建中转仓库，以后这个休闲广场就是中心地带，基础建设都可以围绕这个广场来建。"

"这个广场有一点缺憾，那就是没有水，如果有条河经过这里就好了。"韩运喜说道。

"我们可以引水过来，山上的水源很丰富，引一条过来，然后在休闲广场中间弄一个人工湖，还可以修一个环湖水道，就像清陵县城的公园一样。"韩志坚说道。

"嗯,这个主意好。这一块地千万要留住,这要是建起来了,秀源镇都没有咱们村漂亮!"老支书豪气地说道。

　　大家纷纷点头。

第四十六章　换届选举

中转仓库的项目一确定，就立马开始筹资了。原定的出资方案是陈德敬出一半，合作社自筹一半，现在摆在老支书面前的就是自筹资金的困难。

村委会的会议室里，烟雾缭绕。

"大家都说说，咋整？我们刚开始的本意是想让合作社有更大的话语权，也让咱们禾丰村有更多的收入，不然全部都是给陈厂长打工了。"老支书吧嗒吧嗒地抽着旱烟说道。

"老支书说得有道理，我们不能太依赖外来投资，咱们这种企业，还得依靠我们自己。"韩运喜说道。

"我想把这个仓库建成村办企业，然后让村民成为企业的股东，让大家入股分红。"老支书说道。

一石击起千重浪，大家七嘴八舌，议论纷纷，都很赞成老支书的提议，一时间，会议室的气氛再次热烈起来，大家都在憧憬着未来。

老支书看了韩志坚一眼，韩志坚领会到意思，清了清嗓子说道："我们可以找一下乡贤，争取得到他们的支持。"

"嗯，这倒是个办法。我们不要局限于我们禾丰村的乡贤，镇里的乡贤也可以考虑。这个工作，你们年轻人做不了，那些乡贤你们可能不熟，我和运喜分头去找吧。"老支书说道。

"老支书，你们可以带着年轻人过去，让他们熟悉熟悉，也方便他们以后开展工作。"林有志建议道。

"既然大家都没有其他意见，我们就分头行动。有志，村民筹资入股这块你去做。刘会计，你负责跟工程队对接。我和运喜、志坚去找乡贤。"老支书说道。

大家欣然称是。于是，整个禾丰村都动了起来，听说要建一个中转仓库，村民们的积极性很高。林有志和刘会计忙得不可开交。

老支书和韩运喜这边进度也很快，有个长期居住在清陵县城的乡贤叫吴泽炎，听说禾丰村要建一个中转仓库，跟着老支书过来考察了，立马拍板捐赠五万元，而且不要任何回报。同时，吴泽炎还专门帮着老支书联系了几个乡贤，筹措了将近三十万元的资金。

中转仓库的项目有条不紊地进行着，韩志坚也是每天忙得团团转，甚至有时候连续一周都难得见上江小雪一面。有几次经过江记食杂店，也没空进去看一下，弄得杨丽英还颇有微词。

这天，江小雪放学回到家，杨丽英又开始唠叨起来："小雪，这志坚就那么忙吗？最近也不来家里了，我上次看他路过咱家也不进来喝口水，真是的。"

"妈，最近他们村又上了一个项目，要建一个很大的仓库，下一步还要弄成交易市场，志坚一直在忙这个事。"江小雪帮韩志坚解释道。

"你这孩子，还没过门就开始向着人家了。你可要抓点紧，现在志坚可是个红人，十里八乡不知道多少家的姑娘家想嫁给他，你要催催他，赶紧把婚事办了，这样我才能放心啊。"杨丽英不悦地说道。

"妈，我还小，我才不要那么早嫁出去。我就要在家陪着你。"江小雪撒娇道。

"男大当婚女大当嫁，你早晚还是要嫁人的，遇到合适的一定要把握住机会，要是被人抢走了，你后悔都来不及。"杨丽英一副再不结婚韩志坚就要被人抢走了的样子。

"志坚他都没提，我提？妈，我是女孩子，说不出口啊。"江小雪为难地说道。

"都这个时候了，有啥说不出口的。"杨丽英一副恨铁不成钢的样子。

"要说你去说，我才不说。"说完，江小雪一脸通红地扭身上楼了。

"哎，你这孩子！又不是我要嫁人。"杨丽英嗔道。

江小雪自己脸皮薄，每次想提婚期的事情，都张不开嘴。每次约会完回家，江小雪都要被杨丽英嘟囔一番，弄得她现在回家看到杨丽英都要赶紧躲回房间。

忙碌中的时间过得很快，转眼间，韩志坚预备党员就满了一年了，经过党员大会和上级党委审批，他如期转正，成为一名正式党员。

韩志坚的如期转正，最高兴的是老支书。这几年，韩志坚越来越成熟，干活也特勤快，工作热情非常高，特别是在解决问题上点子很多、思路很活，是不可多得的人才。

这天，老支书跟韩志坚在中转仓库的工地查看进度情况。老支书对韩志坚说道："志坚，我身体明显一年不如一年了。我一直没跟你说，前两年的那场大雨，还是给我留下了病根儿。"

"啊，没听您说过，咋回事？"韩志坚有点诧异。

"那次泡水之后，没怎么在意，现在有个天阴下雨，膝盖也痛，还老咳嗽，去县医院看了好几次，都没啥好转，我也懒得去看了，毕竟人老了，毛病都出来了。"老支书平静地说道。

"县里不行，咱们可以去市里，不行就去省里，大医院的医生水平更高一些，您看我妈的病，之前怎么看都看不好，人家省里的专家三下两下就治好了。"韩志坚着急地说道。

"不用费那劲儿了，老毛病了，我估计治也治不好。你要有思想准备，接我的班，带着咱们禾丰村村民发家致富。"老支书严肃地说道。

"老支书，我资历尚浅啊，恐怕……"韩志坚说道。

老支书不等韩志坚说完，就打断了他的话："这几年，你为乡亲们所做的，那是有目共睹，如果你没有群众基础，你也选不上。你能不能选的上，也不是我一个人说了算，需要大家来选举。咱们村现在发展这么好，选一个好的带头人非常关键。"

"我，我还是觉得我还太年轻了，一个分厂就让我焦头烂额了，如果全部管起来，我还是有点担心。"韩志坚说道。

"放心吧，对于你的能力大家都有信心。你就做好准备吧，到时候我提名你来当支部书记，你要对自己有信心。"老支书说完，拍了拍韩志坚的肩膀。

禾丰村党支部的换届选举如期进行，韩志坚作为候选人全票通过，这意料之外，但又是情理之中。作为监票人的林有志宣布选举结果时也非常激动，这在禾丰村党支部的历史上也是绝无仅有的。因为禾丰村的成分比较复杂，分为五大姓氏，也就是说分为五个家族，还有其他一些零散的姓氏。能够让五大姓氏家族共同拥护，这也说明韩志坚得到了全村村民的认可。

党员大会过后，召开第一次支部会，韩志坚当选为支部书记。韩志坚非常感动，深情地说道："衷心感谢党支部对我的培养、关心和信任。我深知接过的是一副沉甸甸的担子，这副担子凝结着组织的信任、村民的期待。我深感使命光荣、责重如山！我一定倍加珍惜、奋发作为，努力当好禾丰村党支部的'火车头'，绝不辜负组织的关怀与重托，绝不辜负禾丰村村民的信任与期待！我将始终牢记发展第一要务，义不容辞地把禾丰村发展重任担当起来。俗话说，众人拾柴火焰高，一个篱笆三个桩，一个好汉三个帮。我在咱们村，算是小字辈，我有自知之明，所以今后的工作需要大家的通力配合和大力支持。我相信，在大家的共同努力下，咱们禾丰村必将更加美丽、更加富饶，一定会成为乡村建设的一颗新星！"

"好！说得好！"会议室里响起了经久不息的掌声。

禾丰村一个崭新的发展时代自此开启。

第四十七章　纷至沓来

禾丰村合作社放出要扩大合作社规模的消息后，还没等打广告，就有很多人上门来洽谈相关事宜了。

林有志负责接待工作，这可把林有志忙坏了，可以说是从早忙到晚。

这天一大早，老支书来到村委会，已经有很多人围在村委会附近了。

这群人一看老支书来了，呼啦一下围了上来。

"老支书，这合作社扩大规模，一定要给我们留个名额啊。"楚大婶说道。

"他婶子，你家不是已经加入合作社了吗？"老支书诧异道。

"是这样的，我们村的村民都加入了，但是我娘家人也想加入。"楚大婶说道。

"是啊，是啊，我们跟楚婶家是一样的情况，都是娘家人那边想加入合作社。"众人纷纷附和道。

"哈哈哈，我现在不是支书了，你们有事得去找志坚了。"老支书笑着说道。

"志坚是个大忙人，一天到晚见不到人，最近在忙着仓库的事，很难找到他。"有人说道。

"这样吧，一会儿有志来了，我跟他说下，现在归他负责。大家放心，咱们村的娘家人优先合作。"老支书说道。

"太好了！"

"谢谢老支书！"

大家七嘴八舌地说着感谢的话。

老支书抬手往下压了压，示意大家安静一下，说道："不过，娘家人加入合作社，只能是合作关系，没有分红的，我们禾丰村人能享受到的福利，其他人可是享受不到的啊。"

"那必须的啊，咱们禾丰村肯定要跟别人不一样。"楚大婶高兴地说道，"我现在回娘家，可有面子了，不停地有人打听咱们禾丰村的情况，还有好几个打听咱们村有没有没结婚的小伙子，想着把闺女嫁到咱们村。"

"哈哈哈……现在咱们村的小伙子可是抢手货啊。前几年，想找个媳妇多难啊。"有人感叹道。

老支书顿了一下说道："咱们丑话说到前头，这次扩大规模，仅限于保护价收购山药，收购山药的时候需要分等级收购，所以山药质量的好坏，也决定了收入的高低。"

"这是肯定的。话讲在前面，接受不了条件就别加入，有的是人排着队想加入。"有人自豪地说道。

老支书看到林有志走过来了，赶紧说道："有志来了，你们到他那里先报个名，名额留着。"话音刚落，大家就把林有志围了起来，老支书哈哈笑了起来。

林有志把大家娘家人要加入合作社的人员名单登记好，才总算是可以喘口气了。

林有志看到老支书优哉游哉地抽着旱烟，苦笑着说道："老支书，您有没有注意到，想加入合作社的人也太多了，这以后中转仓库建成了，我们把山药收进来，指望食品加工厂，能把这么多货吃掉？"

老支书一愣，想了一下说道："现在多少户了？"

林有志不假思索地说道："初步估计已经有一千多户了，现在还在增加。"

老支书也没想到有这么多人加入，说道："销路的事情确实要解决，不然把货囤过来，砸在手上就完蛋了。"

"嗯，这个情况真是没想到，完全没想到。"林有志重复说道。

"我马上跟志坚商量一下。"老支书也有点担心。

韩志坚为了工作方便，已经购买了寻呼机。老支书给韩志坚留了言。

没多久，韩志坚就回电话过来了。

"老支书，您找我？"

"志坚啊，现在有一千多户要加入合作社了，咱们中转仓库能吃得下这么多货吗？"老支书担心地问道。

"这个问题，我今天才跟陈厂长商量过，两年内可以吃得下两千户左右的货。后面可以考虑转型，中转仓库要转型为农贸产品交易市场，只有这样才能解决销路问题。"韩志坚说道。

老支书一听，这才放下心来，说道："你这样说，我就放心多了，不过我们还是不能太放开，我觉得差不多就要停下来，这一点很重要，千万不能太冒进，我们的合作社抗风险能力还不够。"

"嗯，我们会小心的，现在这个局面真的是来之不易，老支书您经验丰富，要多帮我们把把关，省得我们做得太过火了。"韩志坚谦虚地说道。

"你们年轻人有闯劲、有干劲，我这把老骨头快没啥用了。"老支书笑着说道。

"您千万别这么说，我们是初生牛犊不怕虎。您可不能放手啊，还需要您来把关定向。"韩志坚说道。

"好了好了，你就别给我灌迷魂汤了，我不会撒手不管的。"老支书开心地说道。

挂掉了电话，老支书跟林有志说道："志坚说了，签约两千户问题不大，后续咱们要注意一下，不能签太多了。"

林有志高兴地说道："好的，我心里有底了。"

这边，韩志坚遇到了难题——江小雪妈妈杨丽英的逼婚。

韩志坚忙完，路过江记食杂店，就想着拐进去看看江小雪，结果江小雪还没从学校回来，被杨丽英叫住了："志坚，不是阿姨说你啊，你这一天到晚见不到人影，俺家小雪天天念叨你。"

"阿姨，最近我确实忙，这不，我这一得空就来看小雪了。"韩志坚满含歉意地说道。

"阿姨也不跟你拐弯抹角了，你给我个准信，你跟小雪的婚事啥时候能办？"杨丽英直言道。

"这，这我还没考虑好。"韩志坚为难地说道。

"啥？！你还没考虑好？"杨丽英有点不高兴了，"我家小雪哪点配不上你？你还没考虑好？"

"不不不，阿姨，我不是这个意思，我是说日子还没考虑好，不是您想的那个意思。小雪非常好，我是烧了高香，小雪才会看上我的。阿姨千万别误会我啊。"韩志坚连忙解释。

"这还差不多，那你说，婚礼啥时候办？我可告诉你，追求俺家小雪的人可是很多，这婚不结，围着她转的苍蝇很多，这一结婚就好了。"杨丽英说道。

"这……我刚被选为支书，村里好多事情，一时半会儿还真抽不出时间来结婚。阿姨，您看能不能再缓缓？"韩志坚满含歉意地说道。

"那我不管，今年年底前能不能结？我家小雪又不是没人要。"杨丽英威胁道。

杨丽英的话正好被进屋的江小雪听到，江小雪不满地说道："妈，你怎么能这样逼志坚？"

"你这孩子，还没过门，就胳膊肘往外拐了。妈这也是为了你好，你别向着他说。"杨丽英生气地说道。

"阿姨，小雪，你们别因为这个争了，我答应您，仓库的事情一忙完，就着手婚礼的事。"韩志坚说道。

"仓库的事啥时候能忙完？"杨丽英不为所动。

"明年年初差不多就可以了，最近正在忙合作社扩大规模的事，我这每天也是忙得不可开交，摩托车都骑坏了好几次，说不定再过段时间就罢工了。"韩志坚笑着说道。

"妈……"江小雪看韩志坚松口了，赶紧撒娇道。

"那就明年年初了，我得空要跟月娥嫂子定个日子，这次你别找别的理由往后拖了，你和小雪老大不小了，也该把婚事办了。"杨丽英说道。

韩志坚和江小雪互看一眼，被杨丽英把婚事摆在桌面上说，两个人都有点不好意思，两个人从来没有认真地谈过结婚这个话题。

第四十八章　矛盾爆发

"韩厂长，咱们的研究所到底研究出了啥名堂啊？这都两年了，光烧钱不出成果怎么行啊？"刘会计跟韩志坚抱怨道。

"哎，快出成果了，我上次去，研究出了不少新产品，现在主要是研究如何量产。只要能量产，肯定能带来效益，放心吧，绝对不会亏的。"韩志坚笑着说道。

"研究出啥新成果了？"高贵才不知道从哪里冒了出来。

"那可不能公布啊，这可是商业秘密。哈哈……"韩志坚已经不是前几年愣头青了，现在也学会了打哈哈。

高贵才撇了撇嘴，背着手溜溜达达地走远了。

"这个街溜子，要不是能够分红，他能这么道遥？！"刘会计看不惯高贵才的样子。

"只要是禾丰村的人，都能参加分红，这是最开始定下的规矩。不过他山药确实种得不怎么好，产量还不如那些新手。"韩志坚说道。

"整天游手好闲的，要是能种好就怪了。前些天还想到分厂来上班，没录用他。他这样的人谁敢用他，指不定惹出什么事儿来。"刘会计实在是看不惯高贵才，要不是因为他乱改

285

水道，老支书的身体也不会落下病根儿。

"对了，研究所的研究成果马上要量产了，你说要不要拿一些样品进行一些宣传？我上次看了一下，主要是山药糕、山药饼、山药奶汁、山药蜜汁、山药酸奶、山药罐头、山药枸杞果酱，还创出了几种山药菜肴。"韩志坚说道。

"这么多啊，没想到研究所不吭不响研究出这么多名堂出来，真不错。"刘会计已经忘了自己刚才还在抱怨研究所光烧钱没声音了。

韩志坚哈哈一笑，说道："再不出成果，我也饶不了他们，确实投进去不少钱了。很多村民都有意见了。"

刘会计想了一下说道："我觉得可以开一个内部品鉴会，让村民来品鉴一下，给这些产品提提意见。也可以邀请一些记者来报道报道，为这些新产品做个宣传。"

"嗯，这个想法不错。刘会计你最近忙不忙？不忙的话，你带几个人筹备一下这个内部品鉴会，我们不一定要全部山药的产品，可以开成一个敬老冷餐会的形式，但是要把新产品放进去，这样记者写报道的时候也有一个'敬老'的线索，不然成了产品推介会了。"韩志坚说道。

刘会计对着韩志坚竖起了大拇指，悄声说道："志坚，你这招实在是高啊。"

"这叫包装。现在食品加工厂主要以山药片之类的零食为主，虽然销量还行，但是也到了发展的瓶颈期，迫切需要新产品来开拓市场。陈厂长也是很担心这方面，还专门交代研究所要大胆地创新。"韩志坚说道。

"厂长，仓库也基本上完工了，你看要不要招一些外地工人？咱们村的这些工人，我说实话，真的很难伺候。"刘会计抱怨道。

"这种情况我也知道，我们办厂的初衷就是为了禾丰村的村民得到实惠，仓库建起来，还是要招一部分咱们村的，或者从食品加工厂里抽一些骨干到仓库作为管理人员也行，这个事情我们过几天研究一下，确实是不能全部用咱们村的，这个弊端前面我也注意到了。要是有人打招呼，你们也不要为难，让他们来找我吧，以后厂里进人，必须通过我签字，这个口子以前确实开得有点大。"韩志坚说道。

"确实是这样，以前你只负责管理层的任免，招人的权限全部下放了，现在各项工作步入正轨了，不能再放开招人了，人员素质良莠不齐的弊端已经显现出来了。"刘会计说道。其实刘会计也是读过高中的，而且成绩也很不错，跟韩志坚一样，与大学擦肩而过，文化程度在禾丰村算是比较高的了，所以才能当上会计。

"这个事，一会儿开会讲一下，这个口子给堵住，以后进人也不能我一个人说了算，要我们厂里领导层一起研究了才能进。你召集一下大家，我宣布一下这个事。这种事情摆在桌面上说说，大家才能重视起来。"韩志坚说道。

没多大会儿，刘会计就把厂领导层召集了过来。

韩志坚看人到齐了，清了清嗓子说道："到齐了，我们开始开会，大家都很忙，我就长话短说，从今天开始，也就是说从现在开始，我们分厂和仓库招人，需要我们大家集体研究决定，不能随便招人了。"

会议室里一片窃窃私语声。有人说道："厂长，进几个工人应该没事吧，我才答应了家里那位，她娘家人要进来做工。"

韩志坚坚决地说道："不是不让进了，走正规程序吧，分厂有些人确实不适合做工，有的年纪太大了，有的好吃懒做，这样的话不利于分厂的发展。下一步，我们要整顿一下这个风气，一定要刹住这股歪风邪气，把厂里正规起来。"

众人纷纷点头，有的人附和道："厂长，这事早该抓了，有些人说又说不得，管又管不住，确实是个麻烦事，都是七大姑八大姨的，干活不行，牢骚满腹，我建议仓库招人的时候一定不能只用村里的亲戚了，太难管理了。"

韩志坚点了点头，说道："仓库招人实行公开招聘吧，可以适当照顾村里人的亲戚，但是不能太多，我们也不能太不近人情不是？"

众人鼓掌叫好，毕竟韩志坚没有把这条路子彻底堵死，起码管理层能有一定的话语权。

这天傍晚，韩志坚忙完厂里的事情，去接江小雪下班。正好杨丽英做好饭，就留韩志坚在家吃饭。

席间，杨丽英说道："志坚啊，你们仓库也快建好了，我娘家有几个人能不能进你们仓库上班？"

韩志坚一愣，心里暗暗叫苦，今天刚刚宣布招人的规矩，这准丈母娘就要送人进来，这可是个棘手问题。想了一下，韩志坚说道："什么人？多大年纪？"

"差不多六十岁吧，苦力估计干不了，你给他们安排点清闲一点的工作就行了，只要不是扛大包就行。"杨丽英轻描淡写地说道。

韩志坚苦着脸说道："今天厂里刚刚宣布招人规定，要领导层一起研究再进人，我一个人说了也不算。另外仓库招人要公开招聘，不能往里塞人。"

"啥？！你一个厂长，进几个人还说了不算，那你这厂长咋当的啊？"杨丽英非常不满地说道。

"妈。你不要着急，志坚有自己的难处。"江小雪劝道。

"我不管，志坚，我都答应娘家人了，这事你一定要给我办成，要不然，这婚也别结了，这点小事都办不了，我算是看错你了！"杨丽英生气地说道。

"阿姨，这是两回事，怎么扯到我跟小雪的婚事了。不是说好了，仓库建好就准备办婚礼了吗？"韩志坚说道。

"别准备了，等等再说吧。我严重怀疑你对我家小雪的诚心。咱们马上就是一家人了，一家人的事你都不帮，那你还帮谁？"杨丽英继续炮轰韩志坚。

"阿姨，我真不是这个意思。今天刚开会宣布的，我是厂长，我肯定要以身作则啊，我要是带头再违反，那您要我怎么当这个厂长？"韩志坚说完向江小雪投出求助的眼神。

江小雪心领神会："妈，志坚都说了，刚宣布的规定，你就让志坚再想想办法。他们厂也确实难做，以前好多都是亲戚塞了进去，乱糟糟的，工作都不好开展。这次志坚想把仓库办得正规一些，我们应该支持他啊！"

"你别说话，你回屋去。"杨丽英斥道，"志坚，我话放这儿了，我娘家那几个人你办不成，这婚也别结了，我可丢不起这人，我可是拍着胸脯答应人家的。"杨丽英气呼呼地说道。

"阿姨，您给我点时间行不？最近真是不行，您让他们直接来应聘吧，我到时候打打招呼。"韩志坚做出让步。

"应聘，他们年纪大了，怎么应聘？你别跟我打马虎眼，能不能行，今天你给我个准信儿。"杨丽英不依不饶地说道。

"阿姨，现在真不行。"韩志坚说道。

"吃完了没？吃完你可以回去了。"杨丽英下了逐客令。

"阿姨……"韩志坚看着杨丽英铁青的脸，本来想说什么，最终还是没说出口，只得灰溜溜地走了。

第四十九章　阻力重重

"陈厂长，您要给我出个主意，前些天我宣布了招人规定，村民意见很大，如果处理不好，恐怕不好收场。"韩志坚打电话向陈德敬求助道。

"志坚，刚开始我已经给你打过预防针了，厂里职工以本村村民为主，后期必然会有一些管理上的问题出现。"陈德敬笑道。

"那您刚开始还放手让我这样做？"韩志坚有点纳闷。

"哈哈，用你们村的地，在你们村家门口办厂，不用你们村的人。你觉得我一个外来者能做出这种事吗？"陈德敬笑道。

"也是啊，如果不用我们村的人，确实说不过去。"韩志坚想了一下说道。

陈德敬哈哈一笑，说道："交给你管理，前期还是很不错的，但是时间久了，一些弊端就会凸显出来。你把进人的权限收归集体决定，这一着是个妙棋。但是难点在于管理层能不能以身作则，特别是你作为厂长，大家都盯着你，你如果做不到，那你这规定，马上就会成为笑谈。"

"还真别说，这正是我感到最头疼的地方。我对象她妈答应了自己娘家人要进仓库，可是我这边已经宣布了进人的规定。她现在用结婚来要挟我，弄得我一个头两个大。"韩志坚头疼地说道。

"哈哈哈……改革总是有阻力的，要么换思想，要么换人。自己的思想换不了，对象估计你也不会换，那你就要换你那个准丈母娘的思想，把她思想工作做通了，也就把这个问题解决了，反而能够成为一个典型案例，其他管理层也正看着你呢。"陈德敬说道。

韩志坚心下一凛，江小雪的妈妈跟李婶是娘家人，江小雪妈妈娘家人想进仓库的事，肯定能传到李婶耳朵里，传到李婶耳朵里，就等于传到全村人耳朵里了。

听陈德敬这么一说，韩志坚更头疼了，于是说道："我想想办法，这事不能让步，要不然后面隐患太多。仓库不同于加工厂，更需要年轻一些的人，现在好多走后门想进来的人都是年纪偏大的，有的甚至都已经六十好几了，根本不能胜任工作。"

"那确实不行。当然，我们这种村办企业，可以适当放宽年龄限制，但不是无限制。不过这事好解决，你就从你那个准丈母娘那里入手，只要把她搞定，后面的问题都能够迎刃而解了。先不跟你说了，加油，你可以的。"陈德敬鼓励道。

挂断了电话，韩志坚苦笑了一下，还是决定先去见见江小雪。于是就到江小雪的学校门口等她下班。

这次没有等太久，放学铃响了没多久，江小雪就背个小包从学校里面出来了。

韩志坚正要喊江小雪，就看到一个男的捧着一束花走到了江小雪的面前。韩志坚一眼就认出来了，这个男的就是苏振强。

"小雪，恭喜你又重回自由身。"苏振强把花递到了江小雪的面前。

"走开，我怎么样了跟你有什么关系？"江小雪厌恶地说道。

"你就别嘴硬了，我已经知道你分手了。在这个镇上，我是你最合适的另一半。"苏振强厚着脸皮说道。

江小雪强忍着作呕的感觉说道："我还有事，请你以后别来学校骚扰我。"

"小雪，这里。"韩志坚挥着手喊了一嗓子。

江小雪抬头一看，顿时惊喜地跑了过去。来到韩志坚的跟前，江小雪眼睛一红，差点哭出来："我还以为你不理我了。"

"我怎么舍得，走吧，上车，咱们兜风去。"韩志坚也不想在学校门口待太久。

江小雪坐上了韩志坚的摩托车，一溜烟儿地走掉了，留下苏振强咬牙切齿地站在那里，被鱼贯而出的学生们指指点点。

"志坚，你没生气吧？"坐在后座的江小雪小心翼翼地问道。

"生气？生什么气？"韩志坚问道。

"就刚才啊，你没看到吗？有个男的，拿着花……"江小雪说道。

"噢，看到了，我不生气，我相信你会处理好的。对了，你妈这两天咋样？还在生我气吗？"韩志坚问道。

江小雪叹了口气说道："可不是，昨天还在跟隔壁店铺的温大婶抱怨。我估计就是温大婶给这个苏振强通的风报的信。这个苏振强仗着自己老爹是副镇长，一直贼心不死。放心，我永远站在你这边。"说完，轻轻地把脸贴在了韩志坚的后背上。

不一会儿，两人到了竹林。韩志坚停下摩托车，看着江小雪说道："你这几天，找机会开导一下你妈，这事还真不能做，全村人都在看着我呢，我要是开了这个口子，很难服众。前面食品加工厂用的都是本村的人，很多问题，这次仓库我们准备公开招聘，不适合仓库工作的，我们肯定不能招进来。如果符合我们的招人条件，我们优先录用。你就这样跟你妈讲，你看行不行？"

"嗯，我会说的。其实我妈也明白了你的难处，只是她感觉答应了娘家人，结果没办成，很丢面子。等过几天，差不多就能理解你了。"江小雪说道。

"现在是我们村厂子改革的关键时候，小雪，你可要帮我啊。"韩志坚再次强调道。

"你放心，我会的。我都明白，想塞进去的人肯定没有多少合适的，因为很多年轻人都进城打工去了，留下的一些不是年纪大，就是其他方面差点劲的。"江小雪说道。

"你说得对，仓库跟食品加工厂还不太一样，还需要点力气，不能老少皆收了。劝你妈的事情靠你了，小雪，加油。我就不去触霉头了。把你妈劝好了，我们就准备结婚。"

江小雪乖巧地点了点头，几不可闻地"嗯"了一声，小脸腾地一下红了起来，美艳不可方物。

韩志坚看着江小雪红扑扑的小脸，有点痴了。

江小雪等半天没听到韩志坚说话，抬眼一看韩志坚的痴呆样，轻轻打了他胸膛一下，嗔道："看你那傻样儿！"说完，迅速跑进了竹林。竹林里飘出了一句："来追我呀！"

韩志坚哈哈一笑，也追进了竹林。

韩志坚和江小雪在竹林里你追我赶地嬉闹着，跑了一会儿，所有的烦恼也随着竹林中惊起的鸟雀飞走了。最后两个人都累了，相互依偎着坐在溪边看着夕阳缓缓下落。

虽然两个人都没有说话，但心中都在想：如果时间能够定格在此刻多好，就没有那么多的烦恼了。

第五十章　顺利推进

晚上回到家，吃过晚饭，江小雪和杨丽英一道收拾碗筷。

"妈，您有没有把志坚不帮忙的事跟隔壁温大婶说啊？"江小雪小心翼翼地问道。

杨丽英眼皮一翻，说道："咋？还不能说啊？我不仅说了这个，我还跟她说，结婚的事也暂时不考虑了。"

"其实,其实志坚最近很难的。"江小雪试着给韩志坚开脱。

"他一个厂长，都是他说了算，进几个人，还不是他一句话的事？他这就是不想帮咱家，就是没把我放在眼里。"杨丽英不高兴地说道。

"妈，您误会了。那个食品加工厂就是因为进了太多的本村人，都是乡里乡亲的，很多地方管理起来难度很大，他就想从仓库开始改革，改变一下这个局面。妈，您想想，关系户太多了，到时候怎么管理？"江小雪耐心地说道。

杨丽英一愣，说道："可是，也不差这几个人啊。"听江小雪这么一说，杨丽英明显底气不足了。

江小雪赶紧趁热打铁："妈，现在志坚正在事业的上升期，他有难处，我们应该帮他，不能再让他为难。现在全村人都在看着他，如果他带头违规进人，那别人怎么看他？您这不是让他为难吗？我们要是为他好的话，那就先不要逼他往里塞人。况且，志坚说了，如果我们推荐的娘家人符合条件，优先录用。"

"那，那我怎么跟娘家人交代啊。唉，太没面子了。"杨丽英说道。

"实话实说就行了，我们要支持志坚的工作，如果他们不理解，那就是不支持志坚工作。妈，你说是不？"江小雪说道。

"嗯，到时候我去解释解释吧，志坚那里，你去说说吧，我那天也是在气头上……"杨丽英不好意思地说道。

"志坚没生气，放心吧，妈，你也最棒了！"说完，江小雪便趴在杨丽英脸上亲了一口。

杨丽英抚着脸颊，不好意思地笑了。

韩志坚猜测的一点都没错，杨丽英要把娘家人塞进来的消息已经像长了脚一样，弄得禾丰村的村民们人人皆知了。

"志坚，听说你那个丈母娘给你出难题了？"老支书揶揄道。

"唉，别提了，我正头大着呢。对了，您怎么知道的？"韩志坚反应了过来。

"现在大家都知道了，我跟你说啊，你一定要顶住，现在你要是松口了，那你前面说的话就等于空话了。"老支书严肃地说道。

"难就难在这里，小雪她妈还拿婚事来要挟我，万幸的是小雪还能够理解我、支持我。"韩志坚说道。

　　"你去找找李婶吧，她跟小雪妈是娘家人，只要肯帮忙，肯定能够帮你解决这个难题。"老支书说道。

　　"对呀，我怎么把她忘了。"韩志坚像抓住了救命稻草一样，开心地说道，"我这就去找李婶。"说完就骑上摩托车去李婶家了。

　　"李婶，在家吗？"韩志坚停好摩托车，就走进了李婶家的院子。

　　李婶闻声出来，一看是韩志坚来了，顿时有点心虚，因为杨丽英要塞人的消息，就是她传出去的，她以为韩志坚上门讨说法来了，于是连忙说道："厂长啊，事情不是你想的那样的，我娘家人要是不好进，不进也行。"

　　韩志坚一愣，旋即明白了李婶为啥这样说，微微一笑，说道："李婶，没关系的，只要符合条件，优先录用。我今天来，主要是想请您出马帮个忙。"

　　李婶也是一愣，说道："帮啥忙？我可是人微言轻，我能帮上你这个书记厂长啥忙？"

　　韩志坚毕竟还是脸皮薄一些，赧然一笑，说道："小雪妈最近对我有点误会，我想请您当个说客，去帮我说说好话，毕竟现在招人不是我一个人说了算。李婶您也知道，原来食品加工厂那么多管理的弊端，我想这次一起改革掉，只有加工

山药

厂和仓库发展的好了，我们大家的分红才能多起来。如果塞进来的都是关系户，那厂里效益不好，大家的分红也就少了。"

李婶一拍大腿，说道："我真是笨啊，我怎么没想到这一层啊。你放心，我马上就去找小雪妈掰扯掰扯，一定要把好招人这道关口。"

"嗯嗯，拜托了。"韩志坚诚恳地说道。

"放心吧，这事办不成，以后你就别叫我李婶了。"李婶打着包票。

第二天，李婶吃完早饭就到了江记食杂店。看到杨丽英，李婶热情地打着招呼："小雪妈，好久没来你这里了。"

"是啊，快进来坐。最近你们村可是风光啊，我这店铺也沾光了，客流量明显有所增多，离你们村近就是好啊。"杨丽英热情地招呼李婶进来坐。

"我今天可是来当说客的啊！"李婶也不拐弯抹角，直接进入主题。

"给小雪介绍婆家？"杨丽英有点蒙。

李婶摆了摆手，说道："不不不，我是给我们村支书来当说客的。听说你要帮咱娘家人弄进仓库，志坚不答应？有这事吧？"

"你都知道，还问我。这个臭小子，这次可是让我颜面扫地啊。"一提到这个事，杨丽英还是有点愤懑。

"你错怪志坚了，志坚这样做，也是为了全村村民好啊。

你想想，如果小雪过了门，就可以参加分红了。如果招进来一堆干不了活，甚至是吃闲饭的人，轻则影响厂里效益，重了我就不说了。这可都是跟分红挂钩啊。"李婶满脸诚挚地说道。

"我咋没想到这层，还拿婚事拿捏志坚，我糊涂啊……"杨丽英拍着大腿说道。

"聪明人，一点就通。你这样说，我就放心了，我这就回去复命了，志坚那边你就放心吧。"李婶高兴地说道。

"李婶啊，帮我跟志坚说下，有空来家里吃饭，我给他做好吃的。"杨丽英不好意思地说道。

"放心吧，我这就回去跟他说。"李婶站起来准备走。

"茶都没喝一口，这个带回去一点，新上市的地瓜干，相当好吃，带一包回去尝尝。"杨丽英说着，拿了一包地瓜干给李婶。李婶推辞了两下就拿着走了。

李婶回去以后，第一时间就找到了韩志坚。正好很多人都在场，李婶也不避人，大声说道："厂长，小雪妈那边已经原谅你了，她娘家人按规矩应聘，不走后门了。她还说了……"李婶卖起了关子。

"说啥了？"韩志坚赶紧问道。

"不逗你了，看把你急的。你这个准丈母娘说了，让你有空去家里吃饭，她给你做好吃的。"李婶大声说道。

"哈哈哈……"周围人笑成了一团，韩志坚的脸腾地一下红了。

当天晚上，韩志坚拒绝准丈母娘走后门的事就传开了，很多想着走后门的人也算是彻底死心了。

几天后，禾丰合作社交易市场正式挂牌落成了。电视台和广播电台都发布了招聘启事，这在清陵县引起了轰动，很多人闻讯赶来应聘。

让韩志坚意外的是，禾丰村很多在外打工的年轻人辞掉了工作，也回来参加应聘了。

看着交易市场门前前来应聘的人们排起的"长龙"，老支书跟韩志坚感叹道："这个时代变化真的是太快了，以前咱们村里见不到几个年轻人，你看，现在这些年轻人忽然都冒出来了。看着他们，我才感觉到我老喽……"

韩志坚笑着说道："老支书您又开始感怀了，没有您打下的基础，哪有现在的发展。我觉得，要不了多久，您设想的休闲广场就可以动工了，到时候，咱们村的人走出去，腰杆都是直直的。"

"现在腰杆都已经是直直的啦！"老支书哈哈一笑道，"交易市场的仓库一定要用信得过的人，这可不能马虎大意。另外食品加工厂的人事改革不要操之过急，一步一步来。"

"我正想着下一步要裁一批人，食品加工厂要上一批新产品，正好换一批人来做。"韩志坚说道。

"安定住事儿再做，这次公开招聘已经够折腾了，逐步消化那些不合格的工人吧。"对于食品加工厂，老支书也感觉到头大。

"我觉得还是要快刀斩乱麻。上新产品，采用以老带新的方式，逐步消化掉那些不合格的工人，特别是那几个吃闲饭的，整天没规矩的。"韩志坚说道。

"改革是必要的，一定要求稳。"老支书说完就开始了剧烈地咳嗽。

待老支书咳嗽稍歇，韩志坚说道："老支书，您别抽旱烟了，我爸现在都换纸烟了，抽纸烟不容易咳嗽。"

"纸烟没劲，我抽旱烟抽习惯了，不瞒你说，还有一个重要原因是便宜。哈哈……"老支书笑道。

听了老支书的话，韩志坚暗暗下定决心，一定要让禾丰村的村民过上好日子。

第五十一章　竞品出现

禾丰村合作社交易市场随着人员招聘的完成，也正式开业了。

开业当天，秀源镇镇长也出席了开业仪式，并一同剪彩，给禾丰村挣足了面子。话又说回来，这两年禾丰村也没少给秀源镇挣面子，现在镇长到县里开会腰杆子都比以前挺得直了，毕竟禾丰村的发展，给清陵县的发展带来了积极的影响。

紧接着，韩志坚连续放卫星，在县电视台重要时段滚动播出天缘食品加工厂新产品的广告，从早到晚，不停播放。

这天早上，韩志坚刚到厂里，就接到了陈德敬的电话。

电话里，一贯稳重的陈德敬有点急了："志坚，市电视台出现了一款和我们新产品差不多的产品。这太可疑了，早不出现，晚不出现，偏偏在我们推出新产品的时候出现，你想想，这里面有没有什么问题？"

"这……难道是我们研究所的配方流出去了？被他们拿到了？"韩志坚想到这里出了一身冷汗。

"嗯，不排除这种可能，我觉得是有很大的可能。"陈德敬猜测道。

"我现在就去研究所了解情况。"韩志坚抹了一把头上的汗说道。

陈德敬赶紧阻止道:"现在不能去,你要私底下去调查,现在你去只能是打草惊蛇,谁也不会承认泄露配方。"

"那咋办?"韩志坚一时有点不知所措。

"派人私下了解吧,这种情况在一些商业竞争中时有发生。"陈德敬说道。

"行,我这就安排人去了解。研究所里,我们自己村的人很少,基本上都是外请的专家,要了解清楚,需要点时间。"韩志坚说道。

"现在我们要不要跟对方打广告战?对方在市电视台投放广告,比我们的覆盖面广。我们如果想在这个市场分一杯羹,就不能心疼广告的投入。"陈德敬说道。

"这要是跟对方争市场,会增加不少的成本投入,对方的实力怎么样?"韩志坚问道。

"我调查了一下,不弱于我们,但是山药制品不是他们的主产品,他们主要是做果干类的产品。"陈德敬说道。

"我觉得,我们也可以在市电视台投广告,我们有品牌优势,我们的产品全部是山药制品,我们要重点突出宣传禾丰山药。"韩志坚说道。

陈德敬说道:"就这样吧,琢磨一下广告词,尽快在市电视台投放广告。"

"好的，我们分头行动。"韩志坚这一次找到了商场如战场的感觉。

挂断电话，韩志坚坐在那里想了很久，找不到切入点，因为研究所里的专家基本上都是外面聘来的，钱大爷虽然也是研究所的，但是几乎不在里面上班，算是挂个名而已。

心烦意乱的韩志坚找不着头绪，最后还是决定请钱大爷出马，毕竟钱大爷本来就是研究所的，在里面活动也是名正言顺的。

韩志坚专程跑了一趟胡林村，把钱大爷接回了禾丰村，千叮咛万嘱咐，让钱大爷不要声张回研究所的原因。

钱大爷进了研究所，无聊地逛来逛去。研究所总共八个人，都是陈德敬请来的。

钱大爷天生也不是干侦探的料，在研究所待了一天，啥也没发现，晚上跟韩志坚碰头，反而在韩志坚面前狠狠地夸了研究所一通，弄得韩志坚哭笑不得。韩志坚没办法，只得安抚钱大爷，让他继续在研究所待着，但韩志坚对他能打探出消息也不抱什么希望了。

第二天一大早，陈德敬就给韩志坚打来了电话，声音中透着兴奋："志坚，我找专家比较了一下我们的产品和对方的产品，虽然名称一样，但是配料和工艺完全不同，在口感和味道上，我们的产品更胜一筹。"

"那就是说，他们并没有拿到我们的配方了？"韩志坚高兴地说道。

"没错，应该是可以这样认为。我觉得他们只是拿到了我们新产品的名称而已。"陈德敬说道。

"太好了，那我们加快生产进度，争取分一杯羹。"韩志坚兴奋地说道。

"要控制好山药货源，最优质的要优先保障加工厂，这也是我们的优势。"陈德敬提醒道。

"嗯嗯，我明白。交易市场的货源调配我们自己说了算。放心吧，最优等的货源不外流。"韩志坚说道。

"新产品的配方，要绝对保密，千万不能泄露。你可以考虑一下，给予研究所的专家奖励。"陈德敬再次提醒道。

"好，我待会儿去研究所跟他们强调。"韩志坚说道。

得知对方没有拿到新产品的配方，韩志坚一颗悬着的心才放了下来，放下电话，他骑上摩托车去研究所了。

到了研究所门口，韩志坚看到高贵才在门口转悠，而高贵才看到他后明显有些慌乱。

"厂长，你来了？"高贵才说道。

"你在这里干啥？"韩志坚问道。

高贵才眼珠一转，说道："我找钱大爷喝酒，想看看他在不在。"

"上班时间，喝啥酒，你回去吧。"韩志坚不满地说道。

"好，好，我等下班了再来。"高贵才赶紧走了。

韩志坚看着高贵才的背影，总感觉有些不对劲。

这时，门口保安迎了出来，说道："厂长，你来了。"

"嗯，来了。这个高贵才经常来研究所转悠吗？"韩志坚问道。

"你是说刚才那个人吗？对，他最近来的次数挺多的，不过我都没让他进来。咱们研究所有规定，外来人员一律不能进入，包括村里的人。"保安说道。

"嗯，就要这样，明天给你们再多配个人，现在你们是两班倒，加个人弄成三班倒，这样会轻松一些。"韩志坚说道。

"不用，不用，忙得过来。"保安赶紧说道。

"没事，加个人，工资一分不少。"韩志坚笑着说道。

"那，太感谢厂长了。"保安很是感激。

韩志坚走进研究所，里面比较安静，钱大爷正跟一个专家在喝茶，看到韩志坚进来，就迎了过来，而后便是钱大爷对研究所的一阵猛夸。

韩志坚把研究所的人员召集了过来，说道："大家听我说几句，最近我们的新产品一推出，就有其他食品加工厂推出了同类型的产品，跟我们的差不多。"

大家一片议论声，有的摇头，有的叹气，乱作一团。

"大家误会了，我不是说你们把配方泄露了，而是要夸赞你们！你们没有人泄密。对方的产品名称跟我们的雷同，但产品配方跟我们不一样，口感我们更胜一筹。"韩志坚大声说道。

研究所里响起了一阵掌声。

韩志坚接着说道："你们研究出了这一批新产品，为食品加工厂注入了新鲜血液，真的很感谢你们。你们中的大部分是城市里过来的，能够安安心心在禾丰村搞研究，我真的很感动。我相信，你们中肯定有人被别的厂家挖过，但是你们没有抛弃天缘，没有泄密，这说明你们已经把天缘当作自己的家了。"顿了一下，韩志坚大声说道，"下一步，新产品将开始大量投产。鉴于大家取得的成就，经与陈厂长商量，决定给予大家奖励。"研究所里响起了经久不息的掌声。

可是此刻，人群中有个人的眼神有些躲闪。

山药

第五十二章　抢占市场

傍晚的时候，高贵才又摸到了研究所附近，过了一会儿，有个身影跟着高贵才离开了。

在秀源镇一个小饭店的包间里，高贵才和一个男子面对面坐着，面前放着四碟菜，并开了瓶秀源镇特产百里香。这个男子就是研究所的洪成平。

"成平，我上次跟你讲的事情，你考虑得怎么样？如果你嫌少，我们可以再商量。"高贵才夹了一粒花生米，装作漫不经心地说道，其实内心并不平静，让他想办法拿配方的人已经非常不耐烦了。

"这个，我不能背叛天缘，而且配方我也不全，有几味药材，是大家分开掌握的，我也把握不准。我上次给你的新产品说明书是冒了很大风险的，今天韩厂长也来研究所旁敲侧击地说了这事。要不是我妈要手术，需要钱，我也不会……"洪成平低下头说道。

高贵才一听，感觉洪成平有点松口，顿时觉得有希望了："你开个价吧。实话跟你说，我也是受人所托。"

洪成平还是有点犹豫："算了，我已经对不起天缘了，那配方我不能给你，以后咱们也不要联系了。"

高贵才有点生气："这样不好吧？咱们已经是一条绳上的蚂蚱了，你要是觉得我不够分量，我可以让我后面的人跟你谈。"高贵才为难地说道。

"我真不能再做了，你放过我吧。"洪成平哀求道。

"现在不是你想做就做，不想做就不做了。我一定要拿到配方，要不然你就等着被开除吧。"忽然，门口走进来一个人，把洪成平吓了一跳。

"成平，这位是天霁食品加工厂的钱云开副厂长。"高贵才向洪成平介绍道，接着向钱云开介绍道："钱厂长，这位是禾丰合作社研究所的洪成平研究员。"

"咱们明人不说暗话，这样吧，一个配方两千元。我们也就是看上你们厂产品的味道和口感了。"钱云开说道。

"我只拿到了配方的一部分，我真没有完整的配方。"洪成平说道。

"对价格不满意？"钱云开说道。

"我如果拿了配方给你们，估计在研究所也待不下去了。"洪成平为难地说道。

"你可以来我们天霁工作，待遇不低于天缘，而且工作环境更好，我们虽然不在县城，但起码也是郊区了。"钱云开说道。

"这事，我真不能办。我上次给你们产品说明书，已经很后悔了。"洪成平说道。

"你已经没有退路了，我再给你三天时间，如果拿不到配方，你想想后果吧……"钱云开站起来说道。

洪成平嘴巴动了动，没有说出话来。

高贵才看事情谈不下去了，站出来打圆场："成平，走吧，你还有三天时间，回去再考虑考虑。"说完，把洪成平拉走了，临出门的时候，高贵才回头给了钱云开一个眼色。

钱云开看着高贵才和洪成平消失在夜色中，嘴角浮现了一抹笑意，心道："韩志坚，没想到我们在这里又要过招了。"

洪成平回到研究所，躺在床上，久久不能平静。自己母亲因为心脏问题，需要一大笔手术费，可是仅仅靠自己的工资，还远远不够，唉，如果真的把配方给他们，自己就彻底背叛了天缘，可是不给他们，自己好像真的无路可走了。

洪成平绞尽脑汁的时候，忽然灵光一现：只要把配方给他们，就能拿到钱，至于是不是最终的配方，谁也不知道，这样的话，我也不算对不起天缘了。对，就这么办，洪成平打定了主意。

第二天，还是秀源镇上那个小饭馆的小包间里，还是洪成平、高贵才和钱云开三个人。

"五个产品配方，好。这是说好的辛苦费，合作愉快。"钱云开眉开眼笑地拿着配方说道，同时递过来一个鼓囊囊的信封。

洪成平打开信封扫了一眼，说道："我明天就请假去给我妈看病，请帮我保密，也谢谢你们帮了我这一次。以后请不要联系我了，我不会做这些事了，不要逼我了，我求你们了。"

"好，我答应你了，你放心吧。不过跟我们天霁合作，你不会吃亏的，希望以后我们还有合作的机会。"钱云开非常高兴地说道。

"没什么事，我先走了。"洪成平喏喏地说道。

"去吧，去吧，慢走。"钱云开摆了摆手说道。

等洪成平走后，高贵才笑着说道："恭喜钱厂长喜获配方。"

"这次多亏了你，不错，以后有需要我还会找你的，合作愉快。这是你的了。"钱云开扔给高贵才一沓钱。

"谢谢钱厂长，以后有什么好事尽管来找我。我预祝钱厂长产品大卖，财源广进。"高贵才眉开眼笑地接过钱，数也没数就揣进了兜里。

"好，走吧，低调一点。"钱云开交代道。

"放心吧，钱厂长，我心里有数。"高贵才说道。

钱云开回去后，立马让厂里按照配方进行试验，但是发现做出来的样品口感上还是跟天缘食品厂的有区别。本来是想着回来邀功的钱云开，被自己的厂长舅舅徐永春骂了个狗血淋头，钱云开是哑巴吃黄连有苦说不出。

钱云开找到高贵才，怒气冲冲地把事情说了一遍，把高贵才也是气得够呛。

洪成平等母亲的手术做完以后，就回到了研究所，被高贵才逮着一阵斥责。洪成平早就想好了对策，说口感不同的原因就是原材料的不同，天缘食品厂用的原材料是禾丰山药，禾丰山药在市面上目前还没有出售，不过到明年大规模生产的时候，原材料就不是问题了。

高贵才把洪成平的原话转达给了钱云开，钱云开也只得接受这个现实，因为禾丰山药确实是拿不到货源。

在陈德敬的全力宣传下，天缘的新产品获得了巨大成功，成功占领了流阳市的市场，成了大家首选的零食，销售额直线翻番，总厂和分厂全线投入生产，产量都供不应求。

洪成平心里过不了这个坎，主动向韩志坚坦白了自己泄露了一个试验配方的事实。韩志坚得知自己的竞争对手是钱云开，不禁感叹冤家路窄。韩志坚考虑到洪成平的认错态度，也就原谅了他，并给了他母亲五百元钱的慰问金，这让洪成平更加内疚。

第五十三章　定下婚期

在抢占了山药食品的市场后，禾丰合作社就像插上了腾飞的翅膀，前来禾丰交易市场出售山药的马车和板车排成了长龙，从早到晚都是人声鼎沸，比秀源镇镇上还要热闹，许多小摊小贩因此看到了商机，在交易市场的大门两侧聚集起来兜售各种小商品，当然也不乏一些小吃。

老支书吃完早饭，溜溜达达就来到了交易市场的门口，韩志坚看到老支书来了，就陪着他转悠。

很多人认识老支书和韩志坚，都跟他们打招呼。

"老支书，韩支书，你们禾丰村现在发展可真是太好了，我们可是羡慕得很啊。"有人笑着跟老支书和韩志坚打着招呼。

"还不是你们的大力支持啊，没有大家的支持，也没有禾丰村的今天啊。多谢大家了。"老支书客气地向着对方拱了拱手。

"支书啊，咱这交易市场应该多开设几个收货点，这就开两个收货点，明显不够啊。"有人建议道。

韩志坚心头一震，自己刚才还为这人山人海的繁荣景象沾沾自喜，就没有想到是因为交易市场自身的效率太低造成的。他连忙说道："太感谢了，我怎么没想到这一点，我马上安排人手去。"说完就要返身回交易市场。

"支书，现在人这么多，你们交易市场的公共厕所明显不够用，特别是女厕所，排个队都要排半天。"有个妇女抱怨道。

韩志坚抱歉地笑了笑，觉得确实是个问题，挠了挠头皮说："是我们考虑不周，我们马上整改。"

老支书拍了拍韩志坚的肩膀说道："志坚啊，你看，还是要多走走，到大家身边才能得到第一手资料。"

"是啊，老支书您再转转，我马上去处理。"韩志坚着急地说道。

"你去吧，我再转转，看看还有啥问题，收集收集一并跟你说说。"老支书看着韩志坚着急的样子有点忍俊不禁。

韩志坚安排了人手，由原来的两个收货点，直接增加到八个收货点，收货的速度明显加快，前来卖货的人们笑逐颜开。

韩志坚安排人用石棉瓦搭建了一排临时厕所，暂时解决了前来卖货村民的如厕问题，下一步厕所的扩建也列入了议事日程。

这段时间，江小雪被父母催婚催得快崩溃了，下班也不敢早回家了。这也难怪，禾丰村发展得越好，杨丽英就越着急，甚至给江小雪下了最后通牒，五一节前必须结婚。

江小雪虽然能够理解韩志坚确实是忙，但是她被逼无奈，只得去找韩志坚诉苦。

周六这天，江小雪来到禾丰村。韩志坚看到江小雪来了，又惊又喜，安排好事情后，就牵着江小雪往素峰山上走去。

不知不觉间，韩志坚和江小雪来到了他们第一次见面的地方。韩志坚说道："小雪，还记得这个地方吗？"

"怎么会不记得，也不知道那头野山猪怎么样了。"江小雪柔声说道。

韩志坚突然指着前面的山坡惊叫道："野山猪！"

江小雪猝不及防地"啊"了一声，扑上了韩志坚。韩志坚把江小雪拥入怀里，轻轻地拍着江小雪的后背，说道："不要怕，不要怕，野山猪跑远了。"

江小雪这才回过神来，嗔怒道："你真坏！"

韩志坚牵着江小雪的手，来到了一面开阔地。山顶上飘着几朵白云，山风微微吹过来，吹得树叶沙沙作响，看着眼前的美景，江小雪不禁感叹道："这素峰山好美啊！"

韩志坚说道："我们下一步会从山脚下把路修上山来，还会建一些栈道、亭子、观景台……把乡村旅游也做起来。"

正当韩志坚憧憬着未来的时候，他腰间的寻呼机响了，韩志坚一看，知道是村里找他有事了。韩志坚无奈地看着江小雪，说道："村里找我有事了。走吧，咱们先回去。"

"刚来，就要走啊？"江小雪有点可怜巴巴地看着韩志坚，"你就那么忙啊，我还有事跟你说呢。"

韩志坚轻轻地把江小雪拥入怀中，在她耳边轻语："说吧，

山药 /

啥事？"

江小雪试着推开韩志坚，发现推不开，也就没有再挣扎了，轻轻环住韩志坚的腰柔声说道："我妈最近天天唠叨着让我们赶紧结婚，好像特别急着赶我出门一样。"

"就这事啊？这两年你妈不是经常这样吗？那你是咋想的？"韩志坚不以为意地说道。

"我，我没咋想，就是很烦我妈这样，有时候我爸也在旁边助攻，我现在下班都不想回家，总怕我妈唠叨我。"江小雪抱怨道。

韩志坚笑了笑，两只手搭在江小雪的肩膀上，直视着她说道："没咋想？你就不想着早点嫁给我吗？"

"哼，看把你嘚瑟的，本姑娘又不是没人要！"江小雪佯怒道。

"小雪，给我一点时间，禾丰幼儿园就要开工了，我们要赶在暑假落成，等幼儿园落成了，我们就结婚。你回去跟我最、最、最通情达理的丈母娘解释解释。"韩志坚笑着说道。

"要解释，你自己解释去，我才不去。"江小雪嘟起了小嘴儿。

"你去不去？"韩志坚作势欲挠江小雪腋下。

江小雪赶紧跑开了，韩志坚在后面追着，山间小径上洒满了两个人的嬉笑声。

江小雪也是个通情达理的女孩子，看韩志坚确实是牵挂着工作上的事，就跟着韩志坚下山了。

韩志坚直接去了村委会，江小雪就回家了。

刚进家门，杨丽英就笑容满面地迎了过来："怎么样？小雪，今天去找志坚了，他咋说的？"

江小雪没好气地说道："能咋说？还不是老样子，再等等。"

"他怎么能够这样？咱是姑娘家，怎么等得起，你看你同学，有的孩子都上小学了，我能不急吗？"杨丽英着急地说道。

"不过，这次也不是没有收获。"江小雪卖着关子。

"啥收获？快说。"杨丽英急切地问道。

"志坚今天说，等暑假就结婚。这下你满意了吧？"江小雪说道。

"满意啥？等暑假还要一个学期呢！"杨丽英白了江小雪一眼。

"很快的，一个学期一下就过去了。妈，你就再等等吧，现在志坚确实非常忙，他又当支书又当厂长，我看他恨不得有个分身术去干活。"江小雪帮韩志坚开脱道。

"就知道忙工作，这忙工作都不要结婚了？"杨丽英明显没有底气了。

"妈，这次我保证，如果志坚暑假再不结婚，我就不给他机会了。你看行不行？我还嫁不出去？"江小雪玩味地看着杨丽英。

"我的乖女儿啊，你可千万别在志坚面前这样说，现在人家志坚可是香饽饽啊，你可要把握住机会啊。"杨丽英连忙说道。

"好了，我先上楼了，下周我要上公开课，我还要准备准备。"江小雪说完，不等杨丽英反应过来，一溜烟地跑上了楼。

第五十四章　前景光明

五一劳动节刚过，新上任的董祥勋镇长就来到了禾丰村。

"欢迎董镇长到我们禾丰村考察啊，蓬荜生辉啊。"韩志坚和大家一起在新落成的村委会门口迎接董祥勋镇长。

"韩书记，你这可真是大手笔啊，这休闲广场可不一般啊。"董祥勋笑着对韩志坚说道。

"过奖了，这几年还不是国家政策好啊，禾丰村才在镇党委和镇政府的关心指导下快速发展。"韩志坚笑着说道。

"我这上任走基层调研，第一站可是来你这里了啊，我这一路过来，还以为到了南方沿海城市了，要不是后面有素峰山，我还真以为来错地方了，哈哈……"董祥勋高兴地说道。

"董镇长，您要常来这里啊，您来了，那可是我们前进的动力啊。"韩志坚书记当顺手了之后，客气话说着也顺口了。

董祥勋赞许地看了看韩志坚，说道："加油，现在秀源镇的发展，你们年轻人的作用很重要。对了，听说你们幼儿园也快要建好了，你们这可是全镇第一家村委会建的幼儿园啊。"

"这些年村里的年轻人回来了不少，再加上工厂和交易市场工人这么多，建个幼儿园，就解决了到镇上幼儿园上学接送难的问题。"韩志坚说道。

"我看你们这交易市场还要做二期，交易市场的效益还可以吧？"董镇长亲切地问道。

韩志坚答道："镇长，是这样的，我们合作社的交易市场，早期规划是以收购山药为主的，现在基本上在供应天缘食品加工厂的基础上，还可以外销很大一部分货源。但是，山药收获季节只有短短的几个月，其余时间交易市场利用率不太高。我们合作社商讨后，觉得可以把这个交易市场扩大，然后打造成一个大型的农副产品交易市场，这样的话，不仅可以满足咱们主打产品山药的产销，还可以兼顾辣椒、大蒜等蔬菜和水果，所以我们才准备做二期工程。"

"有没有需要我们镇上出面协调的？别跟我客气啊，我来就是摸摸情况、解决问题的。"董祥勋笑着说道。

韩志坚一听，很是高兴，连忙说道："镇长，俗话说得好，要想富，先修路。我们这交易市场搞起来了，但是这通往外面的路还不是太顺畅，这条马路很多年了，中间高两边低，有些地方还坑坑洼洼的，前几次我们运山药的车还翻车了。镇长，您看？"

"对，要想富，先修路。这个事一定要解决，不光是你们村，全镇的公路网都要改造，咱们是山区，这公路可是乡亲们的致富路啊。回去以后，我就着手研究落实这个事。"董祥勋的话音刚落，周围就响起了雷鸣般的掌声。

一行人来到了天缘食品加工厂的生产车间。

董祥勋镇长走到了一个工人旁边，亲切地问道："大姐，你在这里工作多久了啊？"

"我来了一年多了，上次招工，我就来了。"工人大姐笑着答道。

"你是禾丰村的？"董镇长继续问道。

"我是镇上的，现在厂里好多镇上来做工的。"工人大姐答道。

"嗯，很好，好好干。现在这个食品加工厂和交易市场有多少工人？"董祥勋扭头向韩志坚问道。

"平常总共有近三百个工人，收山药的时候，会临时聘请几十号人。下一步交易市场二期落成，员工还会增加。"韩志坚说道。

"这可是解决了不少人的就业问题啊，这一个工人就能够养活一家人，这就是几百个家庭啊，你们这贡献大啊。不过我看了，你们这工厂周边的配套还没有建起来，有没有啥设想啊？"董祥勋说道。

"配套？啥配套？"韩志坚有点纳闷。

"饭店、旅馆、诊所、车站，对了，你们建的幼儿园也是配套。"

"镇长说的是这些啊，有筹划，但是要逐步完善，主要是资金不足。"韩志坚说道。

"饭店、诊所、旅馆之类的镇上帮不了你，至于车站，镇上可以协调一下，在你们交易市场附近设一个站点。"董祥勋说道。

"那太好了，交通便利了，我们这里的产品流通就更快了。"韩志坚喜道。

"听说你们村以前小伙子很难找到对象，现在怎么样了？"董祥勋笑着说道。

"此一时彼一时啊，现在我们村的小伙子们可是抢手啊，以前镇上的姑娘没人愿意嫁到村上，现在村上小伙子眼光也高了，专门找镇上的。"韩志坚说道。

"厂长就找了一个镇上的姑娘当对象，据说快结婚了。"旁边有个大姐说道。

"是不是啊？志坚你带了个好头啊。"董祥勋开怀大笑道，"走，去你们山药田看看去。"

一行人离开了天缘食品加工厂后，来到了最初的三十亩山药田处。

"镇长，在您面前的这一片山药田，是禾丰合作社最初的三十亩山药田，这里挖到了我们村发展起来的第一桶金。"韩志坚介绍道。

"你们村的山药，那可不是一般的山药啊。"董祥勋点了点头说道。

"那可不，我们合作社的山药之所以不一般，一是因为品种，我们专门有一个研究所，保证了山药品种的不一般。再一个就是我们这里的土质非常适合种山药。还有就是我们种山药有一套规范的流程，所以我们合作社把山药栽子供应出去以后，合作的农户按照我们的规范流程去做，完全能够保证质量。"韩志坚说道。

"哈哈……志坚你这一说到山药就如数家珍啊。我的意思是你们找到了治疗'穷'病的药，这个'药'就是禾丰山药。"董祥勋笑着说道。

韩志坚带头鼓起掌来，说道："镇长您说得太好了，这禾丰山药就是脱贫良药啊。"周围人跟着鼓起掌来。

韩志坚陪着董祥勋转了一路，收获非常大，思路更加开阔了，对禾丰村的发展更有信心了。

送走了董祥勋一行，韩志坚立即召开了会议，讨论了五年规划，把禾丰幼儿园、禾丰饭店、禾丰诊所、禾丰旅馆和禾丰车站都研究了一遍，甚至还研究了开展旅游项目的可行性，最后制定了一个三年发展规划。大家激动得都涨红了脸。

八月六日早晨，太阳刚刚升起，禾丰幼儿园里插满了彩旗，落成仪式隆重举行，村里的人基本上都来了，这可是全镇第一家村级幼儿园，太让人自豪了。

鞭炮声响过，韩志坚走到了台阶上，看着台下黑压压的人群，心中有点忐忑、有点激动，这是他有生以来见过的最大场面。

韩志坚站到话筒前，深吸一口气，大声说道："父老乡亲们，我宣布，禾丰幼儿园正式建成，九月一日正式开园。客套话我就不多讲了，这个幼儿园的建成，对于我们禾丰村来讲，意义是划时代的。多少年来，我们禾丰村的孩子们基本上没上过幼儿园，很多都是直接上了一年级，这对于我们的孩子来讲，损失的不只是这几年幼儿园的时光，还有很多很多的知识。今天，我们赶上了这一步！"台下掌声雷动。

韩志坚等掌声稍歇，接着说道："在这里，我郑重宣布，我们禾丰村村民的孩子，读禾丰幼儿园免费！"台下欢呼起来。

韩志坚待大家的欢呼声稍歇，接着宣布："还有，等禾丰诊所开起来了，咱们看病就不要出门了；等禾丰饭店开起来了，咱们村办酒席就不用在院子里搭桌子了，直接去饭店办！"

"好！"台下继续欢呼着。

"支书，听说你要结婚了，啥时候办酒席啊？"台下有人喊道。

韩志坚脸微微一红，说道："我呀，准备赶个时髦，酒席就不办了，今天就去旅行结婚。"

"今天？新娘子呢？"村民们喊道。

其实江小雪和父母就在人群中，今天专程过来参加禾丰幼儿园落成仪式。

"小雪，上来吧。"韩志坚鼓励地看着人群中的江小雪。

江小雪今天本来就是准备参加完禾丰幼儿园落成仪式，就跟韩志坚去旅行结婚的，于是迈着轻快的步伐走到了韩志坚的身旁。

这时，老支书走了上来，站到话筒前，大声说道："择日不如撞日，今天志坚和小雪的父母都在，我就当个主持人吧，把仪式办一下，来，有请双方父母登台。"

双方父母都是弄了个措手不及，但也惊喜万分。

"一拜天地……二拜高堂……夫妻对拜……"老支书大声喊道，四周的村民们都高兴地鼓着掌，送去了真挚的祝福。

韩志坚和江小雪携手给台下的村民们深深地鞠了三个躬，感谢大家的祝福。

最后，在大家的掌声中和祝福声中，韩志坚拉着江小雪的手坐上了等在禾丰幼儿园门口的车，去旅行结婚了。

阳光洒在村民们兴奋得发红的脸上，和周围的彩旗、鞭炮纸相映成趣、相得益彰。

老支书眯着眼睛看着冉冉升起的太阳，喃喃道："今天是个好日子啊！"

"老支书，天天都是好日子啊！"四周彩旗随着众人的欢笑声飘扬起来。

（全书完）